북명

너머에서

지혜
소설집

# 북녘

# 너머에서

아시아

# 차례

볼트

공장은 산을 가로지르는 국도 근처에 있었다. 오래된 도로 끝에 터널 공사가 한창이었다. 우회하는 길은 보이지 않았다. 도로는 팔 차선에서 사 차선으로, 사 차선에서 이 차선으로 점점 좁아졌다. 이윽고 나타난 컴컴한 숲의 초입에는 인적 하나 없었다. 샛길에는 커다란 활엽수들이 양옆으로 늘어서 있었다. 입구에 놓인 표지판은 녹슨 귀퉁이가 금방이라도 부서질 듯 아슬아슬했다. 얇은 철판 위에 급하게 갈겨쓴 것처럼 보이는 표지판의 글씨는 획과 굵기가 일정하지 않아 마치 어린아이의 낙서처럼 보였다. 나는 갓길에 차를 세우고 표지판이 가리키는 곳을 향해 걸어 들어갔다.

삼촌의 말대로라면 여기 어디쯤, 아니 바로 그곳에 공장이 있어야 했다. 주변에는 건물 그림자 하나 보이지 않았다. 어딘가에서 개 짖는 소리가 났다. 소리는 이따금 멈췄다가 다시 시작됐다. 멀지 않은 곳에 개 무리가 있는 듯했다. 나는 소리를 따라 길 안쪽으로 걸음을 옮겼다.

삼촌의 공장에는 이름이 없었다. 상호도 직원도 없이 홀로 공장을 꾸린 지 1년이 다 돼갔다. 얼마간 걸어가자 성긴 덤불 너머 파란색 슬레이트 지붕의 끄트머리가 보였다. 흥분한 개들의 불안한 소리가 점점 가까워졌다. 잠시 후 공장이 보였다. 회색 컨테이너 위에 엉성하게 지붕을 얹은 조립식 건물이 밭 한가운데 놓여 있었다. 공장이라기보다 작업실에 가까운 모습이었다. 사방을 에워싼 나무는 농업용이라기엔 작고 볼품없었다. 가만히 주위를 둘러보다 그만 발을 헛디딜 뻔했다. 온갖 종의 개들이 건물 뒤편에서 나를 바라보고 있었다. 개들은 검고 누렇고 희고 얼룩덜룩했지만 모두 흙과 먼지에 뒤덮여 꼬질꼬질했다. 열 마리 남짓한 개들은 한 무리라기엔 서로 거리가 있어 보였다. 목줄이 나무에 묶인 개도 있었고 꼬리를 흔들며 제자리를 맴도는 개도 있었다. 개들은 경계하는 표정으로 나를 쳐다봤다. 너는 누구냐. 누구야. 그렇게 묻는 얼굴이었다. 나는 찬찬히 개 무리를 바라봤다. 개들 중 다 자란 잉글리시 쉽독은 보이지 않았다.

왔냐.

삼촌이 컨테이너에서 나오며 말했다. 컨테이너 안은 온갖 부품과 기계들로 발 디딜 틈 없어 보였다. 입구에는 문 대신 검은 방수천이 걸려 있어 안과 밖을 구분하고 있었다. 나는 삼촌에게 가지고 온 롤케이크를 건넸다. 백화점 식품관에서 산 일본 브랜드의 한정판 제품이었다. 우유 생크림으로 속을 채운 케이크의 가격은 진열대에 놓인 것 중 가장 비쌌다. 일본에서 살다 온 사람에게 일본 브랜드의 케이크를 사다 주는 게 옳은 일인지는 알 수 없었다. 다행히 삼촌은 케이크에 큰 관심을 보이지 않았다.

정이 봤냐.

아니요.

나는 주변을 두리번거리며 물었다.

무슨 개가 이렇게 많아요?

하나둘 따라오더니 이제 다 여기 산다.

삼촌이 얼룩진 목장갑을 벗으며 말했다. 마디 하나만큼 잘린 왼손 검지 위로 새파란 골무가 끼워져 있었다. 나는 고개를 돌리고 공장이 놓인 밭을 둘러봤다. 손톱만 한 이파리가 겨우 붙은 초목들이 건물 주변을 에둘러 자라 있었다. 개들은 여전히 저만치서 날 보고 있었다. 몇몇은 삼촌을 보며 꼬리를 흔들었다.

정이를 데려가라는 전화가 온 건 지난주 일요일 저녁이었다.

정이는 성견이 된 지 얼마 안 된 올드 잉글리시 쉽독으로, 삼촌이 돌아온 후 줄곧 함께 지내고 있었다. 나는 살면서 삼촌을 만난 날보다 만나지 않은 날이 더 많았다. 내가 태어나던 해 삼촌이 한국을 떠났기 때문이었다. 많은 이유가 있었겠지만 결국 돈 때문이라는 걸 어린 나는 알고 있었다. 삼촌은 일본에서 중국으로, 오스트레일리아로, 아프리카로, 다시 일본으로 전전했다. 마침내 아오모리의 한 공장에 생산직으로 자리를 잡았을 때 외할머니가 돌아가셨다. 그가 한국을 떠난 지 7년이 지났을 때였다.

삼촌이 보낸 소포가 도착하는 날이면 엄마는 이모네 가족을 집으로 불렀다. 이모는 우리 집에서 걸어서 15분 걸리는 동네에 살고 있었다. 이모네 집은 여섯 가구가 사는 다세대 주택의 반지하로, 우편함이 따로 없어 툭하면 택배나 편지가 분실되곤 했다. 삼촌이 보낸 커다란 택배 상자 안에는 도자기나 액자, 외국의 식료품, 잡다한 생활용품 등이 스티로폼과 신문지에 둘둘 말려 곱게 포장돼 있었다. 내 이름이 적힌 봉투에는 '사랑하는 조카에게'로 시작하는 편지와 지폐가 들어 있었다. 엄마는 봉투에서 지폐를 빼내며 말했다.

그래도 삼촌 덕분에 우리가 이렇게 잘 살고 있는 거다.

우리가?

삼촌이 떠난 지 딱 10년이 되던 해에 우리 가족은 영구 임대 아파트로 이사했다. 단지의 가장 안쪽 동, 즉 가장 싼 구역의 1층 끝 집이었다. 베란다 밖으로 아파트 뒷문이 보였다. 한 사람이 지나다닐 만한 좁은 철망이 단지를 둘러싸고 있었다. 단지를 오가는 사람들의 발소리가 집 안 어디에서나 들렸다. 나는 창 아래 의자를 놓고 그곳에 올라서서 사람들을 구경했다. 급히 오고 가는 사람들, 늦은 퇴근을 하는 사람들, 수업을 제치고 몰래 빠져나가는 아이들이 뒷문으로 지나다녔다. 그즈음 엄마의 표정은 오래된 서류 봉투처럼 칙칙하게 접혀 잘 펴지지 않았다. 거실 겸 부엌에 서면 크지도 작지도 않은 안방과 미닫이가 달린 창고 방이 한눈에 보였다. 세 사람이 앉으면 발 디딜 틈 없는 부엌에는 결국 식탁을 놓지 못했다. 그때 엄마는 이사 가야겠다는 말을 입에 달고 살았다. 여긴 곧 떠날 거니까. 우린 잠시 들른 거니까. 그러는 와중에도 세간은 도무지 줄지 않아 이사 때가 되어서는 베란다 창을 떼어 짐을 옮겨야 했다.

나는 때때로 삼촌에게 정이에 대해 말하고 싶었다. 삼촌도 정이를 보면 좋아할 거예요. 외할머니는 정이에게 남은 밥을 줬어요. 우리 집에 놀러 오세요. 좁고 따뜻해요. 엄마는 어서 이 집을 나가고 싶대요. 그런 말을 편지에 쓴 적은 없었다. 어느 날은 문득 삼촌에게 쓴 편지가 제대로 도착했는지 물어본 적 없다는 사실이 떠올랐다.

나는 종종 텅 빈 집 안에 앉아 바깥에서 나는 소리에 귀를 기울였다. 뒷문 앞으로 난 좁은 골목은 차 한 대가 간신히 지나다닐 수 있을 정도였다. 짐을 잔뜩 실은 트럭이나 9인용 승합차가 지나갈 때면 운전석에 앉은 사람의 긴장한 표정이 보였다. 큰길까지 고작 20여 미터 남짓이었다. 운전자가 떠나도 그들의 기묘한 표정과 얼굴은 사라지지 않았다. 표정들은 아침부터 밤까지 골목을 돌아다니다 방구석에서 잠든 나의 꿈에도 찾아왔다. 나는 낯선 사람들의 표정을 하나씩 모았다가 심심해지면 그것들을 꺼내 들여다봤다. 어둠 속에서 생생했던 표정들은 눈을 뜨자마자 사라졌다. 사라진 표정 너머 길고 긴 골목의 끝이 보였다. 재건축 예정지인 낡은 아파트가 길 끄트머리에 서 있었다. 소리의 끝은 항상 아파트였다. 우리는 언젠가 저 동네로 갈 거야. 그렇게 말한 사람이 엄마였는지 이모였는지 혹은 낯선 표정의 운전자였는지 이제는 조금도 기억나지 않지만.

　정이는 잘 있어요?
　직접 보지 그러냐.
　삼촌은 퉁명스럽게 말했다. 꼭 심술 난 엄마의 남자 버전 같았다. 지난 명절 이후 크게 달라진 모습은 없었다. 삼촌은 말없이 뒷짐을 지고 농장을 빠져나가더니 숲을 향해 걸음을 옮겼다. 우리는 눈앞에 보이는 샛길로 들어섰다.

어디 가요?

가보면 안다.

나는 조용히 삼촌의 뒤를 따랐다. 근처에 야트막한 야산이 있는데 그곳에서 나무도 줍고 땔감도 가져오고 약초도 캔다고 삼촌은 말했다. 나는 입구에서 만난 개들을 떠올렸다. 거리 생활에 익숙해진 개들에게서 정이 냄새가 났다. 정이는 정말 이곳에 있을까. 시골집 곳곳에는 정이의 오줌이 웅덩이져 있었다. 오줌은 오래 말린 고추처럼 시큼하고 비린 냄새를 풍겼다. 오랫동안 불법 체류자로 외국을 떠돌던 삼촌이 집으로 돌아온 날이었다. 그날 저녁 엄마와 마당에 들어섰을 때 이모는 대청에 앉아 울고 있었다. 엄마는 이모에게 무슨 일이냐고 물었다. 엄마의 목소리가 떨렸다. 정이가 낑낑대며 나에게 다가왔다. 태어난 지 고작 반년이라는 정이는 서너 살 정도의 어린아이만 했다. 품에 안자 손가락을 핥으며 꼬리를 흔들었다. 나는 계속 정이를 껴안고만 싶었다. 축 늘어진 귀 뒤로 듬성듬성 털이 빠진 모습이 어딘가 서글펐다. 잠시 숨을 고르고 방으로 들어가는 엄마는 어딘가 후련한 표정이었다.

개들 밥도 주세요?

무슨 개들 말이냐.

아까 개들이요.

그럼 내가 주지.

어떻게요. 열 마리는 돼 보이던데. 그 말은 하지 않았다. 삼촌
은 긴 나뭇가지 하나를 주웠다. 끝이 Y자로 갈라진 가지는 지팡
이 같기도 하고 집게 같기도 했다. 발치의 나뭇잎들을 천천히 치
우며 걷는 모습이 언젠가 텔레비전에서 보았던 한 불교 종파의
승려 같았다. 그들은 불필요한 살생을 피하기 위해 빗자루를 들
고 다니며 걸음에 맞춰 비질을 했다. 혹여나 눈에 보이지 않는 생
물들을 밟지 않기 위해서였다. 삼촌이 종교를 갖고 있다는 얘기
는 들은 적 없었다.

땔감은 뭐 하시게요?

불 때려고.

어디서요?

여기저기. 개들도 좋아한다.

뭘요?

뜨신 데.

나뭇가지가 땅에 끌려 삼촌이 걸어간 길을 따라 긴 흔적이 남
았다. 흔적은 두 갈래의 평행선으로 이어진 꼬리처럼 삼촌을 따
라왔다. 문득 나란히 그어진 두 줄의 선이 각각 다른 방향으로 뻗
는다면 나뭇가지는 어떤 모양을 하고 있을지 궁금해졌다.

여기 자주 오세요?

어딜 말이냐.

여기요. 숲이요.

나는 삼촌의 등을 보며 물었다. 구부정한 등 아래 헤진 셔츠 자락이 삐져나와 있었다.

맨날 온다.

개 짖는 소리는 더 이상 들리지 않았다.

엄마는 잘 있냐.

똑같죠 뭐.

나는 롤케이크를 고르며 엄마의 얼굴을 떠올렸다. 달고 비싼 것. 그건 엄마가 아름다운 것을 가리키는 단어들의 총합일지도 몰랐다. 케이크를 사 가는 건 엄마의 생각이었다. 엄마는 삼촌이 오래 만난 일본인 애인과 결혼하지 않고 한국에도 데려오지 않는 것에 화가 나 있었다. 삼촌이 돌아왔으니 제사할 사람이 생겼다고 가족 모두 좋아했지만 정작 삼촌은 그런 일에 조금도 관심이 없는 듯했다. 한동안 삼촌의 관심사는 병원과 관공서, 보험사가 전부인 것 같았다.

사진으로만 보던 삼촌을 실제로 만났을 때 나는 소문으로만 듣던 연예인을 본 기분이었다. 어, 저 사람 어디서 많이 봤는데. 사진에서도 보고 비디오에서도 보고 꿈에서도 보고 엄마의 지갑

속에서도 봤는데. 처음 만난 삼촌은 생각보다 늙어 보였고 사진보다 수척했다. 지난 20여 년간 편지로만 만났던 삼촌이 눈앞에 있다니. 나는 많이 컸다며 악수를 하자는 삼촌의 손을 뿌리칠 수 없었다. 삼촌은 마르고 얇은 팔뚝에 비해 손이 컸다. 크고 억센 아귀에 힘을 주며 조카님, 하고 말하는 얼굴이 꼭 일그러진 가면처럼 어딘가 부자연스러웠다.

조카님.

네.

밤 좀 따자.

삼촌은 들고 있던 가지로 나무 위를 툭툭 치더니 길도 없는 풀밭 안으로 들어갔다. 무릎까지 오는 잡초와 활짝 핀 고사리들이 바닥에 가득했다. 정글이 있다면 이런 곳일까 싶게 사람의 흔적이 닿지 않은 깊은 숲속은 바깥보다 온도가 10도 정도 낮은 것 같았다.

뱀 없어요?

어디 말이냐.

여기요, 여기.

나는 발바닥 한가운데가 축축해지는 걸 느끼며 삼촌을 따라 안으로 들어갔다. 삼촌이 신은 농업용 장화에는 묽은 잿빛의 얼룩이 마른 눈물자국처럼 가득했다. 습지 주변의 굵고 창백한 나무들이 땅을 향해 고개를 숙이듯 길고 긴 가지를 바닥으로 늘어뜨리고 있었다.

뱀 안 밟게 조심해라.

개들 이름은 있어요?

그건 왜.

불러보게요.

아시.

네?

아타마, 쿠치.

그게 이름이에요?

쿠치, 하나, 메.

메?

그래, 메.

메가 누군데요?

저기 제일 하얀 놈.

무리 중에 하얀 개가 있었는지 기억나지 않았다. 볼품없이 비쩍 말라 회색 먼지를 뒤집어쓴 채 잿빛 눈동자를 이리저리 굴리던 모습이 머릿속에 떠올랐다.

아고, 히토미, 무네, 하라, 코시.

삼촌이 개들에게 붙인 이름들은 모두 일본어였다. 개들은 자신의 이름이 일본어인 줄 알고 있을까. 삼촌이 일본에서 오래 살다 온 사람이라는 게 개들에게 특별한 의미가 있을까. 나는 그것들이 무슨 뜻이냐고 물어보려다 말았다. 어차피 외울 수도 없을 것 같았다.

한 놈 더 있다.

뭔데요.

우데.

그건 무슨 뜻인데요?

삼촌은 잠시 뜸을 들이더니 고개를 들고는 가지 끝에 매달린 밤송이를 바라봤다. 밤송이는 금방이라도 떨어질 듯 아슬아슬하게 나무를 붙들고 있었다. 아니 나무가 밤송이를 붙들고 있었다. 나는 밤송이가 매달린 나무 밑동을 발로 찼다. 몇 초 후 나무 위쪽이 조금 흔들렸지만 밤송이가 달린 가지는 조금도 움직이지 않았다. 삼촌이 손에 든 Y자 가지로 밤송이를 툭툭 쳤다. 매달려 있다는 말이 무색하게 밤송이는 순식간에 땅으로 떨어졌다. 밤송이를 놓친 나무가 아주 조금 흔들리는 것 같았다. 밤송이는 크지도 작지도 않은 주먹만 한 크기였다. 살을 감싼 희끄무레한 가시 덕에 얼핏 희한하게 생긴 꽃처럼 보였다.

팔. 팔이란다.

삼촌이 조끼 주머니에서 접힌 자루를 꺼내며 말했다. 밤송이를 자루에 담고는 나무를 지나쳐 걸어갔다. 우데. 나는 소리 내서 말했다. 삼촌의 우데가 이리저리 나뭇잎을 치우고 있었다. 바싹 마른 낙엽들이 삼촌의 몸 여기저기 붙어 가시처럼 허공을 향해 날을 세웠다. 우리는 숲에서 한참 동안 밤을 따거나 주웠다.

이것 봐라, 실하다.

삼촌이 자루 입구를 활짝 열며 말했다. 부드럽게 잡힌 입가의 주름이 마치 휘어진 가지처럼 금방이라도 땅으로 떨어질 것 같았다. 자루는 벌써 절반쯤 차 있었다.


해가 질 때쯤 공장으로 돌아왔다. 자루 안은 밤송이와 솔방울, 마른 장작으로 가득했다. 삼촌은 공장 앞 공터에 장작을 쌓아 불을 지폈다. 금세 연기가 피어오르더니 개들이 모여들었다. 삼촌은 불길 안에 밤 여러 개를 던졌다. 개들이 주변에서 삼촌과 나를 보고 있었다. 불을 쬐던 개들이 자리에 드러눕고는 앞발에 턱을 괴고 눈을 감았다. 몇몇은 꼬리를 흔들며 같은 자리를 계속 맴돌았다. 밤 타는 냄새가 사방에 가득했다. 잠시 후 나뭇가지로 삼촌이 밤을 꺼냈다. 새카맣게 탄 껍질을 까 개들을 향해 밤을 던졌다. 제자리를 돌던 개들이 쭈뼛거리며 다가오더니 바닥에 떨어진 밤 냄새를 맡았다.

메. 이리 와.

그런다고 오지 않는다.

메!

나는 흰 개를 향해 밤 하나를 던졌다. 메는 밤을 보고 뒷걸음
질 쳤다가 잠시 후 다가와 킁킁거리며 냄새를 맡았다. 그러더니
김이 나는 밤을 한꺼번에 삼키고 입맛을 다셨다. 붉고 긴 혀를 내
민 채 나와 삼촌을 번갈아 바라보다가 다시 저만치 걸어갔다.

애넨 뭘 먹어요?

다 먹는다.

어떤 거?

다.

나는 문득 삼촌의 손가락 끝에 걸린 골무를 바라봤다. 삼촌
의 손가락이 절단됐단 소식을 들었을 때 나는 한창 이삿짐을 싸
고 있었다. 7년간 살던 아파트에서 드디어 탈출한다고, 그래봤자
이모네 동네의 다세대 주택 2층이었지만 엄마는 한껏 들뜬 표정
이었다. 여름에 창문 열고 잘 수 있겠다. 말없이 참고서가 든 박
스를 옮기는 나에게 엄마가 말했다. 아파트 베란다에는 방범창이
없어 누군가 마음만 먹으면 밖에서도 창을 열거나 망가뜨릴 수
있었다. 옆 동에 도둑이 들었다든가 한낮에 강도가 들었다든가
하는 소문을 들은 이후 엄마는 베란다 창문을 열지 말라고 당부
했다. 아파트에 사는 동안 우리 집에 도둑이 든 적은 한 번도 없

었다. 나는 언젠가부터 지나가는 사람들의 발소리에 귀를 기울이지도, 삼촌에게 보낼 편지를 생각하지도 않게 되었다. 아니 어쩌면 아주 오래전부터, 사람들을 구경했던 일 따윈 없었던 것처럼 모든 게 아득해졌다.

아무거나 잘 먹으면 좋죠.

애넨 사료 먹는다.

삼촌은 그렇게 말하더니 자리에서 일어나 공장 안으로 들어갔다. 잠시 후 어른 몸통만 한 사료 더미를 들고 나왔다.

밥 먹어라.

삼촌은 봉지 안에 든 대접으로 사료를 푼 뒤 공터 곳곳에 놓인 그릇에 나눠 담았다. 개들이 꼬리를 흔들며 삼촌에게 다가왔다. 삼촌이 그릇에 든 사료를 휘익 허공에 한 사발 뿌렸다. 개들이 자리에서 멈추고는 삼촌이 던진 사료를 물끄러미 바라봤다.

너 있어서 안 먹는가 보다.

왜요?

모르는 사람 앞에선 안 먹어.

개들 주제에 꼭 사람 같네. 나는 그렇게 생각했다.

저도 모르는 사람 앞에서 밥 안 먹어요.

그러냐.

당연하죠. 나는 속으로 대답했다.

먹다 남은 밤을 도로 자루에 담았다. 해가 저물어 사위가 깜 깜했다. 삼촌이 공장 안으로 들어간 뒤, 곧 사방이 환해졌다. 건물에 연결된 간이 조명이 마당 곳곳에 걸려 있었다. 불이 들어온 조명기에 날파리들이 몰려들어 그림자가 졌다. 개 한 마리가 조명 앞에서 서성거리다 잠시 후 모습을 감췄다. 나는 그게 정이일지도 모른다는 생각이 들었다.

저건 뭐예요?

나는 공장 지붕 한가운데 튀어나온 가느다란 철근을 손으로 가리켰다. 검은 천을 젖히자 안쪽에 놓인 컨베이어 벨트가 보였다. 벨트 너머 공장 가운데를 수직으로 가로지르는 둥그런 은색 기둥이 바닥에 꽂혀 있었다. 기둥 중간 널찍한 판자가 가로로 설치돼 있어 얼핏 복층 오피스텔의 내부 같기도 했다. 공장 안쪽은 한창 작업 중인 공사장의 일부처럼 보였다. 삼촌이 저기서 잠만 자는지 무엇을 하는지는 다 알지 못했지만 적어도 주거용으로 만든 공간이 아니라는 건 분명했다.

아시바.

아시바?

나는 그 말을 따라 했다.

우리말로 하면 족장이라고 한다.

족장이요.

그래, 발 족, 마당 장. 진즉 치울 거였는데, 그냥 뒀다.

저게 왜 저기 있어요?

너 질문을 되게 잘하는구나.

궁금해서요.

삼촌이 조끼 앞섶에서 담배를 꺼냈다. 담배와 함께 작은 부품 몇 개가 땅으로 떨어졌다. 나는 바닥에서 조약돌처럼 구르는 못과 나사들을 주웠다. 그중에는 처음 보는 모양의 볼트와 너트도 있었다.

이건 보루또와 나또라는 거다.

삼촌은 볼트를 너트에 끼우며 말했다. 아니 너트를 볼트에 붙여 돌렸다. 잠시간 볼트를 만지작거리더니 이내 담배를 한 모금 빨았다. 홀쭉해진 양 볼이 마치 움푹 팬 구덩이 같았다. 금세 우물 같은 그림자가 삼촌의 늙수그레한 얼굴 위에 끼얹어졌다.

얼핏 보면 보석인지 부품인지 모르겠네요.

고레와 보루또토 나또 데쓰.

네?

아나타와 간코쿠진 데스카.

뭐래요.

삼촌이 혼자 껄껄 웃었다. 못 알아듣는 게 그렇게 웃긴가. 생각해보니 삼촌이 웃는 모습을 본 건 처음이었다. 보루또와 나또.

삼촌은 일본말을 할 때만 된소리를 냈다. 된장, 고추장 이런 말을 할 때는 안 하면서 나또, 보루또, 카세또, 레포또라고 할 때면 발음이 달라졌다. 공장 지붕을 뚫고 튀어나온 아시바처럼 호주머니에서 떨어진 볼트처럼 툭 튀어나와 어딘가 모르는 곳으로 굴러다니는 삼촌의 혀, 그 밤송이 같은 발음을 나는 잠자코 듣기만 했다. 작고 가느다란 눈을 아치처럼 부드럽게 휜 모습이 꼭 엄마를 닮아 있었다. 엄마랑 똑같아. 나는 속으로 그렇게 생각했다.

한동안 아파트 베란다에는 삼촌이 보낸 어린이용 전자 피아노가 놓여 있었다. 야마하에서 만든 보급용 전자 피아노의 건반은 48개였다. 집에는 피아노를 배운 사람도, 칠 줄 아는 사람도 없었다. 어느 날 나는 하릴없이 베란다 밖을 바라보다가 자리만 차지하고 먼지를 뒤집어쓴 피아노의 전원을 켰다. 빨간 불이 들어온 다음 흰 건반 하나를 눌렀다. 딩, 하고 건반에서 소리가 났다. 음량 버튼을 중간으로 내리고 다시 건반을 눌렀다. 그것이 내가 악기를 만진 최초의 순간이었다. 플라스틱 건반은 속이 비어 강약 조절이 거의 불가능했지만 음을 듣는 데는 전혀 문제가 없었다. 피아노 본체에는 수십 가지의 악기 소리가 저장되어 있었다. 나는 악기 소리를 바꾸며 건반을 하나하나 눌렀다. 신시사이저, 마림바, 호른, 팀파니라는 이름의 악기가 있다는 것을 알게 된 것도 그때였다. 삼촌은 이걸 다 알고 나한테 보낸 건가? 피아노라고는 텔레비전과 학교 수업 시간에 본 게 전부였다. 나에게 악기는 고장 난 풍금, 문방구에서 파는 리코더, 단소, 캐스터네츠, 트라이앵글 외에는 존재하지 않는 거나 마찬가지였다. 본 적도 만진 적도 없는 악기들의 소리는 생각보다 조악하고 가짜 티가 났다. 나는 그 사실에 조금 충격을 받았다. 그 가짜 악기들은 그때까지 내가 들었던 가장 아름다운 소리였다.

그랜드피아노와 클라리넷, 심벌즈는 저마다 다른 종류의 신기한 음색을 가지고 있었다. 나는 검지로 도에서 도까지 여덟 개의 건반을 하나하나 눌렀다. 그것은 연주나 연습이 아니라 새로운 물건의 포장을 뜯을 때의 설렘과 비슷했다. 도, 레, 미, 파, 솔, 라, 시, 도. 내가 누른 건반의 계이름을 나는 몰랐다. 음과 음 사이의 거리는 너무 멀고 아득해 '도' 다음에 무엇을 눌러야 할지 조금도 알 수 없었다. 머리로만 알고 있던 계이름을 실제로 듣자 귓속의 세포들이 소란스럽게 떠들어댔다. 뭐야, 이게 무슨 소리야? 더 이상 베란다 밖의 차 소리도, 사람들의 웅성거림과 발걸음, 취한 사람의 주정과 아이들의 울음, 욕, 침 뱉는 소리도 들리지 않았다. 나는 피아노를 칠 줄 몰랐다. 건반 위에 올린 양손은 선생님을 만난 아이처럼 얌전하기만 했다. 나는 무언가에 이끌리듯, 혹은 홀린 듯 건반을 두드렸다. 그때까지 손은 밥을 먹거나 씻거나 청소하거나 연필을 잡으며 그저 존재하던 몸의 일부였다. 그랬던 손이 건반을 누르자 처음으로 쓸모있는 일을 하는 것처럼 느껴졌다. 손가락과 건반의 첫인사는 오랜 시간 동안 격렬하게 이루어졌다. 악보 없이 일어나는 아름다운 일들. 규칙 없이 이루어지는 태초의 음악이 손끝에서 뽑아져 나오고 있었다. 그때 창밖에서 누군가 시끄럽다고 소리를 질렀다. 누구야. 어디야. 또 다른 누군가 탕탕 현관문을 두드렸다. 탁탁탁탁탁. 전자 피아노의 달콤한 음색 아래 플라스틱 건반이 눌리는 소리가 났다. 더럽게 못 치네. 누군가 그렇게 말했다. 무게라고는 잘린 손톱만큼도 느껴지지 않는 플라스틱 건반들이 일제히 안녕, 안녕 하고 나에게 말을 걸어댔다. 그건 어쩌면 나에게 일어난 최초의 예술적 경험인지도 모르겠다.

이사 이후, 전자 피아노는 감쪽같이 사라졌다. 나는 엄마가 피아노를 팔아버렸을 거라고, 원가의 반의 반의 반값도 안 되는 가격으로 남겨먹었을 거라고, 누가 말해주지 않아도 알았다. 그 돈으로 고기도 사고 공과금도 내고 계란도 우유도 쌀도 이사 비용도 삼촌에게 보내는 편지지도 샀을 테지. 나는 엄마를 이해해보기로 했다.

그때 피아노 기억나세요?

뭘 말이냐.

야마하요.

아, 그거.

삼촌은 필터 끝까지 담배가 타 들어가는 것도 잊은 채 볼트를 손에 쥐고 우두커니 서 있었다. 나는 삼촌 손에 들린 볼트 한 조각을 바라봤다.

너네 집이랑 너네 이모 집이랑 한 대씩 보냈었지.

왜요?

불씨가 꺼지고 남은 재가 바람을 타고 공터 바닥에 흩날리기 시작했다. 매캐한 연기가 코를 타고 몸속으로 들어왔다. 매운 공기가 코끝을 움켜잡았다.

왜 하필 피아노였어요? 칠 줄 아는 사람이 아무도 없는데.

삼촌이 담배를 입에 물고 공장 안쪽을 바라봤다. 나는 고집스럽게 닫힌 삼촌의 얼굴을 바라봤다. 빛에 반사돼 번쩍거리는 아시바가 꼿꼿하게 서 있는 모습이 보였다. 그때 손가락으로 공장 안쪽을 가리키며 삼촌이 말했다.

꼭 나 같지 않니.

뭐가요.

저거 말이다.

삼촌의 녹청색 골무에는 좁쌀만 한 구멍이 나 있었다. 텅 빈 안쪽에는 아무것도 없었다. 불 꺼진 방 안의 컴컴한 공기가 그 작은 공간 안에 모두 들어가 있는 것만 같았다. 나사처럼 튀어나온 손가락 마디마디가 마치 삼촌이 만드는 볼트 같아서 나는 오래도록 눈을 뗄 수 없었다.

저 갈게요.

정이는?

다음에 데리러 올게요.

그러냐.

삼촌은 아쉬운 듯 입맛을 다셨다.

잠깐만 있어봐라.

그러더니 공장으로 들어가 한참 동안 나오지 않았다. 잠시 후 삼촌이 둥그렇게 뭉쳐진 지폐 뭉치를 건넸다. 뭉치는 야구공보다 크고 배구공보다 작았다.

아, 왜요.

가져가라.

지폐들은 구겨지고 한데 뭉친 것만 빼면 사용감 없이 깨끗했다. 천 원, 오천 원, 만 원, 오만 원이 반죽처럼 뒤섞여 마치 사료 같았다. 나는 됐다고 말하며 삼촌의 손을 밀었지만 아시바처럼 가늘고 단단한 팔이 내 품에 돈뭉치를 밀어 넣었다.

가져가.

나는 팔 안쪽에 엉성하게 꽂힌 지폐 뭉치를 만지작거리며 민망한 표정으로 삼촌을 바라봤다. 삼촌은 밤송이가 든 자루의 끝을 묶어 손에 쥐여줬다.

밤이 좋아. 실해.

멀리 안 간다. 자루를 쥐고 멍하니 바라보자 삼촌은 곧장 공장 안으로 들어가버렸다. 검은 천을 내리고 얼마 후 안에서 미닫이문이 닫히는 소리가 났다. 문은 보이지 않았지만 몇 겹이고 건물 안에 있어서 닫고, 또 닫히는 듯했다. 타닥타닥 소리를 내는 장작이 꺼져가며 매운 연기를 내뿜었다. 불길 너머 흰 털을 가진 메가 귀를 세우고 나를 바라보고 있었다.

왔던 길을 도로 걸어 공장을 빠져나갈 때는 마당에 설치된 조명 덕을 봤다. 고요한 정적을 깨는 산비둘기의 울음에도 무섭다는 기분은 들지 않았다. 개들이 컹컹 하고 짖다가 다시 조용해졌다가, 그러더니 나중에는 아무 소리도 들리지 않았다. 고개를 돌려 공장 쪽을 돌아봤을 때, 흰 털이 무성한 커다란 개가 나를 향해 다가오는 게 보였다. 나는 그게 메인 줄 알고 메, 하고 불렀다. 개는 자리에서 멈추더니 고개를 기울이고 나를 바라봤다.

정이다.

정이야.

나는 몇 번이고 정이를 불렀다. 그러나 정이는 자리에 멈춰 서서 고개를 갸웃거리기만 했다. 갸웃갸웃. 내 손에서 잠들었을 때도, 할머니네 집 앞에 버려져 낡은 담요 위에서 깨어났을 때도 정이는 오뚝이처럼 고개를 양쪽으로 흔들어댔다. 정이야. 이리 와. 나는 몇 번이나 이름을 불렀지만 정이는 둥그런 입을 가지런 히 벌려 헐떡거리더니 금세 숲 안으로 들어가버렸다. 그게 메인 지 정이인지, 흙과 먼지를 뒤집어쓴 흰 털의 개였는지 정확히 알 수 없는 채, 나는 손에 든 자루를 질질 끌며 차를 향해 걸어갔다.

가는 길에 아시바를 봤다.

빈속에 밤을 너무 먹었는지 배가 아팠다. 나는 휴게소가 나오 길 바라며 힘껏 액셀을 밟았다. 밤의 고속도로는 한산했다. 삼 차 선에서 화물트럭이 다가와 바람 같은 속도로 곁을 지나갔다. 나 는 조금 속도를 줄였다. 배 속 어딘가에 구멍이 난 것처럼 텅 빈 기분이었다.

잠시 후 멀리 휴게소의 불빛이 달처럼 떠올랐다. 차를 세우고 화장실로 들어갔다. 아무도 없는 화장실에서 나는 밤과 먼지와 차가운 숲속의 공기를 한꺼번에 변기에 쏟아냈다. 무언가 찰랑, 하고 물속으로 떨어지는 소리가 났다. 그건 마치 볼트 같았다. 내 가 먹었던 삼촌의 시간들. 잠시 후 아무 일도 없던 것처럼 배 속 이 가벼워졌다.

화장실 밖으로 길게 매점이 이어져 있었다. 나는 매점의 끝까지 걸어갔다. 오징어, 감자, 소시지, 핫도그, 핫바, 떡볶이, 순대가 이어지는 복도를 따라 걷다가 반대편으로 돌아 감자구이 한 접시를 샀다. 마가린에 겉면이 익은 알감자 여덟 개가 일회용 종이그릇에 담겨 나왔다. 감자들은 제각각 둥그렇고 울퉁불퉁하고 깎이고 잘려 먹기 좋은 크기로 부서져 있었다. 나는 그릇을 손에 쥐고 소금과 설탕을 뿌렸다. 한쪽 면이 갈색으로 탄 노르스름한 감자에서 견딜 수 없이 고소한 냄새가 났다. 어딘가에서 희미하게 노래가 들렸다. 근처 가판대의 스피커거나 주차된 고속버스에서 흘러나오는 소리였을 것이다. 소리는 주차장까지 울려 퍼지더니 잠시 후 점점 커다래졌다. 인적 없는 밤의 휴게소에 노래는 썩 잘 어울렸다. 웅얼거리는 음색이 남자인지 여자인지, 혹은 노래인지조차 알 수 없었다. 나는 가만히 서서 음악 소리에 귀를 기울였다. 아주 잔잔한 파도 소리 같은, 혹은 아기의 옹알이 같은 중얼거림이 천천히 나를 향해 다가오고 있었다.

나는 감자 한 알을 입에 넣었다. 주차장 너머 공터에서 새 건물을 짓는 공사가 한창이었다. 잠시 후 음악이 끝나자 물속 같은 고요가 주변을 감쌌다. 공사장 근처에는 아무도 보이지 않았다. 건물을 가린 가림막 너머 뼈대 같은 철근, 아시바들이 보였다. 무언가 톡 하고 뜨거운 것이 입안에 넘쳐흘렀다. 채 녹지 않은 마가린 조각이 감자 사이에 끼워져 있었다. 나는 입안의 감자 조각에 혀를 대고 천천히 굴렸다. 뜨겁고 부드러운 감자가 침과 섞여 뭉개지자 소리의 희미한 흔적이 저만치 달아났다. 나는 감자가 사라질 때까지 오래도록 입에 물고 있었다.

저거, 그거구나. 나는 문득 머릿속에 떠오르는 이미지 하나를 떠올리고는 실눈을 뜨고 오래도록 바라봤다.

침대 밖으로 빠져나온 거인의 발. 누군가 잘라버렸다는 그 발.

공사장 밖으로 삐져나온 아시바가 하늘 높이 솟아오를 듯 희미하게 빛을 내고 있었다.

꼭 발 같다.

나는 감자를 마저 먹었다.

북명 너머에서

그해 봄 북명백화점에 입사한 세 명의 여자 중 이듬해 겨울을 넘긴 사람은 나뿐이었다. 백화점 1층에는 여성복과 화장품, 철 지난 축하 카드를 파는 가판대가 자로 잰 듯 자리잡고 있었고 사람들은 들뜬 표정으로 매장 사이를 돌아다녔다. 내가 일하게 된 레나타의 사장은 사촌의 지인으로 백화점에 매장을 세 개나 갖고 있었다. 그곳에는 새롭지만 그다지 파격적이지 않은 비싼 양장을 사려는 사람들이 찾아오곤 했다. 레나타의 투피스 세트는 내 월급의 절반 정도였고 나는 딱 한 번 직원 할인을 받아 눈여겨보던 겨울 정장을 산 적이 있다. 은갈치처럼 빛나는 바탕에 자잘한 격자무늬가 어우러진 아름다운 투피스였다. 그 옷은 지금 붙박이장 가장 깊은 곳에 걸린 이후 한 번도 밖으로 나온 적 없다.

　레나타는 이전까지 일하던 곳—의원, 동사무소, 사촌네 잡화점—에 비해 급여도 환경도 훨씬 나았다. 그때까지 사람들은 나를 이성자라는 이름보다 미쓰 리 혹은 처녀나 아가씨라고 불렀고 나중에는 그런 호명이 하나의 직위처럼 느껴졌다. 그때 집에 돈을 벌 사람은 나밖에 없었다. 어머니는 막내를 낳고 몸을 푼 지 얼마 되지 않아 급격히 쇠약해졌고, 일본으로 떠난 지 반년이 넘은 오빠는 소식이 없었다. 몇 달에 한 번씩 거지꼴을 하고 나타난 아버지가 작은방에 고꾸라지면 어머니는 귀신같이 일어나 쌀밥을 지어냈다. 그런 모습을 보며 나는 절대 결혼하지 않겠다고, 정말 좋은 곳이 아니면 시집 같은 건 가지 않겠다고 다짐하곤 했다. 어머니는 지치지도 않고 곳곳에서 선 자리를 가져왔는데 상대들은 하나같이 아버지를 닮은 한량이거나 아버지 친구의 아들이었다. 내가 아니면 돈 들어올 구석이 없으니 아쉬운 대로 나를 데리고 살았지만 어머니는 과년한 나를 계속 집 안에 두고 싶지도 않았던 것 같다. 잡화점 선반에 놓인 중국산 종지와 집간장, 뜨개질한 가방과 두부, 일제 란제리와 망사 스타킹을 손님들에게 내어주고 장부를 정리하다 보면 언제 지나갔는지도 모르게 하루가 끝나 있었다.

　당시 어머니가 주문처럼 외던 말이 떠오른다. **분시를 모르면**

**배설이 뒤집혀**. 그건 자기 분수에 맞춰 살아야 한다는 뜻이자 헛 된 희망—주로 성진이에게—의 위험을 경고하는 말이기도 했다. 태어난 지 두 달 된 막내둥이는 한동안 어머니 품에서 자랄 테지 만 고등학교, 중학교에 다니는 동생들은 어쩐 일인지 공부를 무 척 잘했다. 다음 해 예비고사를 앞둔 성민이는 수재 소리를 들으 며 전교 1, 2등을 벗어난 적 없었고 여중에 다니는 성진이는 외 국인과 펜팔을 한다느니 독서 모임을 만든다느니 하며 별 헛짓거 리를 하고 다녔지만 성적은 늘 상위권이었다. 동생들이 모두 대 학에 가면 좋겠지만 가도 문제였다. 그런 와중에 사촌이 백화점 에서 일해보지 않겠냐고 물었을 때 나는 어떤 기회가 왔다는 것 을, 살다 보면 한 번쯤 만나는 그런 행운이 스물셋의 봄, 나에게 찾아온 것을 직감했다.

1969년에 개업한 북명백화점은 30여 년간 흑자와 적자, 휴업 과 리뉴얼을 반복하다 1999년 폐업할 때까지 동네의 가장 큰 명 소였다. 사장은 서울에서 성공한 뒤 금의환향한 사람으로 북명은 직접 지은 그의 호였다. 고향을 떠나 북쪽에서 성공한 자신의 삶 을 딴 것인지 다른 의미가 있는지 모르겠지만 나는 북명이라는 단어의 신비한 느낌이 좋았다. 북명이라고 중얼거리다 보면 누군 가의 이름이나 낯선 동네를 부르는 것 같았고 나중에는 북명이 하나의 호칭처럼, 이를테면 그 집 딸 북명 다닌다, 라는 식으로 사람들 입에 자연스럽게 오르내렸다.

때때로 동네 사람들은 북명 사장과 자신이 먼 친척 관계라고 주장하기도 했다. 아버지는 그가 큰아버지의 사돈의 팔촌의 남동생이라고 했고, 어머니는 외삼촌의 두 번째 아내의 남동생의 양아들이라고 했다. 그렇게 따지면 아버지와 어머니는 멀고 먼 쪽수를 돌아 친척 관계라고 할 수도 있었는데, 좁디좁은 동네에서 그깟 게 무슨 문제겠는가. 엄밀히 말해 어머니는 초혼이 아니었고 첫 번째 시집간 곳에서 한 달 만에 살림을 박차고 나온 전적이 있어 먼 친척이든 아니든 간에 빨리 재가할 필요가 있었을 것이다. 아버지는 말할 것도 없었다. 그때 어머니가 아니었다면 누가 천둥벌거숭이같은 그와 결혼을 하고 살림을 차렸을까? 어머니가 조금 덜 서둘렀다면 과거의 어느 날 북명백화점 사장을 만났을 수도 있지 않았을까? 나는 백화점에서 일하게 된 후 종종 그런 상상에 빠졌다. 어머니가 사장을 선택했더라면 나는 존재하지 않았을지언정 사모님 소리를 들으며 값비싼 옷을 입고 아침에는 티타임을, 오후에는 꽃꽂이를 하거나 서예를 쓰는 삶을 살았을지도 모른다는 것을. 노천에서 백합을 꺾어 장례식장이나 학교 앞에서 파는 고단함 따위 알 필요 없이.

그즈음 동네에는 수상쩍은 구덩이가 하나 있었다. 원래 자그마한 연못이었는데 물이 마른 뒤 호수라기엔 작고 웅덩이라기엔 깊은 구덩이가 된 것이었다. 그곳에는 뻔한 전설이 전해졌는데 이무기가 동네 처녀와 사랑에 빠져 용이 되길 포기했으나 처녀가 자신을 떠나자 슬픔에 굴복해 못 아래로 숨어들었다는 이야기였다. 나는 내심 이무기의 치욕을 이해하고 있었다. 아무렴 부끄러웠겠지. 죽고 싶었겠지. 그 때문인지 몰라도 동네에는 치정에 얽힌 사건 사고가 많았다. 못이 마른 것도 그 저주에 신빙성을 더했다. 시간이 흘러 건너편 도로에 버스정류장이 생기고 보도블록과 건물이 들어서는 와중에도 구덩이는 정물처럼 동네 한구석을 지켰다. 떠난 연인을 기다리는 이무기처럼.

구덩이를 다시 떠올린 건 동네를 떠나고 오랜 시간이 지난 뒤였다. 아파트 산책로에서 시멘트 바닥 위에 찍힌 작은 발자국을 발견했을 때 나는 한동안 잊어버렸던 메마른 못을 기억해냈다. 시멘트가 굳기 전에 밟은 건지 선명한 운동화 자국은 볼이 좁고 아담해 마치 어린애의 것처럼 보였다. 연한 살갗에 난 상처처럼 발자국은 아파트 단지 구석에 무심하게 존재하고 있었다.

"이게 뭐야?"

달려가던 아이가 멈춰 서서 발자국을 보더니 물었다. 나는 아이에게 다가가 바닥에 엎어질 듯 고부라진 작은 몸을 안아 일으켰다. 발자국이라는 대답 위로 어째선지 구덩이라는 오답이 부표처럼 떠올랐다.

"누가 왔다 간 흔적이야."

"흔적?"

"응. 흔적."

아이는 낯선 단어를 듣고 골똘히 생각에 빠졌다. 새 단어를 습득하느라 나름대로 분주한 아이를 보며 나는 저 조그마한 머리를 꽉 껴안거나 방금 들은 단어를 다시 말해보라고 채근하고 싶은 상반된 충동에 휩싸였다. 언젠가 아이에게 구덩이를 보여주고 싶었지만 그건 영영 불가능했다. 구덩이가 있던 마을은 이제 아파트가 빼곡한 신도시가 되었고 연못이 있던 자리에는 약국과 병원이 들어선 높은 건물이 생겼다. 해마다 고향 마을에 들를 때면 나는 이무기가 아직도 그곳에 있는지, 없다면 어디로 갔을지 궁금했다. 변해버린 지질과 환경에 혼란스러워하며 어두운 땅속을 헤맬지, 슬픔에 빠져 헤어진 연인을 찾고 있을지.

폐업 후 백화점 건물과 부지는 몇 번의 입찰과 리모델링을 반복하다 한 건설업체에게 팔려 오피스텔로 바뀔 예정이었지만 여전히 지지부진한 공사를 이어가고 있었다. 나는 시내 한가운데 천막이 쳐진 폐건물을 떠올렸다. 백화점도 오피스텔도 아닌 커다란 폐허 앞을 지날 때면 훗날 저기서 살게 될 사람들이 궁금해졌다. 백화점에서 일하던 수십 명의 직원과 그곳을 오가던 손님들도. 그 사람들도 나처럼 불쑥 북명이 떠올라 예기치 못한 회상에 잠기곤 할까?

가끔 이무기가 살던 연못이나 연인들이 나오는 꿈을 꿀 때면 그곳에 내가 있었다는 환시가 아침까지 생생하게 이어졌다. 꿈에서 연못의 물은 흘러넘쳤고 사랑에 빠진 이무기와 수많은 사람들이 환한 대낮 거리를 가득 메우고 있었다. 이무기를 떠난 처녀가 나였더라면 우리는 옛날이야기와는 다른 선택을 했을까? 오랜 시간이 지난 후에야 나는 그 구덩이를 사랑했다는 걸, 절망한 이무기와 이별과 실패한 오욕이 고인 빈 연못을 한없이 원했다는 걸 깨달았다. 사랑이 뭔지도 모를 때부터. 새벽마다 마음 졸이며 아버지가 죽거나 사고를 당한 건 아닐까 괴로워하던 어머니처럼. 그게 사랑이라면 날마다 지나치는 구덩이를 향해 뛰어들고 싶은 마음도 사랑이 아니었을까? 그게 사랑이 아니면 뭐겠어? 얼마나 많은 시체와 이루지 못할 마음이 묻혔든지 간에. 저 텅 빈 구덩이만큼 안락한 공간은 어디에도 없을 거라고, 그것만으로 모든 걸 포기할 수 있다고 매일 아침마다 생각했다면, 몸이 터져버릴 것 같은 시간을 그곳을 지날 때마다 겪고 또 겪었다면.

출근 첫날, 사장은 옆 매장에 일 잘하는 직원이 있으니 보고 배우라며 나를 조옥에게 보냈다. 조옥은 젊은 여성을 타깃으로 옷과 잡화를 파는 모즈의 직원이었다. 모즈는 레나타 매장보다 두 배쯤 넓고 손님도 많았다. 당시 유행하던 벨보텀, 판탈롱, 고고바지와 화려한 미니스커트를 입은 마네킹이 백화점 1층을 지나는 손님들의 눈길을 끌었고 그들은 어김없이 모즈에 들러 무언가를 사 갔다. 조옥은 모즈에서 일한 지 1년이 넘은 베테랑 직원으로 큰 키에 오밀조밀한 이목구비, 훤칠한 스타일이 모델 조혜란을 닮은 것으로 유명했다. 북명 조혜란. 그도 자신의 별명을 알고 있었을지는 모르겠지만 누구를 닮았다거나 외모가 더 예쁘다거나 하는 말은 그에게 별 감흥을 주지 않았을 것이다.

내가 모즈로 갔을 때 조옥은 한 손님을 상대하고 있었다. 양장 스커트에 모피 외투를 차려입고 같은 색의 핸드백을 든 중년 여자는 꼭 카탈로그에서 튀어나온 사람처럼 완벽해 보였다. 손님은 백화점 로고가 인쇄된 종이가방에서 보라색 바지 한 벌을 꺼내며 말했다.

"이런 걸 팔면 어떡해? 당장 환불해줘요."

손님은 만듦새가 별로라느니 스판이 없다느니 했지만 특별한 이유 없이 옷이 마음에 들지 않는 것 같았다. 연인처럼 옷과 사람 사이에도 저마다의 궁합이 있는 법이니까. 저 옷이 나를 마음에 들어할 때 사람도 옷의 완전한 주인이 되는 것이다. 조옥이 바지를 꺼내 흠이 난 곳은 없는지 집요하다 싶을 정도로 살피자 손님이 계산대를 탕탕 두드리며 목소리를 높였다.

"여기 사장님한테 산 거야, 얼른!"

조옥은 바지를 잡고 팽팽하게 당겨 늘어난 부분을 유심히 쳐다봤다. 잠시 후 계산대 위로 옷을 내려놓고는 느릿느릿 금고를 열어 지폐를 꺼내 손님에게 내밀었다.

"알았어요. 그런데 어디 가서 또 이러지 마세요."

손님은 조옥이 내민 돈을 받고 씩씩거리며 가게를 나섰다. 조옥은 재빨리 금고를 닫고 바지를 매장 구석에 걸어놓았다. 사촌의 잡화점에는 외상을 걸어놓고 1년이 넘게 돈을 주지 않는 손님들이 많았다. 한번은 외상값을 받으러 어느 손님의 집을 찾아갔다가 그가 죽었다는 소식을 듣고 그의 가족에게 외상의 절반만 받고 온 적도 있었다. 죽은 사람에게 외상값 받기. 조옥이라면 어떤 식으로 돈을 받아냈을까?

"이성자 씨?"

조옥이 반갑게 웃으며 나를 향해 손을 내밀었다. 웃을 때 볼우물이 패는 모습이 꼭 어린아이 같았다. 조막만 한 얼굴에 선명한 눈동자, 아이라인을 강조하는 눈매와 붉은 입술. 배우나 모델처럼 세련된 모습은 한마디로 서울깍쟁이처럼 보였으므로. 그의 고향이 서울이 아니라는 건 아무 상관 없었다.

후에 고향을 떠나 도시에서 살게 되면서 나는 한동안 조옥의 말씨를 모방하려 노력했다. 입에 익기까지 적지 않은 시간이 걸린, 그 어색한 말투를 흉내 내다 보면 조옥을 처음 만나던 즈음의 내가 떠올랐다. 그럴수록 조금도 조옥과 닮지 않았다는 사실을 깨닫게 될 뿐이었지만. 조옥은 옷 거는 법부터 창고에서 재고 찾는 법, 손님이 매장에 들어오면 응대하는 법까지 알려줬다. 말끝마다 잘 아시겠지만, 이라거나 별로 어려운 건 아닌데, 라고 덧붙이는 버릇은 일부러 선을 긋는 것처럼 거리감이 느껴졌고 나중에는 그런 차가움마저 매력적으로 느껴졌다. 몰래 따라 해보던 낯설고 신비로운, 조옥의 억양들.

조옥은 손님이 걸어오는 모습만 봐도 그가 옷을 살 손님인지 아닌지 구분할 수 있다고 했다. "중요한 건 손님이 뭘 입었느냐가 아니라 뭘 보느냐예요. 어떻게 보는지 알면 더 좋고." 아, 그 말을 들으니 나도 알 것 같았다. 목적 없이 구경하러 오는 사람에게선 어떤 절박함도 느껴지지 않는 법이다. 강을 건너는 사람은 다리 아래 무엇이 있는지 알 필요가 없으니까.

그날 조옥과 점심을 먹으며 나는 조옥에 대해 몇 가지를 더 알게 되었다. 고향을 떠나 백화점에서 일하며 이모네 집에 살고 있다는 것, 나이는 나보다 두 살 더 많지만 보기에는 더 많아 보인다는 것. 아마 본래 나이보다 더욱 성숙해 보이는 화장법—눈매를 강조한 진한 섀도와 컬러 마스카라—때문일 테지만 그건 조옥에게 무척 잘 어울렸다. 나는 조옥이 스물다섯이라는 사실보다 정말 조혜란과 친척인지, 월급이 얼마나 되는지, 애인은 있는지가 궁금했다. 나는 조옥에게 궁금한 것과 묻지 않을 것들 중 무엇이 더 중요한지 가늠했다. 궁금한 걸 다 물어보면 조옥이 나를 이상하게 생각할지도 몰랐다. 촌스러움. 그건 조옥에게 절대 들켜선 안 될 나의 비밀이었다.

*

한 달이 지나고 첫 월급을 받았다. 나는 그 돈을 가치 있는 일에 쓰고 싶었다. 월급은 거의 집으로 들어갈 것이지만 내 몫으로 남겨둔 돈을 나를 위해 쓸 준비가 되어 있었다. 이를테면 백화점 다방에서 커피를 마시거나 레스토랑에서 근사한 식사를 하는 것. 매번 점심으로 국수만 먹는 것도 질렸고 어머니가 싸준 도시락을 직원용 식당에서 꺼내는 건 더더욱 싫었다.

"오늘 저녁에 바쁘니?"

늦은 점심을 먹고 돌아오던 조옥이 나를 보고 매장 안으로 들어왔다. 그사이 조옥과 나는 부쩍 친해져 점심을 같이 먹거나 서로 재고정리를 도우며 시간을 보내기도 했다. 조옥을 언니라 부르게 된 후 나는 그가 북명 사장과 비슷한 사람일 거라는 생각을 하곤 했다. 북쪽에서 돈을 벌고 고향으로 돌아오는 사람. 북명에 머물다 자신이 온 곳으로 돌아가는 사람. 때가 되면 조옥 또한 이곳을 떠나 고향으로 돌아갈 것이라는 생각에 벌써부터 그날이 그리워지는 기분이었다.

"저녁엔 왜?"

"나랑 에꼴드빠리 갈래?"

에꼴드빠리는 백화점 꼭대기 층에 있는 음악다방이었다. 젊은 남자가 디제이를 하며 음악을 틀어주는 곳이었는데 그때까지 나는 한 번도 다방에서 차를 마셔본 적이 없었다. 다방뿐 아니라 고향을 떠난 적도, 비행기를 타본 적도 없었다. 나는 조옥에게 좋다고 말하고 계산대 위를 정리했다.

에꼴드빠리를 제외한 꼭대기 층의 다른 곳은 비어 있었다. 백화점 한 층의 절반쯤 되는 공간이 모두 다방이었지만 그곳은 매장과는 전혀 달랐다. 벽과 바닥, 천장에는 짙은 색의 원목이 벽지처럼 뒤덮여 있었고 체크 매트가 깔린 테이블과 베이지색 소파, 고무나무 화분과 색색의 화병이 놓인 모습은 언젠가 영화에서 본 이국의 호텔처럼 멋스러웠다. 한 번도 가본 적 없는 외국이라는 곳. 일본으로 간 오빠나 미국에 산다는 어머니 친구의 이야기를 들어도 난해한 소설 속 인물들처럼 비현실적이기만 했다. 오빠는 잘 있을까? 문득 조옥을 오빠에게 소개해주고 싶다는 생각이 들었고 머릿속에서 그와 내가 가족이 되었다가 비극으로 끝나는 상상이 겨울밤의 꿈처럼 순식간에 지나갔다. 천이 덧씌워진 긴 스탠드와 벽에 걸린 그림, 선반에 놓인 아프리카풍 조각이 낮은 조도의 조명 아래 고풍스러운 느낌을 자아냈다. 조옥은 익숙하게 자리에 앉아 가방에서 담배를 꺼냈다. 금빛 바탕에 단정히 쓰인 청자라는 글씨가 조옥과 무척 잘 어울렸다. 외제나 일제를 필 줄 알았는데. 조옥이 탁탁 담뱃갑을 손바닥에 치대더니 한 개비를 권했다. 나는 말없이 고개를 저었다.

"담배는 청자, 노래는 추자 몰라?"

조옥이 슬며시 웃으며 담배를 태웠다. 잠시 후 커피 두 잔이 나왔다. 조옥의 커피에는 노른자가 올라가 있었다.

"그건 뭐야?"

"모닝커피."

나는 커피에 설탕과 프림을 넣으며 언젠가 저걸 꼭 마셔봐야겠다고 생각했다. 조옥이 백자처럼 창백한 손으로 찻잔을 들어 노른자를 삼키더니 이내 담배를 피웠다.

"맛있어?"

홀쭉하게 볼을 빨아들인 조옥이 고개를 끄덕였다. 그때까지 내가 알던 여자 중 담배를 피우는 사람은 돌아가신 외할머니밖에 없었다. 나뭇가지 같은 곰방대에 말린 담뱃잎을 넣고 불을 붙여 파이프를 빨아들이는 행위는 한 편의 연극 같았다. 곰방대는 할아버지의 유품이었는데 할머니는 그가 돌아가신 후에야 담배를 피우기 시작했고 그건 내가 아는 가장 낭만적인 이야기였다. 한쪽이 죽거나 사라진 뒤에야 시작되는 관계. 조옥도 누군가에게 담배를 배웠을 거라는 생각이 들자 그에게 담배를 가르친 사람이 궁금해 조바심이 났다.

"왜 이걸 피워?"

나는 심드렁하게 묻고는 입안에 든 커피를 삼켰다. 설탕과 프림을 세 스푼씩 탄 커피는 무척 달고 느끼했다.

"내가 청양띠거든."

머릿속에 양띠와 원숭이띠 궁합에 대한 속설들이 떠올랐다. 온순하고 순종적인 양띠와 창의적인 원숭이띠. 나는 조금도 창의적이지 않은데. 테이블 위에 놓인 설탕과 프림통, 신문과 재떨이가 놓인 모습이 벽에 걸린 그림 같았다. 누군가 보기에 조옥과 나도 그림 속 풍경 같을까? 잠시 후 조옥이 메모지를 꺼내며 물었다.

"무슨 노래 좋아해?"

"나는…… 어니언스나 조동진. 언니는?"

사실 어니언스를 좋아하지도 싫어하지도 않았다. 다방 입구에 붙은 수많은 사진 중 어니언스의 얼굴이 가장 먼저 눈에 들어왔을 뿐이었다. 활짝 웃고 있는 두 남자는 어디선가 본 것 같기도 하고 아는 사람들 같기도 했지만 사실 내가 만났던 사람 중 그렇게 웃는 남자들은 없었다. 슬픔이라고는 모를 것 같은 사람들. 하얗게 빛나는 건치와 반짝이는 얼굴, 부유하고 도회적인 분위기. 어쩌면 영원히 나와 만날 수 없을 것만 같은.

잠시 후 다방 구석에 놓인 커다란 스피커에서 어니언스의 노래가 흘러나왔다. 조옥과 나는 후렴구가 시작되는 부분에서 함께 노래를 따라 불렀다. 후렴구가 끝나갈 무렵, 조옥이 담배 한 모금을 빨더니 눈가를 훔쳤다. "언니, 울어?" 조옥이 빨개진 눈을 비비며 웃었다. 술은 한 모금도 마시지 않았는데 취한 기분이었다. 조옥이 작게 흥얼거리며 빈 커피잔 위로 담뱃재를 털었다. 담배를 끼운 가느다란 손가락에 자꾸 눈이 가, 다 식은 커피를 억지로 입에 넣었다.

그날 집으로 가는 길에 구덩이를 봤다. 바닥을 헤집고 흙을 뒤집어쓴 공사장 주변에는 새로 생긴 구덩이가 많아 뭐가 뭔지 구별하기가 어려웠다. 나는 천천히 익숙한 구덩이 안으로 고개를 숙였다. 공사장에서 나온 돌과 흙, 주먹처럼 뭉쳐진 모래가 낡은 울타리처럼 무너져 있었다. 나는 팔을 뻗어 구덩이 안으로 집어넣었다. 바닥은 보이지 않을 정도로 깊어 손끝이 닿지 않았다. 어딘가에 통로가 있어 바람이라도 지나갈 수 있다면. 그러나 구덩이 안은 좁고 막다른 벽이었다. 이무기가 떠나면 구덩이는 어떻게 될까. 물도 아무기도 없는 구덩이를 나는 계속 사랑할 수 있을까? 흙 한 줌을 구덩이 안으로 집어넣자 한참 뒤 무언가 떨어지는 소리가 났다. 자잘한 알갱이들이 바닥에 닿는, 마르고 텅 빈 허공이 끝나는 소리였다. 조금 더 몸을 숙이면 그 안으로 들어갈 수 있을 것 같았다.

내가 구덩이라면, 혹은 진흙이라면. 물과 바람을 따라 자유롭게 변한다면. 진득한 몸으로 어디든 달라붙을 수 있다면. 아니 연못이라면. 흐르고 넘쳐 원하는 곳 어디로든 갈 수 있다면. 뛰어들 수 있다면. 녹아서 사라질 수 있다면. 이성자가 아닌 무엇이라면. 내가 조옥이라면. 그런 열망이 예기치 않게 급습할 때면 오한이 나듯 몸이 떨리고 추위가 밀려왔다. 무언가를 이루려면 몸의 허락이 필요했다. 자꾸 나에게 묻고 비밀을 되새겨야 했다. 바깥은 봄인데 내 몸속 어딘가는 여전히 겨울이었다. 나는 팔짱을 끼고 집으로 돌아갔다.


그 후 종종 조옥과 에꼴드빠리에 갔다. 다방 직원은 조옥과 내가 갈 때마다 어니언스의 노래를 틀어주었다. 어니언스와 조동진, 김추자가 우리의 레퍼토리였다. 조옥은 팝송도 자주 신청했는데 엘튼 존이나 프린스, 핑크플로이드 같은 생소한 외국 가수들의 노래도 많이 알고 있었다.

"언닌 어떻게 그런 걸 다 알아?"

"라디오에 맨날 나와."

"난 꼬부랑말은 하나도 모르겠던데."

조옥이 웃으며 엘튼 존의 노래를 따라 불렀다. 그 후 엘튼 존
을 실제로 본 건 20여 년이 지나 잠실에 내한 공연을 왔을 때였다.
내가 가끔 엘튼 존의 노래를 흥얼거리던 걸 기억한 딸이 결혼 20주
년을 기념해 준비한 선물이었다. 실제 결혼 생활은 그보다 2년
일렀으므로 엄밀히 말하면 22주년 기념이었다.

딸을 임신한 건 남편과 살림을 차리고 수년이 지난 후였다.
난임이라는 말보다 씨가 없다느니 밭이 별로라느니 하는 식의 표
현이 더 자주 쓰일 때였다. 결혼 사진에는 풍성한 퍼프 소매가 달
린 화려한 웨딩드레스를 입은 내가 진한 눈화장을 하고 처음 보
는 표정으로 서 있다. 그때 나는 무슨 생각으로 그 드레스를 골랐
을까? 결혼식장 1층의 드레스숍에서 5분 만에 고른 옷은 허리가
좁고 가슴 부분이 헐거워 옷핀으로 잔뜩 고정해야 했다. 1984년
의 여름, 아이를 배고 붉은 융단이 깔린 버진로드를 걸으며 앞으
로 어떤 삶을 살게 될지, 무슨 일을 겪을지 조금이라도 짐작할 수
있었다면 나는 다른 선택을 했을까? 가끔은 어디에도 기록된 적
없는 82년부터 84년 사이의 날들이 궁금해 예전 살림을 뒤지곤
했다. 오래된 그릇, 사진첩, 가계부, 고지서와 등본, 읽을 수 없는

족보까지. 사람들의 기억을 합쳐도 그때의 단서를 원하는 만큼 찾을 수 없었다. 오천 피스 퍼즐의 잃어버린 조각처럼. 그 조각은 오직 남편과 나의 기억에만 남아 있었다.

조각을 다시 만난 건 공교롭게도 남편의 뇌수술이 끝난 뒤였다. 회복실에서 만난 남편이 새파랗게 질린 얼굴로 현철아, 라고 말했을 때 나는 그가 다른 사람이 되었을지도 모른다는 걸, 이전으로 돌아갈 수 없다는 걸 예감했다. 남편의 섬망은 여러 번 반복됐다. 그는 오랜 불면을 보상받으려는 듯 종종 잠에 빠졌고 그때마다 현철이나 명환, 영진이라는 낯선 이름을 부르며 나의 마음을 선득하게 만들었다. 그들은 수십 년 전 남편과 함께 베트남에 참전했던, 이제는 모두 죽은 사람들이었다.

"여보, 장난치지 말고. 나 누구야, 응?"

남편은 나를 보더니 눈알을 굴리며 처음 만난 사람인 양 얼굴을 붉혔다. 나는 그 표정을 알고 있었다. 오래전 서로를 알아가던 시기의 젊은 남편의 얼굴이었다. 그는 딸에게 누구시냐고, 자신을 아냐고 묻더니 돌연 눈꺼풀을 까뒤집으며 잠에 빠졌다. 꼭 죽은 사람처럼. 잠든 그의 모습은 아프기 전과 조금도 다르지 않아 보였다. 다 기억하면서 모른 척하는 건지, 이런 와중에도 유머를 잃지 않는 그에게 고마워해야 할지 알 수가 없었다. 나는 그가 아픈 척 연기한다고, 평소처럼 실없는 농담으로 딸과 나를 웃기

려는 줄만 알았다. 어쩌면 우리는 그의 머릿속에 사는 다른 많은 사람들처럼 죽은 사람들—그의 전우들처럼—과 마찬가지라는 건 짐작도 하지 못하고. 의사는 제거하지 못한 피가 너무 깊이, 기술적으로 빼내기 어려운 곳에 있어 환영이 반복된다고 했지만 나는 그게 전부가 아니라는 걸 알고 있었다. 그곳에 숨어든 피는 남편을 사랑하는지도 몰랐다. 너무 사랑해서 원래의 세계로 돌아가지 못하도록, 영원히 깊은 골짜기에 갇히도록. 그 피들은 한밤중에 남편을 깨우고 오래전 죽은 사람의 이름을 외치며 나에게 집에 데려가달라고, 아내를 불러달라고 말하게 했다. 한번은 늦은 밤 침대에서 일어나려는 그의 팔에서 수액 바늘이 빠진 적이 있었다. 몸부림치는 남편을 붙잡고 왜 그러냐고 묻자 생각지도 못한 대답이 돌아왔다.

"이사 가야 해."

"무슨 이사?"

"전세로."

"전세?"

남편이 도시로 부임한 해 집을 산 이후 우리는 여태껏 이사 간 적이 없었다. 남편이 말한 전세는 결혼 전, 살림을 차린 뒤 머물던 고향 변두리의 두 번째 신혼집을 말하는 것이었다. 83년도 즈음의 어딘가. 나는 그의 헛소리가 반가워 장단을 맞춰 대꾸했다. "이사는 언젠데? 전세금이 얼마야?" 피곤에 지쳐 잠들 때까지 남편은 결혼을 앞둔 젊은 시절로 돌아간 것 같았다. 그런 모습을 보면 오래된 기억이란 게 공기 중에 머물다 특정한 조건에 나타나는 화학 현상이 아닐까 생각했다. 비가 오면 관절이 쑤시듯 어떤 과거는 우리 주위를 떠돌다 머릿속 피가 빠르거나 느리게 흐르는 순간 몸속으로 들어와 설명하기 어려운 상황을 재현하고 떠나간다. 섬광처럼 빛나는 기억의 조각들. 가끔 남편은 온종일 말없이 허공만 바라보기도 했다. 유령이라도 본 것일까. 남편의 주위를 떠도는 유령은 누구일까. 그의 과거? 전우들? 그럼 내 유령의 이름은 뭘까. 조옥? 구덩이? 혹은 이런 것들. 에꼴드빠리, 엘튼 존, 작은 새, 모닝커피, 그리고 청자와 추자와 이무기가 몸속 어딘가에 고여 어떤 기술로도 빼낼 수 없듯 박혀 있다면.

그즈음 조옥과 다방에서 듣던 노래들을 기억한다. 어떤 노래는 선명하고 어떤 노래는 흐릿하다. 다만 이런 것들은 분명히 기억난다. 우리는 금요일마다 에꼴드빠리에 갔다. 다방의 모든 메뉴—모닝커피, 알커피, 비엔나커피, 모어커피, 율무차, 쌍화탕, 핫밀크—를 한 번씩 다 마셔보았고 조옥은 모닝커피를, 나는 알커피에 프림과 설탕을 양껏 넣어 마시고는 했다.

그날 조옥은 내내 신이 나 있었다. 휴가 시즌을 앞두고 매출이 잘 나오던 시기였다. 조옥은 직원 식당에서 저녁을 사고 다방에서 가장 비싼 메뉴를 시키라고 하더니 박스의 디제이에게 직접 노래를 신청했다. 잠시 후 노래가 나오자 조옥이 멜로디를 흥얼거렸다. 엘튼 존이었는지 비틀즈였는지 혹은 다른 외국 가수였는지 모르겠다. 처음 듣는 노래가 스피커에서 흘러나왔고 나는 몸살이 올 것 같았다.

"나 이제 매니저야."

조옥이 기쁜 목소리로 말했다. 그가 사장의 다른 매장을 맡을 거라는 소문을 들은 터라 그리 놀라운 정보는 아니었다. 경쾌한 멜로디 사이로 조옥의 살짝 쉰 목소리가 안개처럼 어우러져, 나는 마치 커다란 라디오 앞에 앉아 있는 기분이 들었다.

"정말? 축하해."

그렇게 말하자마자 이상하게도 온몸의 힘이 쏙 빠졌다. 조옥은 후렴 부분까지 흥얼거림을 멈추지 않다가 노래의 마지막 부분에는 큰 소리로 따라 부르기 시작했다. 앤 디드 잇 마이 웨이. 손님들이 고개를 돌려 조옥과 나를 쳐다보았다.

"언니, 좀 조용히 해."

조옥은 내 말에도 아랑곳없이 목소리를 높였다. 마치 그곳이 자신의 무대라도 되는 양. "언니, 언니!" 조옥은 아무것도 들리지 않는다는 듯 소리 없이 입술을 아옹거리다 눈을 찡긋거리며 웃었다. 낮에 먹은 냉면이 얹힌 게 분명했다.

나는 식은땀을 흘리며 말했다.

"언니, 조금만 조용히 해줄래?"

조옥이 내 말을 비웃듯 더욱 큰 소리로 노래를 불렀다. 나는 순간 조옥에게 커피를 붓고 싶은 마음을 간신히 참았다. 멋대로 노래를 부르는 조옥이 부끄러운 건지 그런 조옥을 부끄러워하는 내가 미운 건지 알 수 없었다. 이제 와 생각하면 그 기억은 조금 과장되고 왜곡된 것 같다. 우리가 〈마이 웨이〉를 함께 들었던 적이 있었던가? 조옥이 프랭크 시나트라를 좋아했거나 에꼴드빠리에서 그의 노래를 들었던 적이 있는지조차 확실히 알 수 없기 때문이다. 그때 다방에 울려 퍼지던 노래가 무엇인지, 가사가 무슨 뜻인지 알았다면 무언가 달라졌을까? 노래가 끝나갈수록 조옥의 목소리는 커졌고 나는 배 속이 부글대며 밑이 빠질 듯한 통증을 느꼈다. 이제는 그때의 두려움이 무엇인지 알고 있지만 그 사실을 과거의 나에게 전할 방법은 어디에도 없다. 혹은 타임머신이 생겨 과거의 나를 만난다면 그때의 나에게 뭐라고 말할 수 있을까? 조옥이 날 놀리려던 게 아니라고, 조옥은 그런 사람이 아니라고. 나는 불현듯 어머니의 말을 떠올렸다. **분시와 배설.** 한 번도 귀 기울인 적 없는 그 말이 나의 몸으로 들어와 온몸의 장기를 뒤집어대는 것 같았다. 젖먹이의 배앓이처럼 배설이 뒤집히고 오장육부가 뒤틀리는 기분이 한동안 몸 안을 떠나지 않았다.

나는 조옥에게 몸이 좋지 않다고 말하고 급히 자리에서 일어났다. 조옥이 나를 불렀지만 듣지 못한 척 다방을 빠져나왔다. 그날 집으로 돌아와 내내 앓았다. 홍역에 걸린 어린 날처럼 지독하고 혼곤한 꿈이 새벽 동안 나를 괴롭혔다. 눈을 떴을 때 꿈은 손가락 사이로 빠져나간 모래처럼 조금도 기억나지 않았다.


다음 주 조옥은 내내 보이지 않았다. 나는 모즈 앞을 기웃거렸지만 조옥은 어디에도 없었다. 몇 번 본 적 있는 짧은 머리의 직원이 나를 보고 반갑게 인사했다. 그는 나를 보자마자 언니, 하고 부르며 일이 늘었다고 구시렁댔다. 무릎 위까지 올라오는 미니스커트에 진한 화장을 한 직원은 윤복희를 닮았고 본인도 그 사실을 알고 있는 것 같았다. 옷걸이를 잡은 손의 새끼손가락이 허공에 음표를 그리듯 말소리를 따라 흔들렸다.

"한가하면 좀 도와줘요." 나는 사장의 허락을 받고 모즈에서 오후 내내 옷 정리를 도왔다. 한차례 손님들이 빠져나가고 한가해지자 직원이 말을 걸었다.

"근데 조옥 언니 있잖아요."

타지 억양이 섞인 앳된 목소리가 은밀한 비밀을 알려주듯 속삭였다.

"밤에 다른 일 하는 거, 언니는 알고 있었죠?"

나는 내심 놀랐지만 무심한 척 되물었다.

"그게 무슨 소리야?"

"아이참, 크럽이나 싸롱 말이에요."

나는 들으면 안 될 말을 들은 것처럼 윤복희의 말—그 직원의 이름이 기억나지 않으므로—을 무시했다. 사교장이라 불리는 가게들은 언제나 일할 사람을 찾고 있었고 신문이나 거리의 벽보에는 그들이 낸 구인 광고가 사시사철 붙어 있었다. 용모 단정한 교양 있고 아름다운 여성을 기다립니다. 아름다운 여성들. 조옥은 내가 아는 사람 중 가장 예쁘고 세련된 여자였다. 원한다면 어디서든 지금과는 다른 일을 할 수 있으리라. 원하는 모든 것을 할 수 있으리라. 이무기를 떠나버린 영민하고 지혜로운 연인처럼.

퇴근 시간이 가까워지자 나는 손님이 벗어두고 간 옷가지를 재빨리 정리하고 서둘러 매장을 나왔다. 머릿속으로 조옥을 두고 간 일을 되새기며 무슨 말을 해야 할지, 뻔뻔하게 없던 일로 할지 고민했다. 화장실 거울에 비친 얼굴이 부쩍 피곤해 보여 나는 몇 번이고 손을 씻었다.

백화점 로비로 나왔을 때 내내 보이지 않던 조옥이 평소와 조금 다른 모습으로 서 있었다. 곱게 화장을 하지도, 단발머리를 젤로 빗어 넘기지도 않은 채 얇은 코트를 걸친 조옥은 초조한 얼굴로 나를 보며 말했다.

"성자야, 부탁 하나만 하자."

조옥이 나를 데리고 비상구 계단으로 갔다. 나는 그가 먼저 말을 걸었다는 사실에 안도하며 언니가 원하는 것은 무엇이든 하겠다고, 다 말해보라고 소리치고 싶었다. 이제 예전처럼 편해지자고, 서로 비밀을 공유하자고.

"돈 좀 빌려줄 수 있어? 많이는 말고."

조옥이 말한 금액은 당시 내 월급의 절반쯤 되는 돈이었다. 집안의 한 달 치 생계가 포함되어 있는, 내 몫으로 남긴 얼마를 제외하고 모두 어머니의 손으로 들어가야 하는 돈. 나는 조옥이 어째서 돈을 빌려달라고 하는지, 그걸 어디에 쓸 것인지 알고 싶었다. 아무렇지 않은 척했지만 내가 매주 다방에서 쓰는 돈은 정해져 있었고 주에 한두 번은 도시락을 싸서 다니는 걸 알았으면서. 조옥의 당당한 표정을 보자 그가 나에게 빚을 받으러 온 건지 헷갈릴 정도였다.

"내가 그런 돈이 어디 있어?"

조옥이 잠시 후 억울한 듯 말했다. "너는 있을 줄 알았지." 그 목소리를 듣자 쓸쓸하고 속상한 마음이 들었지만 정확히 무슨 감정인지 그때는 몰랐다. 다만 우리가 이제 돌이킬 수 없다는 것을, 예전만큼 다시 돈독해질 수 없을 것 같다는 예감만은 확실했다.

나는 잠시 고민하다 어렵게 입을 열었다.

"그 정도는 안 되고 조금은 빌려줄 수 있어."

그전까지 나는 누구에게도 돈을 빌려준 적이 없었다. 그럴 만한 돈도 없었거니와 내 손에 들어온 돈은 대개 어머니에게, 그리고 아주 조금만 나에게 돌아왔기 때문이었다. 나는 가방에서 현금이 든 봉투를 꺼냈다. 봉투 안에는 조옥이 말한 돈의 절반 정도 되는 금액이 들어 있었다. 나는 손가락에 침을 묻혀가며 천천히, 여러 번 지폐를 셌다. 조옥의 시선이 달라붙은 나의 손가락을 온몸으로 의식하면서. 그때 내가 묻고 싶었던 말은 따로 있었다. 언니 무슨 일 있어? 내가 도와줄까? 나한테 말해봐, 혹시 남자 문제야? 나는 조옥이 때때로 백화점 안의 남자 직원들과 '놀아난다'는 소문이 돈다는 것을 알고 있었다. 그 소문이 진짜든 가짜든, 조옥은 오직 지폐에만 관심 있다는 듯 집요하게 내 손을 바라봤다. 잠시 후 돈을 건네받은 조옥이 작은 목소리로 고마워, 라고 말하고는 갑자기 나타났을 때처럼 황급히 계단을 올라 백화점을 빠져나갔다.

\*

그해 여름 아버지가 돌아와 어머니는 내내 들떠 있었다. 무더

위가 시작되자 하나밖에 없는 선풍기를 돌려 쓰느라 집 안은 찜통이었다. 나는 백화점에서 잔업을 도맡으며 최대한 집에 늦게 들어갔다. 조옥은 모즈의 두 번째 매장으로 출근해 한동안 보이지 않았다. 그가 사표를 냈다는 소문이 돌았다.

"언니는 알고 있었죠?"

윤복희는 나를 볼 때마다 무언가 말해주길 바라는 것처럼 은밀하게 물었지만 나는 아무 대답도 하지 않았다. 그와 나눌 비밀 같은 건 없었다.

그즈음 구덩이가 있는 도로에 건물을 세우기 위해 수많은 사람들이 동네를 들락거렸다. 관공서와 건설사, 측량기사와 운수업자로 보이는 낯선 남자들이 펑퍼짐한 잠바를 입고 진흙밭이 된 고랑을 오가며 중요한 일을 하듯 거들먹댔다. 아무것도 모르면서. 아무것도 모르는 것들이. 나는 아침마다 마음을 졸이며 구덩이가 사라진 건 아닌지, 얼마나 메꿔졌는지 확인했다. 구덩이가 없어지면 이무기는 어떻게 되는가. 아무것도 아니게 될 테지. 구덩이를 없애지 말라고 동사무소에 민원이라도 넣고 싶었다. 그 외에는 아무것도 중요치 않았다.

한번은 아버지가 나를 부르더니 돈 좀 있냐고 물었다. 못 들은 척 방으로 들어가자 그가 앓는 소리를 내며 마당에 주저앉았다.

"내가 믿을 덴 너밖에 없는데……."

아버지가 울먹이며 사촌의 큰아버지의 남동생 이야기를 하기 시작했다. 어디서 또 사기를 당했다는 말이었다. 지랄 마요. 나는 속으로 말을 삼켰다.

"얼마나요?"

아버지가 말한 금액은 내 월급의 두 배 정도였다. 나는 머릿속에 떠오르는 온갖 험악한 생각을 간신히 참아내며 알았다고 말하고 방으로 들어갔다. 마당에서 아버지가 나를 불렀지만 듣지 못한 척 방문을 닫았다.

한동안 보이지 않다가 다시 만났을 때 조옥은 평소와 똑같이 나를 대했다. 예전처럼 함께 에꼴드빠리에 가는 일은 없었다. 나는 집안 핑계로 칼같이 시간을 지켜 퇴근했고 조옥 또한 백화점에서 보이지 않는 날이 많아졌다. 다음 달이 되고 다다음 달이 되어도 조옥은 돈을 갚지 않았다. 나는 점점 초조해졌다. 조옥에게 그리 큰돈이 아닐지 몰라도 나에겐 생활비의 몇 분의 일이 되는 거금이었고 집에 돈 들어갈 일은 허다했다. 조옥이 어느 날 갑자기 증발하거나 사라져 돈 갚을 일이 요원해지지는 않을 테지만—그럴 가능성이 아주 없지는 않았다—그럴수록 확실히 해야 할 것 같았다. 한편으로 이대로 조옥이 돈을 갚지 않고 빚으로 이어진다면 그것 또한 나쁘지 않을 것 같았다. 조옥에게 돈을 받고 싶으면서도 받고 싶지 않았다.

가을이 가까워졌을 즈음 조옥이 오랜만에 백화점에 나타났다. 나는 매장에 있던 손님도 팽개치고 모즈로 달려갔다.

"언니, 돈 언제 줄 수 있어?"

"응? 무슨 돈?"

조옥은 마침 매장에 들어온 손님에게 신상품을 권하고 있었다. 마네킹에 걸린 가죽 재킷은 손님에게 조금 작았지만 조옥은 그의 팔에 옷을 끼우고 거울 앞으로 데려갔다. "옷이 주인을 찾았네요." 조옥이 안개처럼 아름다운 목소리로 말했다. 그러고는 나를 돌아보며 소리 없이 입모양으로 말했다. 기다려. 나는 별 수 없이 레나타로 돌아왔다. 방금까지 레나타에 있던 손님은 사라지고 없었다. 손님이 옷을 훔쳐 갔을지도 모른다는 생각이 들었지만 아무 상관 없었다. 몇 시간 후 모즈로 갔을 때 조옥은 퇴근한 뒤였다.

그 후 조옥을 다시 만난 건 거의 한 달 뒤였다. 새 직원의 환영회가 있던 날이었다. 사장은 모즈의 새 매장을 부러워했고 레나타의 매출은 예전만큼 좋지 않았다. 그즈음 세상은 북명과 북명 밖으로 나눠진 것 같았다. 북명 안은 언제나처럼 평화로웠다. 양장을 빼입은 점잖은 손님들과 사장의 친구들이라는 중년 남녀, 백화점에 처음 온 것 같은 젊은이들이 매장을 돌아다니며 어린아이 같은 목소리로 묻고는 했다. 에꼴드빠리가 어디예요? 나는 매니저로 승진해 월급이 약간 올랐으며 사장은 새 직원을 뽑았다. 반년 전 나와 함께 입사했던 다른 매장의 직원들은 모두 퇴사한 뒤였다.

저녁을 먹고 신입 직원과 에꼴드빠리에 갔을 때 조옥의 곁에는 처음 보는 남자들이 앉아 있었다. 테이블 위에는 빈 술병이 가득했고 꽁초가 쌓인 재떨이는 금방이라도 쏟아질 듯 아슬아슬했다.

"성자야! 일로 와."

조옥이 나를 보며 손짓했다. 그사이 머리를 짧게 자른 조옥은 어딘가 조숙한 십대처럼 보였다. 새로운 스타일의 화장 때문일지도 몰랐다. 조옥은 곁에 앉은 남자의 품에 거의 안기다시피 기대고 있었는데 맞은편에 앉은 두 남자가 그 모습을 보며 불길하게 낄낄대고 있었다. 나는 원수를 만난 듯 남자들을 노려봤다. 누군가 손을 내밀어 인사를 건넸지만 대답하지 않았다. 익숙한 팝송이 흘러나왔고―엘튼 존이었는지 비틀즈였는지―조옥은 노래에는 관심도 없는 듯, 나와 남자들을 번갈아 보며 기쁜 듯이 말했다.

"내 친구야. 얘 진짜 똑똑하다?"

조옥의 말에 남자들이 자리에서 일어나 나와 신입에게 소파 한쪽을 비워줬다. 남자 중 한 명은 낯익은 백화점 직원이었고 나머지 둘은 거리에서 흔하게 보던 스틱보이들이었다. 어디서 구르다 온 개뼈다귀처럼 겉만 번지르르한 놈들 같으니. 나는 욕이 튀어나올까 봐 잠자코 있었다. 혹은 누군가 조금이라도 날 건들길, 그런 상황을 바랐는지도 모르겠다. 신입은 불편한지 흥미로운지 알 수 없는 표정으로 말없이 앉아 조옥이 따라준 맥주를 마셨다. 조옥은 새 커피를 시키고 잔에 설탕을 집어넣으며 말했다.

"설탕 둘 프림 둘, 맞지?"

나는 조옥이 타준 커피를 홀짝대며 그의 새 친구들을 곁눈질했다. "어때, 맛있어?" 커피는 달고 느끼했다. 나는 술에 취한 조옥을 노려보며 다시는 설탕을 넣지 않겠다고, 이렇게 단 커피는 마시지 않겠다고 다짐했다.

늦게까지 이어지던 술자리가 파하고 집으로 가는 길에 사이렌 소리가 들렸다. 거리의 사람들이 골목 사이로 빠르게 사라졌다. 나는 조옥과 어느 건물에 들어가 한참을 숨죽였다. 어둠 속에 바짝 다가온 조옥의 날숨 사이로 희미한 분과 술 냄새가 났다. 그 달콤한 향에 질식할 것 같았다. 위나 아래 어느 쪽으로도 갈 수 없는 이중 철문이 달린 건물 입구에 조옥과 붙어 서서 나는 어째선지 슬픔과 약간의 치욕을 느꼈다. 하루 종일 일에 찌든 내 몸에서는 땀과 먼지 냄새가 날 것이었다.

"다들 어디로 갔을까?"

조옥은 바깥을 둘러보며 헤어진 일행을 찾았다. 숨바꼭질하는 아이처럼 조옥의 얼굴에 홍조가 떠올랐다. 집 앞 골목에서는 늦게까지 퇴근하지 않는 나를 기다리며 어머니가 아기를 업고 서성이고 있을 것이었다. 조옥에겐 아직 남은 새벽이 있었다. 나와 상관없이 흘러가는 어두운 밤이. 바깥을 살피던 조옥이 누군가 발견한 듯 반갑게 소리를 지르며 손을 흔들었다. 그 순간, 마침내 나는 조옥과 예전처럼 만날 수 없다는 것을, 깊을 밤을 함께 보내듯이 커피를 나눠 마실 수 없다는 것을 깨달았다. 더 이상 조옥이 머무는 풍경에 내가 속하지 않는다는 것을, 어쩌면 원래부터 그곳엔 내가 없었을지도 모른다는 것을.

그 후 얼마 지나지 않아 조옥이 백화점을 그만둘 때까지 우리가 에꼴드빠리에서 만난 적은 없다. 오랜 시간이 지난 지금까지도.


겨울이 오기 전에 아버지가 집을 나갔다. 성민이는 기말고사에서 전교 1등을 했다. 그즈음 마을 회관에 분향소가 생겨 어머니는 아침마다 소복을 차려입고 참배를 하러 갔다. 동생들은 근조 리본을 달고 학교에 갔지만 나는 어째선지 자꾸 리본을 잃어버렸다. 대통령이 죽은 뒤 한동안 가는 곳마다 조기가 걸려 있었다. 어머니는 아버지가 죽은 것처럼 종종 눈물을 흘렸다. 국장이 끝난 저녁 어머니는 오랜만에 고깃국을 끓였다. 고소한 냄새가 집 안에 가득 차는 동안 성진이는 품에 아기를 안고 외국으로 보낼 편지를 썼다. 나는 방에 누워 남은 용돈이 얼마인지 헤아렸다.

"잘 좀 먹고 다녀라."

어머니가 내 앞으로 찬거리를 밀었다. 소고기를 잔뜩 넣은 뭇국은 성민이가 좋아하는 음식이었지만 나는 별말 없이 밥그릇을 다 비웠다. 막내의 옹알거림을 들으며 내일은 꼭 조옥을 찾아가 돈을 받아야겠다고 생각하며 잠들었다. 그러나 다음날에도 조옥을 보지 못했다. 얼마 뒤 모즈로 갔을 때 평소처럼 화려하게 꾸민 윤복희가 나를 보고 다급하게 말했다. "조옥 언니 그만뒀어요. 더이상 나오지 않을 거래요."

나는 즉시 레나타로 돌아와 옷걸이에 정돈돼 있던 옷들을 꺼내 솔로 빗고 먼지를 떼어냈다. 모든 옷의 가격표를 다시 붙이고 매장을 쓸고 닦으며 몸을 움직였다. 구석구석 쌓인 먼지와 물건, 잡동사니들이 길을 잃은 듯 바닥에 나뒹굴었다. 그때 신문 한 부가 바닥으로 떨어졌다. 며칠 전 날짜가 인쇄된 일간지에는 카바레와 횟집, 라사, 회관과 피아노, 철물과 전기, 뱀을 수집한다는 광고가 오와 열을 맞춰 칸칸이 실려 있었다. 나는 그중 사람을 찾는 광고를 오래 들여다봤다. 모든 것을 이해하겠으니 무서워 말고 빨리 돌아와주세요. 두어 줄짜리 짤막한 문장 사이의 애틋함과 절박함, 그럼에도 떠나야 했던 누군가가 눈앞에 보이는 것 같아 광고에서 눈을 뗄 수 없었다. 나는 펜을 집어 신문 여백에 떠오르는 말을 적었다. 어디에도 보내지 않을 문장들을.

**사람 찾음**

구조옥(25세)

모든 것을 이해하지도 알지도 못하지만

기다릴게

북명백화점(1층 19호 레나타)

이성자

＊

되감기를 하듯 기억의 버튼을 돌리면 한낮의 에꼴드빠리에 앉은 내가 보인다.

커다란 창문 너머로 오후의 빛이 쏟아진다. 점심시간이 훌쩍 지난 다방에는 잔잔한 음악이 흐르고 레이스 보가 깔린 테이블 맞은편에는 낯선 남자가 앉아 있다. 사촌의 소개로 만난 남자는 나보다 여섯 살이 많고 지방청에 근무하고 있으며 진한 눈썹에 군인처럼 단단한 체격이 눈길을 끈다. 그 모습은 나에게 호감을 주지만 어딘가 모르게 답답한 느낌도 든다. 나는 레나타에서 유일하게 산 은갈치색 투피스를 입고 있고 그건 나에게 무척 잘 어울린다. 내가 가진 유일한 레나타의 물건을. 나는 그때 누구보다 매력적인 스물다섯 살이 되었다는 걸 알고 있다.

"성자 씨는 뭘 좋아해요?"

나는 망설이다 어니언스, 라고 대답한다. 남자가 놀란 표정으로 "양파요?" 하고 되묻더니 허허 웃는다. "건강에 관심이 많으시군요." 나는 손톱만 한 스푼으로 커피를 저어 노른자를 건져 먹는다. 비리고 뭉근한 맛이 남의 혀처럼 입안을 헤집는다. 남자의 이름을 떠올린다. 그가 나의 남편이 될 수 있을지 가늠한다.

"스무 살부터 일을 하셨다니 대단하세요. 그때 전 월남에 있었거든요."

그는 부드러운 목소리로 여기 참 좋네요, 하고 말한다. 나는 담배를 꺼내 탁탁, 손바닥에 치고 한 개비를 빼어 문다. 그가 놀란 눈으로 날 바라보다 손을 내밀어 라이터 불을 켠다. 나는 멀뚱히 쳐다보다가 순순히 그를 향해 담배 끝을 내민다. 독한 타르 연기가 냄새를 뿜으며 그와 나 사이에 피어오른다. 그때 나는 아주 잠깐 어머니를 이해한다. 사랑과 증오가 담배 속처럼 한데 말려 도저히 분리할 수 없는 상태를.

가끔 돈이 궁한 날이면 조옥에게 빌려준 몇만 원이 생각났고 그것들로 할 수 있는 일들을 떠올렸다. 커피 스무 잔, 비후까스

열 접시, 냉면 열 그릇, 서울 가는 왕복 고속버스. 밤새 문을 연 크럽들과 여관방. 점점 그조차도 떠올리지 않게 되었을 때 나는 남편과 아이를 돌보고 고향을 떠나 도시에 정착하느라 정신없는 나날을 보내게 되었다. 오직 조옥이라는 사람을 알았다는 사실만 기억에 남은 채.

남자와 나는 가까운 미래에 살림을 합치고 아이를 낳을 수도 있다. 나는 그가 나의 남편이 되고 일생을 함께 살아가게 되리란 걸 예감하지만 먼 훗날, 육체가 부서지고 서로의 살이 녹는 고통 속에 아이가 먼 곳으로 떠난 뒤 서로의 생각을 알 수 없게 되어 결국 세상에 나 혼자 남겨지는 고통을 겪게 되리란 걸 아직 모른다. 흔적 없이 사라진 노른자처럼. 어느 깊은 밤, 잠에서 깬 남편이 허공을 향해 낯선 이름을 부르면 나는 그에게 약을 먹인 뒤 돌아오지 않는 잠의 꽁무니를 바라보며 아침이 오길 기다린다. 기술적으로 빼낼 수 없는 머릿속 골짜기에 갇혀 오도 가도 못하는 그의 기억들을 생각한다. 어디에도 없고 오직 당신의 머릿속에만 존재하는 시간이 왜 하필 그곳인지도. 나는 그의 눈꺼풀을 들어 올려 검고 탁한 동공을 들여다본다. 그의 눈동자 어디에도 나와의 지난 시간을 떠올린다는 단서는 없다. 내가 누구야? 말해봐, 나를 알아? 나는 눈을 감고 나의 골짜기를 떠올린다. 그리고 다시 밤이 돌아오면 꿉꿉한 냄새가 나는 에꼴드빠리의 소파에 앉아 무언가를 기다리는 여자를 만나게 되는 것이다. 젊고 해맑으며 새로운 경험을 앞둔 기대감으로 가득 찬 여자가. 그곳은 오직 저 너머, 오래전 북명을 떠난 상태에서만 볼 수 있다. 여기서부터도 아주 멀고 되돌아가는 길이나 단서 따위 없으므로 누구도 그곳을 찾을 수 없다. 이제 나는 북명으로 되돌아가는 길을 모른다. 길을 잃은 남편의 머릿속처럼 나의 기억 또한 너무 먼 미래에 와 있으므로.

　그리고 아무에게도 말한 적 없는 기억 하나가 있다.
　늦은 저녁을 먹고 집으로 돌아가던 밤, 나는 오래 걸어 동네를 빙빙 돌았다. 골목에는 공사를 위한 사구들이 곳곳에 쌓여 있었다. 나는 일부러 그것들을 발로 차며 공사에 차질이 생기길, 건물을 올리지 못하게 되길 간절히 바랐다. 새로운 동네를 만들겠다는 기이한 욕망이 곳곳에 들끓었지만 대체 뭘 만들겠다는 건지 그게 다 무슨 소용일지 믿을 수 없었다. 동네는 도시가 되고 나는 늙어 힘없는 노인이 되어 결국엔 떠나게 될 텐데. 토사와 돌, 나뭇가지가 쌓인 모습이 꼭 무덤 같았다. 무덤들. 이무기가 묻혔을지도 모를.
　누구에게인지 모를 용심이 솟구쳐 고운 흙으로 뒤덮인 바닥 위를 발로 굴렀다. 벼락같은 화가 온몸을 짓누를 즈음, 돌 하나가

찰랑거리며 물에 빠지는 소리가 났다. 나는 구덩이 앞에 다가가 고개를 숙여 안을 들여다봤다. 골목 끝에서 켜진 가로등 빛이 희미하게 구덩이 안을 비쳤을 때 나는 똑똑히 보았다. 그곳에 물이 차오르는 것을. 빛에 반사된 물방울이 반짝거리며 수면 위로 튀어 오르는 것을. 이무기가 살던 멀고 먼 옛날처럼, 연못이 흘러넘치던 꿈속 풍경처럼. 나는 무릎을 꿇고 구덩이 바닥에 고인 검은 웅덩이를 오래도록 바라보았다. 물에 비친 내 얼굴이 낯설어 알아볼 수 없을 때까지, 가로등이 꺼지고 온 세상에 어둠이 내릴 때까지.

이무기가 돌아올 때까지.

구목(丘木)

그 여자가 찾아온 건 이사하고 두 계절이 지났을 때였어요. 어느 날 오후 깜빡 잠들었다 일어났더니 점심시간이 훌쩍 지나있었어요. 텅 빈 배 속에서 허기가 몰려왔어요. 그즈음 배가 자주 고팠는데 신랑은 몸속에 회충을 키우냐며 약을 챙겨 먹으라는 게 아니겠어요? 어린애도 아니고 회충이라니. 여름에 유독 살집이 늘어난 나를 은근히 비난했던 걸지도 몰라요. 그럴 때마다 남편이 아니라 남의 편이라는 말이 맞다 싶더라니까요. 진심은 때론 그럴듯한 가짜 속에 묻히는 법이잖아요.

냉동실을 뒤져 육수와 만두를 꺼냈어요. 불꽃 소리와 함께 가스레인지가 켜지는 모습을 보자 무리를 해서라도 인덕션을 설치

할걸 후회가 밀려왔어요. 가스가 몸에 나쁘잖아요. 가뜩이나 조심해야 할 것투성이인데 집 안에서도 매 끼니마다 위험을 마주해야 한다니……. 왜 살림은 매번 바꿔도 눈에 차지 않는지 모르겠어요.

여섯 살인가 일곱 살 때였을 거예요. 마당에서 놀고 있는데 난데없는 허기가 파도처럼 밀려왔어요. 부유한 살림은 아니었지만 집에 먹을 게 끊긴 적은 없었거든요. 또래보다 키도 몸도 컸던 저는 쉬지 않고 먹어대는 습관이 있었어요. 자꾸 입에 뭘 넣고 싶더라니까요. 집에는 제철 과일이며 말린 과육, 생과자와 술빵 같은 주전부리들이 마를 날이 없었어요. 엄마는 내가 외할머니를 닮아 키가 크려 한다고 했지만 저는 제가 병에 걸렸을지도 모른다고 생각했어요. 먹어도 먹어도 배가 부르지 않다니, 이상한 일이잖아요? 꼭 위장에 구멍이라도 난 것처럼……. 그러던 어느 날, 마당에 쌓인 흙을 본 거예요.

아무도 없는 집에서 마당은 온통 나만의 차지였어요. 그곳에는 제가 원하는 모든 게 다 있었어요. 봉오리 진 무궁화, 축축한 진흙, 개미굴을 숨긴 나무뿌리, 작은 웅덩이와 무성한 이끼들. 세상의 습하고 어두운 모든 것들. 그래서인지 지금도 아파트보다 단독주택이 더 좋아요. 이 집처럼요. 집은 영혼이 쉬는 곳이라는데 그러려면 마당 하나쯤은 있어야 하지 않겠어요? 파헤칠 흙 하나 없는 집에서 어떻게 사람이 편히 쉴 수 있겠어요? 비록 마당 아래 뭐가 묻혔는지 알 수 없을지라도 말이에요.

당시 공사가 끝난 지 얼마 지나지 않아 집 안 곳곳에는 미처 치우지 못한 자재들이 남아 있었고 마당 또한 마찬가지였어요. 정원을 꾸미다 남은 커다란 판석은 부러진 빗자루와 금이 간 독 사이에 아무렇게나 놓여 있었어요. 한동안 인부들이 들락거리더니 집 안은 엄마의 취향대로 완벽하게 바뀌어 있었어요. 자세히 기억나지는 않지만, 판석 가장자리에 난 푸르스름한 이끼가 소보로빵에 올려진 부스러기 같아 군침이 돌던 건 생각나요. 그 아래 숨겨져 있을 살찐 개미들도. 개미들. 나의 새까만 친구들. 당신에게도 그런 친구들이 있었겠죠? 지금은 모두 어디에 있을까요?

이끼는 네모난 판석과 둥그스름한 장독대를 지나 흙이 쌓인 바닥으로 이어졌어요. 그 모습이 꼭 푸른 그림자 같았죠. 어쩌면 개미들이 지나다니는 길일지도 모르는. 나는 판석 앞에 쪼그려 앉아 이끼 위로 손을 뻗었어요. 축축한 융단 같은 게 꼭, 사촌의 짧은 머리카락처럼 뾰족하고 따뜻했어요. 검붉은 흙 위에 초록색 물감을 풀어놓은 듯이 빛나는 그것들이 마치……. 저는 이끼를 한 움큼 집어 입속으로 집어넣었어요. 메슥거리던 속이, 텅 빈 배 속이, 내 몸이 그것들을 원하는 것 같았죠. 허기는 어디에서 올까요? 엄마 말대로 키가 크려고 그랬는지도 모르지만 그때 나는 파도 위에 떠 있는 기분이었어요. 일렁이는 배 속을 메울 방법은 오직 무언가 목구멍으로 집어넣는 것뿐이었죠. 나는 그냥 커다란 혀였을지도 몰라요. 어린아이의 몸을 한 한 덩이의 내장. 저는 계속 입으로 흙을, 이끼가 묻은 부스러기들을 집어넣었어요. 그거 아세요? 흙을 오래 씹으면 무말랭이처럼 알싸한 단맛이 난다는 걸요. 사탕도 과자도 아닌 날것의 식감. 옛날 사람들은 나무뿌리 같은 걸 캐서 먹었다는데, 당신도 그런 적이 있나요? 옛날에는 흙이나 돌을 끓여 먹었을지도 모르잖아요. 하여간에 그건 확실히 특이했어요. 제가 먹어본 어떤 음식보다도. 무언가 잘못되었다는 걸 알았지만 멈출 수 없었어요. 나중에는 씹지도 않고 흙을 마구 삼켰어요. 배 속으로. 그 검고 아름다운 흙무더기를 말이에요. 얼마나 먹었는지 나중에는 배가 부풀어 발등을 절반이나 가릴 정도였어요. 요즘도 허기질 때면 그때의 메슥거림과 알싸한 쓴맛이 떠올라요. 그 맛을 다시 보려고 지금껏 매일 요리를 하고 있는지도 모르겠어요.

제가 사는 타운은 시내에서 멀리 떨어진 곳에 있어 접근성이 그리 좋지 않지만, 한 번 들어오면 좀처럼 이사 가는 사람이 없대요. 그래서인지 요즘 부쩍 부동산을 끼고 임장하러 다니는 사람이 많아졌어요. 한번은 웬 유튜버가 카메라를 들고 돌아다니다 어느 집 마당에 함부로 들어간 적도 있었어요. 경찰이 오고 집주인과 유튜버가 싸우고 난리가 났었죠. 결국 타운 입구에 CCTV를 설치하고 남자들이 조를 짜 시간마다 타운을 돌아다니기로 했어요. 신랑은 동네 남자들과 시간을 보낼 핑계가 생겨서인지 흔쾌히 방범조에 자원했어요. 그는 그대로, 나는 나대로 각자 타운 안에서 커뮤니티에 속하느라 열심이었죠.

그즈음 저는 신랑과 돌담을 올리는 문제로 자주 다퉜어요. 지난 장마 때 울타리 한쪽이 무너진 후 고치지 못하고 있었거든요. 믿을 만한 업체를 알아보고 견적도 받았지만 도무지 그의 마음을 돌릴 수 없었어요. 신랑은 허물어진 울타리를 세우고 니스 칠을 하는 것으로 수리를 끝내길 바랐지만, 전 아니었어요. 돌담을 올리고 싶었거든요. 남편은 타운에 사는 어느 집도 돌담을 올리지 않았고 나무로 된 울타리가 더 보기 좋다면서 제 말을 들어주지 않았어요. 저는 그럴수록 높고 견고한 돌담을 올려야 한다고, 누구나 함부로 안을 들여다볼 수 있는 야트막한 울타리가 아니라 바깥과 집을 구분할 수 있는 완전한 경계가 필요하다고 주장했어요. 제가 태어난 곳에선 밭과 밭 사이에 돌로 쌓은 담을 올리곤 했어요. 담이라기엔 낮고 탑이라고 부를 수도 없는, 경계 말이에요. 그곳에는 유명한 특산물들이 있었지만 그중 가장 많은 건 단연 돌이었어요. 구멍 난 돌, 바스라진 돌, 돌집, 돌무덤과 해변, 어딜 가나 돌, 돌덩이들뿐이었죠. 나중에는 그게 다 먹을 거였으면 좋겠다는 생각도 들더라니까요. 왜 돌을 쪄 먹는 문화는 없을까. 하여간 돌담들 때문일까요, 예쁘고 보기 좋은 펜스가 아니라 단단한 게 필요하다고, 울타리를 바꿔야 집이 더욱 특별하고 아름다워질 거라는 생각이 머릿속을 떠나지 않았어요. 허기로 뒤집어진 배 속을 진정시키기 위해 뭐라도 집어 먹던 때처럼요.

우리가 사는 집은 지어진 지 4년 된 타운하우스로, 이 집을 구했을 때 기뻐서 눈물이 났어요. 결혼한 지 8년 동안 남의 집을 떠도는 일이 지겨워 매매를 알아보던 차였죠. 남편과 타운을 둘러보고 돌아오던 날, 우리는 충동적으로 차에서 섹스했어요. 남편과 몸을 맞댄 게 무척 오랜만이었죠. 인적이 드문 지하주차장의 적막 안에서 어째선지 한없는 안도감이 들었어요. 아마 남편도 낯선 내 모습에 흥분했을지 몰라요. 남편과 좁은 차 안에서 시간을 보내며 저는 그 집을, 그 집 속에 사는 내 모습을 상상했어요. 내 집이 생겼다는 생각만으로 마음이 그렇게 너그러워질 수 있다니. 처음 보는 집인데 이상할 정도로 편안했어요. 마치 전생의 내가 살던 곳이었던 것처럼. 내 영혼은 그때 이 집으로 이사온 거예요.

잠시 후 육수가 끓어오르고 만두를 집어넣었어요. 만두는 건너편에 사는 매희 언니가 준 것이에요. 매희 언니의 집에는 전국 각지에서 올라온 온갖 식재료가 냉장고와 팬트리에 가득했어요.

곳곳에 사는 매희 언니의 친척들이 거리와 비용을 마다하고 새롭고 진귀한 것들을 보내왔거든요. 사실 언니는 식도락엔 그리 관심이 없는 것 같아요. 발레리나처럼 길고 가느다란 팔다리, 큰 키에 뚜렷한 이목구비가 마치 은퇴한 연예인 같았지만 언니에 대해서는 잘 몰라요. 상냥하고 우아한, 이 아름다운 타운에 어울리는 사람인 건 맞지만 어딘가 선을 긋는 타입이랄까요. 타운이 조성될 때부터 대표단이었던 매희 언니네 부부는 주기적으로 사람들을 불러 저녁을 대접하거나 각종 모임을 주도했어요. 만두는 언니네 고향에서 친척이 직접 만든 건데, 저에게 절반이나 줬지 뭐예요. 고맙게도. 손만두는 시중에 파는 것보다 두 배 가까이 크고 무거웠어요. 투명한 만두피 속에 잘게 썬 숙주와 두부, 생선 살과 고수가 들어가 독특한 맛과 향이 났어요. 언니네 고향 특산물인 생선이 들어간 만두였죠. 하나도 비리지 않고 무척 맛있답니다. 당신도 이 맛을 볼 수 있다면 좋을 텐데.

냄비에서 올라온 김이 천장까지 닿을 정도로 피어올랐어요. 허기가 심해질수록 배 속을 채웠던 그 맛이 떠올랐어요. 나의 검붉은 흙더미들. 당신은 그 맛을 알지도 모르겠네요. 거실 창밖으로 구멍이 숭숭 뚫린 마당이 보였어요. 화원에서 사 온 잔디가 모자라 마당은 들짐승이 헤집어놓은 황무지 같았죠. 누군가 일부러 엉망으로 만들어놓은 것처럼요. 사실 그건 신랑 때문이었어요. 마당에 나무를 심겠다고 돌멩이를 **빼내고** 구덩이를 파는 신랑을 보며 어쩐지 한없이 마음이 너그러워졌어요. 집의 유일한 정원을 망쳐놓는 신랑의 모습을 볼 때면 말이에요. 땀을 뻘뻘 흘리며 땅바닥을 부수고 파헤칠 때면 뭐든 완벽해 보이는 그에게도 서투른 부분이 있다는 걸, 헤집어진 마당을 보면서 비로소 알게 된 거예요.

그때 누군가 울타리 밖에서 마당 안을 들여다보고 있는 걸 발견했어요. 저는 비명을 지르며 손에 든 국자를 떨어뜨렸어요. 벌어진 울타리 사이로 사람 한 명이 드나들 만한 틈이 있었는데 낯선 사람이 우두커니 서서 집 안을 바라보는 게 아니겠어요? 처음 보는 젊은 여자였어요. 여자는 제가 있는 집이 아니라 마당을, 거기서 뭐라도 발견한 양 바라보고 있더군요. 꼼짝도 않고 마당 구석 어딘가를, 커다랗고 텅 빈 눈으로 응시하고 있었어요. 거실 창은 굳게 닫혀 있었고 저는 경악을 금치 못하고 여자를, 창밖 풍경을 바라봤어요. 단지 우두커니 선 그 모습을요.

여자는 카키색 카고바지와 몸에 달라붙는 분홍색 줄무늬 폴로 셔츠 차림이었고 어깨에는 베이지색 크로스백을 비스듬하게 메고 있었어요. 어째선지 그 모습이 조금 위태로워 보이더군요. 타운은 대중교통으로 다니기 어려운 곳에 있었는데 여자는 대체 어떻게 들어온 걸까요? 길 가다 훌쩍 방문할 만큼 교통이 좋은 곳이 아니거든요. 아무나 함부로 들어올 수 있도록 만든 곳도 아니고요. 한 시간에 두어 대 있는 버스를 타고 긴 진입로를 걸어 이곳으로 들어온 걸까요? 여자의 시선 끝엔 남편이 만든 구덩이들이 못자리처럼 파헤쳐져 형체를 알 수 없는 출토물들과 뒤섞여 있었어요. 마당에 수많은 작은 무덤이 생기다 만 것 같았죠. 저는 충동적으로 마당으로 나가 여자에게 말을 걸었어요.

"집 구경하시게요?"

타운 입주를 원하는 사람들이 동네를 돌아다니다 스스럼없이 말을 걸어오듯이—시세가 얼마인지, 관리비와 난방비는 얼마나 나오는지, 치안과 방범은 어떤지—저는 자연스럽게 행동했어요. 여자는 제 말을 못 알아들은 듯 저를 빤히 쳐다봤어요. 어째선지 여자에게 도움을 줘야 할지도 모른다는 생각이 들었어요. 사실, 내가 뭘 원하는지 아는 건 무척 어렵잖아요. 때론 다른 사람 덕분에 내 진정한 소망을 알 수 있기도 하니까요. 저는 여자에게 친절하게 대해주고 싶어졌어요. 왜인지 그 집을 구할 즈음의 나날들이 떠올랐거든요. 집주인이 보증금을 올리고 이사를 결심하기까지 고생하던 나날들 말이에요. 그때 저는 심한 생리통으로 병원에 다니고 있었는데, 처녀 때 생긴 근종이 10센티미터나 커져 빨리 치료를 해야 한다고 했어요. 저도 모르는 사이에 배 속에 어린아이 주먹만 한 세포가 자라고 있었던 거예요. 쓸모도 없는 장기⋯⋯ 아니에요, 그냥 좀 피곤했어요. 그곳에 뭐가 있는지 내가 어떻게 알았겠어요? 저는 그게 어릴 적 버릇, 그러니까 배 속에 집어넣은 것들이 이때껏 남아 근종같은 세포로 변해버린 것일지도 모른다고 생각했어요. 미칠듯한 허기가 지금의 내 몸을 만든 것이라고 말이에요.

"죄송합니다, 지나가다 집이 예뻐서 그만⋯⋯."

여자가 빨개진 얼굴로 고개를 숙이며 말했어요. 그 모습은 방금까지 소름끼치게 남의 집을 바라보던 사람이 아니라 오랜만에 만난 사촌 자매처럼 보였어요. 사촌들, 나의 친정 식구들. 그들을 본 지 무척 오래되었다는 사실에 돌연 마음이 서글퍼졌어요. 그 때문일까요, 저는 여자를 집 안으로 초대하고 싶어졌어요. 대문을 열고 망설이는 여자에게 안으로 들어오라고 했어요.

"괜찮아요. 차 한 잔 하실래요?"

여자가 우물쭈물하다 천천히 마당 안으로 발을 들였어요.

"동네가 생긴 지 얼마 안 돼서 별로 볼 게 없어요. 집 구하시나 봐요?"

나는 아껴뒀던 다기를 꺼내 차를 우렸어요. 차는 매희 언니의 단골 다원에서 주문한 것인데, 향이 좋고 우아했어요. 좋다는 건 값비싸다는 것이죠. 저는 여자에게 차 한 모금이 얼마인지 알려주고 싶은 마음과 동시에 그 정도는 아무렇지 않게 대접하는 모습을 보여주고 싶었어요. 여자는 어물거리며 거실로 들어온 뒤에도 한참 동안 말이 없었어요. 나는 얼려뒀던 쿠키 반죽을 오븐에 굽고 레이스가 달린 테이블보를 꺼내 거실 탁자 위에 놓았어요(그건 사놓고 세 번도 쓰지 않아 거의 새것이었어요). 그러고는 어색함을 없애기 위해 여자에게 이런저런 것들을 물었죠. 이 근방에 사는지, 매매 혹은 전세를 찾는지, 그 집에 살 가족은 몇인지 등등. 혹시 아이가 있는지 물어보려다 여자가 거북해하는 것 같아서 입을 다물었어요. 여자는 무척 앳돼 보였거든요. 잠시 후 여자가 숨을 고르고 속삭이듯이 말했어요.

"제가 손금을 보는데……."

"손금이요?"

"네. 봐드릴까요?"

손금이라니, 그런 걸 본 게 대체 언제였을까요? 대학생 때 학교 앞에서 타로점을 봐주던 카페가 있었죠. 맛집이 많은 여대 앞에서 유독 인기가 많은 곳이었지만 어쩐지 저는 관심이 가지 않았어요. 인터넷에 돌아다니던 심리테스트도 싫어했거든요. 내 속을 대체, 얼마나 더 알아야 하는 걸까요? 속이라면 이제 지긋지긋한데. 내가 퍼먹은 흙이 쌓인 배 속의 구덩이, 그것들을 꼭 봐야만 알겠어요? 가진 건 쥐뿔도 없으면서 갖고 싶은 것만 많던 끔찍했던 나날들 말이에요. 여자는 제 침묵을 긍정이라고 받아들였는지, 덥석 내 손을 잡더니 손바닥에 코를 박듯 고개를 숙였어요. 여자의 콧김이 손바닥에 닿아 간지러웠어요. 여자의 손은 작고 마디가 짧았는데 감촉만은 무척이나 부드러웠어요. 한 번도 노동을 겪어본 적 없는 아이의 손처럼 말이에요. 하마터면 그 손을 쓰다듬을 뻔했지 뭐예요.

"태양선과 수성선이 뚜렷하네요…… 기운이 되게 좋으세요. 그런 소리 많이 들으시죠?"

나는 생각지도 못했던 말에 여자를 쳐다봤어요. 사실, 딱 한번 사주를 본 적이 있어요. 뭐라더라, 저한테 불의 기운이 많다고 했어요. 오행의 다섯 자리가 모두 불이라고, 너무 좋거나 너무 위험하다고.

"좋은데 기운이 고여 있어요."

"어떻게요?"

"평소에 잠을 설치시나요?"

저는 여자가 콜드리딩을 하는, 한마디로 눈치가 빠른 사람이라는 걸 직감했어요. 육수 냄새가 풍기는 넓은 집 한가운데 몸집이 큰 창백한 여자라니, 너무 쉽잖아요. 엄마와 외할머니, 외할머니의 엄마 그 엄마까지 외가 여자들은 모두 피부가 하였는데 특히 푸르스름한 정맥이 손목이나 목에 도드라지는 편이었어요. 어릴 땐 그런 외모가 내심 자랑스럽기도 했죠. 무언가 특별한 피가 섞인 것 같잖아요. 당신은 어떤가요? 보드라운 살결에 감처럼 매끈한 낯인지, 살구씨처럼 오돌토돌하고 밤껍질처럼 까무잡잡한지, 점과 주름은 얼마나 많은지. 전 여자에게 약간의 거짓말을 하고 싶어졌어요.

"아뇨? 전혀요."

"낮잠은요? 시도 때도 없이 졸거나 하진 않나요?"

"오히려 잠이 없는 편이에요. 할 일이 너무 많아서요."

고개를 돌려 거실을 둘러봤어요. 너른 평수에 비해 세간이 없는 건 남편과 제 취향이었어요. 몰딩을 없앤 새하얀 벽과 바닥, 무늬 없는 시폰 커튼, 창문 너머 보이는 마을의 풍경과 재개발 중인 신도시까지. 비슷비슷한 하우스들 사이에 놓인 그 풍경이 우리가 가진 가장 값비싼 살림이었거든요.

여자가 제 손을 잡고 골몰하는 사이 잠시 고민했어요. 매희 언니라면 어떻게 했을까요? 저는 여자의 말을 더 들어보기로 했어요.

"배 속 어딘가, 그러니까 위장이라든가 창자, 간, 음…… 아니다, 자궁…… 그래요. 자궁 같은 곳에 꼭, 거기 뭐가 뭉쳐 있어요. 피 같기도 하고 흙 같기도 한…… 배 속에 진흙 같은 게 잔뜩 있는데 그게 꼭, 이 집 마당에 있는……."

여자가 고개를 들어 거실 창밖을 바라봤어요. 울타리가 휘어진 마당 구석에 흙더미와 돌멩이들이 전쟁터의 잔해처럼 쌓여 있었어요. 그 모습이 꼭 흙으로 범벅이 된 어릴 적 내 배 속 같다는 생각이 들었어요.

"피가 이렇게, 고여 있을 수도 있으세요."

여자가 손가락으로 자신의 명치 부근을 가리키며 말했어요. 그냥 가리키는 것이 아니라 빙글빙글 맴을 돌더니 이 부근에요, 라고 하는데 그게 꼭…… 나한테 주문을 거는 것 같은 거 있죠. 주문이라니, 나는 미신 같은 건 믿지 않아요. 점도 괘도 손도 날도 모두 나한텐 아무 의미 없어요. 그런데도 여자의 손길은 꼭 내 속을 헤집는 것 같았어요. 마치 흙으로 가득 찬 몸속에 손을 집어넣은 것처럼. 언젠가 들었던 사주쟁이의 말이 떠올랐어요. **불의 기운이 과한 사람은 항상 불길을 조심해야 해.**

저는 급히 자리에서 일어났어요. 그 와중에도 여자는 제 왼손을 꼭 쥔 채였죠. 그즈음 근종이 1센티가 더 자라 빨리 수술을 하는 게 좋겠다는 얘기를 들은 터였어요. 배 속에 주먹만 한 세포가 자라고 있었지만 나는 오랫동안 근종에 대해 잊어버렸고 그러다 보면 진짜 없어져버릴 거라 믿으면서, 모른 척하고 있었거든요. 세상엔 기억하지 않으면 잊히는 일들이 많잖아요. 마치 당신처럼요.

"나가주세요. 신랑이 올 시간이라."

나는 고개를 돌리며 쌀쌀맞게 말했어요. 여자가 값비싼 도자기를 내려놓듯 내 손을 놓고 자리에서 일어났어요. 테이블 위에는 아무도 마시지 않은 차가 식은 채 놓여 있었죠. 아까워라. 여자가 저 차를 한 모금이라도 마셨다면 나에게 그런 말을 하지 않았을지도 몰라요. 나는 여자가 거실을 빙 둘러 현관으로 나갈 때까지 꼼짝도 하지 않았어요. 나는 여자를 반갑게 대해줬는데 어떻게 함부로 내 속을 헤집어요, 예의 없게. 불쾌함이 여자가 말한 피처럼 몸속에 고인 것 같았어요. 여자는 처음 집 앞에서 마주쳤을 때처럼 대문 밖으로 나가더니 마당을 한번 쳐다보고는 골목 사이로 사라졌어요.

여자가 나간 뒤 집 안의 모든 창과 문을 열었어요. 바깥 공기가 들어와 집 안을 채우고 마침내 신선함만 남을 때까지, 여자가 두고 간 께름직함이 어서 사라지길 기다렸어요. 육수는 다 식어 있었고 만두는 속이 터져 형체를 알 수 없는 건더기가 국 표면에 둥둥 떠다녔어요. 나는 국을 퍼 쉬지 않고 먹었어요. 허기가 다시 나를 잠식했어요. 냄비 바닥이 보일 때쯤 마당의 울타리 한쪽이 삐걱거리더니 바닥으로 쓰러졌어요. 생명이 꺼진 껍데기처럼. 조만간 저 나무판자들을 없애버려야겠다고, 높고 단단한 담을 올려 아무도 안을 들여다보지 못하게 해야겠다고 다짐했어요. 그리고 튼튼한 묘목 한 그루를 심어야겠어요. 묘목이 자라 아름드리 거목이 될 때까지. 그때까지 이 집에 오래도록 있어야겠다고.

당신이 출토된 이곳을 지키겠다고 말이에요.

며칠 후, 신랑은 평소처럼 동네 남자들과 술판을 벌이고 새벽 늦게 집으로 돌아왔어요. 그날 아침에 시내 병원에서 검진을 하고 온 터라 저는 무척 피곤했어요. 이제 의사는 더 기다릴 수 없다고, 지금 당장 입원을 하고 근종을 없애자고 했어요. 의사들이 그 수술에 대해 뭐라고 하는 줄 아세요? 감자를 캔다고 해요. 크고 작은 근종이 세포벽에 구황작물처럼, 뿌리처럼 이어진 모습이 마치 감자 같아서요. 배 속에 감자라니, 그런 생각을 하면 조금 기분이 좋아져요. 내가 마치 감자가 자라는 쓸모 있는 땅덩어리가 된 것 같잖아요. 사실 수술을 할 생각은 없었어요. 저희 엄마도 40년 동안 10센티가 넘는 근종을 갖고 있었는데 어느 날 한순간에 사라졌거든요. 엄마는 고희연 전날 밤에 요강이 넘치도록 오줌을 싸더니 그날 새벽 응급실로 실려 갔어요. 온갖 검사에 CT를 찍고 나니 의사가 그러더군요. 배 속이 깨끗하다고. 오줌과 함께 담석이 배출되었을지도 모른다고. 몸 안에 길이 트여 근종과 세포가 자유롭게 돌아다니기라도 한 걸까요. 사람이 나이를 먹으면 자연히 신체를 치유하거나 완벽해지는 능력이 생기는 걸지도 몰라요. 저는 엄마에게서 태어났으니 그 성질 또한 비슷할 거예요. 내몸에 감자가 자라고 있다면 그 또한 스스로 사라질 거라고.

"누가 왔다 갔어?"

남편이 소파에 널브러져 물었어요. 누구 말하는 거야? 저는 짜증스럽게 대답했어요. 술자리가 늘면서 남편의 주사 또한 다양해졌는데 어쩐 일인지 술이 늘지는 않더라구요. 참 이상하죠. 처음 만나던 때와 달리 신랑은 점점 무던하고 평범한 삶에 자신을 맞춰가고 있었어요. 타운하우스 입주를 제안한 것도, 이 고리타분한 시골에서 살자고 한 것도 모두 그였으니까. 저는 남편의 옷을 벗기며 일부러 그의 몸 곳곳에 손톱자국을 남겼어요. 저번처럼 목덜미와 손목에 립스틱 자국을 묻히고 왔나 유심히 살피면서요. 남편이 누구랑 놀아나든 솔직히 상관없어요. 사람이 살면서 어떻게 한 사람만 사랑하겠어요. 아니, 사랑이 어떻게 영원할 수 있겠어요. 이제 저에게는 당신이 있으니까요. 비밀을 가진 사람만이 진정한 재산을 가졌다는 말, 당신은 이해하죠?

한번은 이런 일도 있었어요. 마당에서 흙을 고르고 있는데 처음 보는 노인이 대문 앞에 서 있었어요. 수염을 덥수룩하게 길러 마치 도인 같은 모습이 꼭 티브이에서 본 자연인 같았다니까요. 노인은 마당 안을 기웃거리다가 저와 눈이 마주치자 살포시 눈꼬리를 접으며 웃었어요. 마치 오래된 친구를 만나기라도 한 것인 양. 저는 깜짝 놀라 그에게 물었어요.

"누구세요?"

"어떻게 이런 데서 살고 있어?"

저 넝마주이가 뭐라는 거죠. 지금 뭐라는 거예요? 그때만 해도 이사한 지 얼마 되지 않아서 노인이 타운에 사는 주민이라고 생각했어요. 저를 잘 몰라서 하는 소리라고, 어르신도 같은 동네에 살지 않냐는 말이 목구멍까지 올라왔어요. 한낮의 골목에는 인적 하나 없었지만 무섭지는 않았어요. 곳곳에 CCTV가 있었거든요. 여차하면 소리를 질러도 되고요.

"뭐라고 하셨어요?"

"사람이 살 데가 아닌데, 쯧쯧."

노인은 혀를 차며 뒷짐을 지고 집 안을 기웃거렸어요. 저는 뭐냐고, 무슨 소리냐고 날카롭게 물으려다 참았어요. 어쩌면, 그러니까 병에 걸렸거나 미친 사람일지도 모르잖아요. 노인의 행색이 특별히 초라한 건 아니었지만 평범한 모습도 아닌 것이……. 노인은 마치 개화기 시대 사람처럼 남색 두루마기를 두르고 뒷짐을 지고 있었어요. 그가 신은 낡은 등산화를 보자 더 말을 섞을 필요가 없다는 생각이 들었어요. 이럴 때 방범대는 뭘 하는 걸까요? 아무나 동네를 돌아다니라고 비싼 돈을 주고 관리하는 게 아니잖아요.

"할아버지, 그냥 가세요."

"내가 아는 데 소개해줄까?"

잘 아는 데가 있어. 노인이 주섬주섬 품 안에서 지갑을 꺼내더니 웬 명함을 꺼냈어요. 명함에는 이름과 연락처는 보이지 않고 사주 택일 궁합 작명이라는 단어들이 광고 전단지처럼 적혀 있었어요. 저는 명함과 노인을 번갈아 쳐다보다가 괜찮다고 말하고 도로 건넸어요. 노인이 혀를 차며 저를 딱하게 보더니 한 마디 했어요.

"자네 고집이 참 세구만. 그러다 큰코다쳐."

그러더니 골목 저편으로 걸어갔어요. 뭐 그런 사람이 다 있을까요? 그 후 노인을 다시 본 적은 없어요. 그건 꿈이었을까요? 방범용 CCTV가 있으니 노인의 인상착의를 확인하고 동네에 알리는 일이 어렵지는 않을 거예요. 그러나 그러고 싶지 않았어요. 그건 그냥 나의 비밀, 그러니까 이곳에서 알게 모르게 일어나는 수많은 비밀 중 하나로 남겨두기로 했어요. 신랑에게도 말하지 않는 나만의 어떤 일들로 말이에요.

신랑을 침대에 눕히고 마당으로 나갔어요. 멀리 떨어진 가로등이 골목에서 빛나고 창문마다 흘러나온 빛이 별처럼 반짝였어요. 며칠째 매희 언니네 집만이 깜깜했어요. 친정에 갔다는데 어디 여행을 갔을지도 모를 일이죠.

나는 마당 한구석에 쌓인 수석 앞에 쪼그려 앉았어요. 조경용 벽돌을 사러 간 가게에서 덤으로 준 것들이었죠. 돌들은 색과 모양이 제각각이라 원예에 대해 아무것도 모르는 신랑에게는 너무 크고 복잡했어요. 어려운 돌들. 한번은 어디서 뭘 보고 온 건지 연못을 만들겠다고 물고기를 사러 가자지 뭐예요? 연못은 공짜로 생기는 줄 아나? 신랑이 또 집 안을 망쳐놓을 생각을 하면 몸속에서 불길이 치솟는 것 같았어요. 아무렇게나 쌓인 돌들을 바닥으로 하나씩 내려놓았어요. 무덤을 파헤치듯이, 제 손길은 거침이 없었죠. 한참 동안 돌을 옮기자 재가 뿌려진 것 같은 회색 바닥이 드러났어요. 석회가 떨어진 흙 위로 전분 같은 가루가 눈처럼 쌓인 것이었죠. 손으로 문지르자 평평한 바닥이 드러났고 잠시 후 당신의 머리가 보였어요. 털과 피부가 벗겨진 단단한 정수리가.

처음 당신을 발견했을 때가 기억나요. 그날도 신랑이 헤집어놓은 마당을 저 혼자 치우고 있었죠. 한여름처럼 뜨거운 햇살이 내리쬤고 저는 곧 온몸이 땀으로 범벅이 되었죠. 처음에는 돌인 줄 알았어요. 신랑이 미처 꺼내지 못한 바닥에 박힌 돌. 삽으로 흙을 퍼내는 데만 한참이 걸리더군요. 원래 비밀은 깊은 곳에 있는 법이잖아요. 얼마나 지났을까, 저는 그게 평범한 돌이 아니라는 걸 알았어요. 무언가 단단하고 강력한 게 그곳에 묻혀 있다는 걸 알았죠. 값비싼 수석이나 화석이면 어쩌지? 짧은 시간 머릿속에 오만가지 생각이 다 들더군요. 그건 원목처럼 딱딱했고 조금만 힘을 주면 바스라질 것처럼 낡아 있었어요. 장갑 끝에 묻은 가루가 마치 꽃이 내뱉은 토사물 같았어요. 잠시 후 손가락에 무언가 걸리는 느낌이 나자 그걸 힘껏 들어 올렸어요. 작은 새의 사체처럼 묵직한 무언가가 두 손가락에 걸려 지상으로 올라왔어요. 여기저기 구멍이 난 당신의 머리뼈였어요.

　그때 시간은 저를 통과해 저만치 앞서 나갔어요. 나만 그곳에 멈춰 주변이 흘러가는 모습을 속수무책으로 바라봤어요. 시간이 멈췄다는 말이에요. 저도 모르는 새 비명이 터져 나왔어요. 무언가 손에 집히는 것들을 마구 던졌던 것도 같아요. 딱딱하고 오래된 몸. 어째서 내 집 마당에 해골, 그것도 두개골이 있는 걸까요? 머리가 있다는 건 어딘가에 몸도 있다는 뜻일까요? 마당 한가운데 주저앉아 당신이 나온 구덩이를 멍하니 쳐다봤어요. 신랑에게 알려야 하는데, 아니. 그는 이 사실을 몰랐을까요? 그가 마당을 헤쳐놓는 사이 당신의 일부를 조금도 본 적이 없었을까요? 사람이 너무 놀라면 머리가 제대로 돌아가지 않는 법이에요. 그때 어째선지 오래전 퍼먹었던 마당의 흙이 떠올랐어요. 험한 날씨에 배를 탄 것처럼 속이 메슥거렸어요. 풀과 묘목으로 가득 찬 마당은 물과 이끼로 축축했어요. 그러나 식욕같은 건 조금도 느낄 수 없었어요.

　나는 천천히 당신에게 다가가 손을 뻗었어요. 딱딱하지만 금방이라도 부서질 것처럼 가녀린 촉감. 동시에 차가운 무언가가 내 안으로 들어오는 것 같았어요. 잘못인 걸 알면서도 입안에 흙을 퍼넣던 어린 날처럼. 나는 부드러운 공을 굴리듯 당신의 정수리를 손가락으로 훑다가 잠에서 깬 듯 흙을 파냈어요. 파내고 또 파내고, 가까운 곳에 삽과 도구들이 있었지만 이건 오직 나의 손으로 해야 한다는 생각이 나를 지배했어요. 오직 내가 당신을 파내야 한다는 생각에 사로잡혔어요.

그날 종일 마당을 파낸 뒤 당신의 뼈 일부를 찾았어요. 당신이 있던 곳과 멀지 않은 곳에서. 뼈들은 부러지고 삭아 어떤 모습이었는지 알기 어려웠어요. 저는 그것들은 몇 번 쓰다듬다가 다시 땅속으로 집어넣고 흙을 덮었어요. 그 위로 당신의 머리뼈를 올린 뒤 나만 알아볼 수 있도록 자그마한 둔덕을 만들었어요. 남편은 죽었다 깨어나도 모를 거예요. 자신이 망쳐놓은 마당에 내가 뭘 숨겨놨는지. 한참 동안 당신이 묻힌 곳을 쳐다보다가 집으로 들어왔어요.

여자가 다시 찾아온 건 며칠 뒤였어요. 결국 울타리는 돌담으로 바꾸기로 했지만, 제가 원하던 높이는 아니었어요. 신랑은 업체에서 가져온 샘플 사진을 보더니 흔쾌히 마음을 바꾸었어요. 아는 형네 집 현관과 비슷하다나. 그가 그럴 때마다 반가운 건지 화가 나는 건지 모를 감정이 솟구치곤 했어요. 남의 편과 나의 편. 나는 언제쯤 그의 온전한 편이 될 수 있을까요?

대문을 열고 마당을 치우고 있는데 등 뒤에서 인기척이 느껴졌어요. 고개를 돌리자 며칠 전 왔던 그 여자가 서 있는 게 아니겠어요? 깜짝 놀라 손에 든 빗자루를 고쳐 쥐고 여자를 쳐다봤어요. 기분 탓인가, 그사이 여자는 뭔가 달라 보였어요. 한껏 정돈한 머리를 하나로 묶고 주름 하나 없는 재킷에 단정한 치마를 입고 있었어요. 어디 면접이라도 가는 것처럼요.

"무슨 일이세요?"

"저, 이거 드세요."

여자가 파란 비닐봉지를 건넸어요. 안에는 새까맣게 익은 무화과가 들어 있었어요. 세상에. 사실 내가 가장 좋아하는 과일이 무화과거든요. 선악과가 무화과라는 얘기도 있잖아요. 그만큼 매력적인 과일이라는 말이죠. 1년에 한 계절만 먹을 수 있는 작고 향기로운 열매. 꽃과 열매가 한 몸인 달콤한 과육을 보자마자 저도 모르게 침이 고였어요. 저는 반갑고도 의아한 마음에 봉지를 들고 우두커니 서서 말했어요.

"잘 먹을게요."

주는 걸 마다할 수는 없잖아요. 한 손에 비닐봉지를 들고 바닥 비질을 마저 끝냈어요. 머릿속으로 오만가지 생각이 지나가더군요. 저 여자는 왜 또 온 걸까? 우리 집에 볼일이 있는 건 아니겠지? 여자는 제 머릿속을 들여다본 듯 몇 발자국 떨어져 제 뒤에 서 있었어요. 잠시 후 여자가 나를 따라 집으로 들어왔어요. 그건 처음 여자를 집으로 들일 때보다 훨씬 쉬웠어요.

여자와의 두 번째 만남은 처음과는 다르게 무척 즐거웠어요. 여자는 손금이니 기운이니 하는 것 없이 제 말에 고개를 끄덕거리며 대화를 이어나갔어요. 여자는 타운에서 한 시간쯤 떨어진 소도시에 사는 대학생이었는데, 휴학을 하고 본가에 머물고 있다고 했어요. 대학으로 다시 돌아갈지 모르겠다고, 자신이 진짜 원하는 게 그곳에 있는지 모르겠다고. 그 말을 듣는 순간, 저는 대학교 때 기억을 떠올렸어요. 요즘 학생들도 예전의 나와 비슷한 고민을 한다는 사실이 마냥 놀라웠어요. 어쩌면 나는 여자와 대화다운 대화를 할 수 있을지도 모르겠다고, 그런 기대감이 차올랐어요. 신랑도, 매희 언니도 없는 타운은 적적하기 그지없거든요. 여자는 불현듯 타운이 생기기 전 일대에 대해 아느냐고 하면서, 무언가 할 말이 있는 듯 머뭇거렸어요.

"예전엔 여기가 전부 마을이었다는 거 아세요?"

"그래요? 그건 몰랐어요."

여자가 뜨거운 차를 한 모금 마셨어요. 지번에 여자에게 대접했던, 그 향기로운 차였죠. 저는 여자의 얼굴을 보고 입을 다물었어요. 무척 슬픈 표정을 짓고 있었거든요.

"오래전에 할머니가 여기서 돌아가셨어요."

그런 말은 반칙이에요. 여자는 조금 울먹거렸어요. 그런 말을 듣고도 매정하게 군다면 그건 사람이 아니죠. 여자가 거짓말을 하는 걸 수도 있지만, 거짓말 좀 하면 어때요. 그 순간 여자의 말이 진실이라는 걸, 적어도 나에게 자신의 가장 약한 모습을 보여줬다는 걸 알 수 있었어요. 파헤쳐진 마당 한구석처럼. 그게 아니고서야 이 동네에 뭐 볼 게 있다고 오겠어요? 투자 목적으로 집을 둘러보거나 유튜브를 찍으려고 온 것도 아닐 텐데. 저는 깨끗이 씻은 무화과를 반으로 잘라 여자에게 건넸어요.

"오고 싶을 때 언제든 와도 돼요."

여자가 눈물이 맺힌 얼굴로 저를 쳐다봤어요. 의외라는 것 같기도 하고 어딘가 감동한 얼굴 같기도 했어요. 그러니까 여자는, 이곳에서 살던 어릴 적 추억을 만나러 온 것이었어요. 그런 건 부러 자세히 말하지 않아도 알 수 있는 법이잖아요. 여자의 얼굴은 고향을 떠난 나의 모습과 같았거든요. 새 삶을 찾아 낯선 곳으로 떠났지만 고단함과 그리움을 피할 수도 없는 삶 말이에요. 타운의 많은 사람들이 고향을 떠난 채 살아가고 있었지만 그것에 관해 자세히 얘기한 적은 없었어요. 나도, 남편도, 매희 언니도. 어째서 어떤 사람들은 태어난 곳을 떠나서만 살아가는 방식을 터득한 걸까요? 그럼에도 불구하고 떠난 곳을 그리워해야만 할까요?

구목(丘木)    101

그런 상태를 뜻하는 단어가 세상 어딘가에는 있을 거예요. 혹시 당신은 알고 있나요? 그리움과 원망, 미움과 사랑으로 가득 찬 이방인의 마음을 뜻하는 말 말이에요.

여자가 화장실로 간 사이 소파에 놓인 여자의 가방이 바닥으로 떨어졌어요. 가방 사이 아주 작은 틈으로 여자의 머리카락 한 올이 삐져나와 있었죠. 저걸 빼내주고 싶다. 무심코 머리카락에 손을 뻗었다가 이내 거뒀어요. 잘 모르는 사람의 물건에 함부로 손을 댈 순 없잖아요. 그 순간 여자의 가방을 열어볼까 고민했어요. 처음 봤을 때도 메고 있던 베이지색 크로스백은 여자의 단정한 옷차림과는 조금도 어울리지 않았거든요. 문득 이제 쓰지 않는 가방을 여자에게 주고 싶다는 생각이 들었어요. 엠씨엠이나 코치처럼 유행은 지났지만 여전히 쓸 만한 가죽 가방들 말이에요. 생각난 김에 가방을 꺼내두려고 드레스룸으로 향했어요. 드레스룸은 화장실 맞은편에 있었어요. 여자가 불편할까 싶어 재빨리 지나치는데 문이 열려 있더라구요. 혹시나 하는 마음에 화장실 문을 살짝 잡아당겼어요. 이상하게도 안에서 아무 기척이 없더군요. 저는 살짝 문을 열고 안을 들여다봤어요. 여자가 있어야 할 화장실 안이 텅 비어 있었어요. 화장실은 누가 다녀간 흔적 없이 깨끗하기만 했어요.

당신은 알고 있죠? 그렇죠?

그날 오후 경찰이 집에 왔어요. CCTV를 확인하고 동네를 수색하는 동안 내내 신랑이 제 곁에 있었지만 크게 도움이 되지는 않았어요. 저는 혹시 여자가 어디서 잠이 들었거나 사고가 난 걸까 봐 마음을 졸이며 기다렸어요. 해가 진 뒤 창밖에 어둠이 가득 찼을 때, 나는 무언가 이상한 일이 생겼다는 걸 깨달았어요. 여자가 일부러 사라진 게 아니라는 걸 말이에요. 골목 입구에 달린 CCTV에는 정확히 나를 따라 집으로 들어오는 여자의 모습이 찍혀 있었어요. 무화과가 든 파란 봉지를 건네는 모습도요. 먹다 남은 무화과와 아무것도 없는 낡은 크로스백, 현관에 놓인 검은 단화가 여자가 남긴 전부였어요. 그날 늦게까지 경찰이 집 주변에 머물렀지만 더 할 수 있는 게 없다고 했어요. "혹시 무슨 일이 생기면 연락하세요." 저는 경찰관의 연락처가 저장된 휴대폰 액정을 바라보며 이전으로 돌아갈 수 없다는 걸 직감했어요. 이 집에서 더 이상 예전과 같은 방식으로 차를 마실 수 없다는 걸 말이에요.

그 후에도 몇 번 낯선 사람들이 다녀갔어요. 명함을 줬던 노인은 저를 알아보지 못했고 카메라를 든 유튜버가 집 앞에서 라이브 방송을 해 경찰을 부르기도 했어요. 경찰이 오기도 전에 유튜버는 사라졌지만요. 유튜버는 그때 우리 집 앞에서 무슨 말을 한 걸까요? 한적한 소도시의 타운하우스에서 생긴 미스터리, 뭐 그런 소문을 들은 걸까요? 그러나 아무도, 여자가 우리 집에 왔다는 사실에 대해 묻지 않았어요. 여자가 산다는 본가에도, 여자의 친척들이 있었다는 이전 마을에 대해서도 저는 알지 못했어요. 경찰은 여전히 조사하고 있다고 했지만, 아무 일도 일어나지 않았으니 무척 난감한 상황이라고 했어요. 솔직히 누가 죽거나 다친 게 아니지 않습니까. 죽거나 다치지 않았는데 어째서 나는 꼬인 줄 위에 오른 신부처럼 금방이라도 떨어질 것 같은 기분에 휩싸여 있을까요. 매일매일. 신랑은 저에게 무슨 일이었냐고, 계속해서 물었지만 제가 할 수 있는 말은 이미 다 했는 걸요. 누구보다 궁금한 건 바로 저였으니까요. 여자는 대체 어디로 사라진 걸까요? 정말 내가 뭐에 홀리기라도 한 걸까요? 거실 테이블 위에는 여자가 먹다 만 무화과 조각이 깨문 자국 그대로 남아 있었어요. 여자가 있는 줄 알았던 1층 화장실뿐 아니라 2층 화장실, 침실, 드레스룸, 서재, 부엌, 뒷마당과 베란다⋯⋯. 집 안의 모든 곳을 샅샅이 찾아보았지만 여자는 어디에도 없었어요. 마치 꿈을 꾼 것 같았죠. 결국 여자의 가방을 열었을 때 저는 여자의 이름을 물어보지 않았다는 사실을 떠올렸어요. 여자의 가방 속에는 아무것도, 아무것도 없었어요 이제 정말 당신밖에 없어요. 당신은 알고 있죠? 그렇죠?

여자가 여전히 집 안에 있다는 걸 나는 알아요. 나는 더 이상 집 밖을 나가지도, 매희 언니를 만나거나 사람들을 초대하지도 않아요. 매희 언니처럼 살고 싶다는 생각도 더는 하지 않게 되었죠. 단지 집 안 어딘가에 있는 여자의 흔적을 좇아 매일매일, 마당을 파고 집 안을 청소하며 시간을 보내요. 가끔 여자는 자신이 여전히 집 안에 있다는 것을 알리듯 정돈되었던 식탁과 정원, 거실 테이블 위를 보란 듯이 어질러놔요. 자신의 긴 머리카락 몇 올을 남기는 일도 잊지 않고요. 저는 그때마다 기쁜 마음으로 여자의 흔적을 치우며, 머리카락을 주워 다기 상자 안에 모아두죠. 왜 이제야 왔냐는 듯이, 잘 지냈냐고 물어보듯 말이에요.

때때로 여자가 당신을 찾아온 건지도 모른다는 생각이 들어요. 당신이 누구인지 아는 유일한 사람일지도 모른다고 생각해요. 그럴 때마다 기쁨인지 슬픔인지 두려움인지 모를 감정이 허기처럼 몸속을 잠식했어요. 나는 딱 한 번 마당의 흙을 퍼 가장 좋아하는 접시에 올려 그것을 입안에 넣고 음미한 적이 있어요. 예전만큼 강한 허기도 메스꺼움도 나를 괴롭히지 않지만, 오직 입속의 혀만이, 모든 걸 맛보겠다는 나의 혀가 원한 일이었으니까요. 그 안에 당신의 일부가 있었을지도 모를 일이죠. 흙은 어째선지 달콤하고 조금 짰어요. 축축한 풀과 마른 뿌리, 죽은 벌레가 알싸한 향을 내며 입안을 가득 채웠어요. 당신은 생각보다 짜고 차가웠어요.

신랑은 언젠가부터 집에 들어오지 않아요. 그가 다른 곳에서 살림을 차렸다고 해도 괜찮아요. 나야말로 이 집에서 혼자가 아니니까요. 여자는 해마다 어디선가 무화과를 가지고 와 거실 테이블이나 식탁 위, 혹은 침실 입구에 두고 가요. 나는 그가 가져온 것들은 맛있게 먹어치우죠. 나는 비로소 이 집에 이사 온 이유를 알 것 같아요. 진정한 내 편을 찾았거든요. 비록 볼 수도, 이야기할 수도 없지만 우리는 언제나 함께 있어요. 당신은 알고 있었죠, 이렇게 될 거라는 걸? 그렇죠?

삼각지붕 아래 여자

아케이드 안의 상가들은 오래된 잠에 빠진 듯 모두 불이 꺼져 있었다. 양쪽으로 들어선 옷가게와 잡화점 사이에 행인은 한 명도 보이지 않았다. 20여 미터쯤 걸어가자 돔 모양의 천장이 끝나고 익숙한 풍경이 눈에 들어왔다. 칠영동(七靈洞). 일곱의 영험한 신이 살았다는 동네. 할 일을 마친 신들이 동네 곳곳에 자신들의 보물을 숨기고 떠나버렸다는 이야기를 그곳에 사는 사람이라면 누구나 알고 있었다. 잠시 후 아케이드를 빠져나가자 눈에 익은 길목이 나타났다. 칠영 슈퍼와 양장점, 피자집이 있던 건물들이 20여 년 전과 똑같은 자리에서 시간의 세례를 받은 채 낡은 모습으로 변해 있었다. 주변의 허물어진 집들을 제외하면 모든 것이 그대로였다. 좁은 골목 옆으로 영업 중인 여인숙 간판에는 'ㅕ'와 'ㅛ'을 제외한 나머지 글자가 보이지 않았고 주변의 많은 집들이 공사 중이거나 비어 있어 나는 흡사 모르는 도시에 도착한 도로시가 된 기분을 느꼈다.

그때 골목 저편에서 한 여자가 빠른 걸음으로 다가왔다. 여자는 순식간에 내 앞으로 오더니 돌연 고개를 돌려 나를 쳐다보며 물었다.

"너 매향이네 살던 애 아니니? 여긴 어쩐 일이야?"

칠영 아줌마였다. 칠영 아줌마는 칠영 라사 주인의 아내로, 내가 태어나기 전부터 동네에 살던 사람이었다. 아줌마는 마치 어제 만났던 사람처럼 스스럼없이 말을 꺼냈다.

"엄마는 잘 있니? 안 그래도 네 엄마한테 한 번 연락하려고 했는데……. 나 만났다고 꼭 좀 전해줘. 불쌍한 것."

구겨진 종이처럼 아줌마와 나의 거리감이 순식간에 반으로 접혔다. 나는 예에, 하고 건성으로 대답하다 어느새 아줌마의 화제에 빠져들었다. 서로의 가족 안부—아저씨는 잘 계시죠?—에서부터 건강 검진—너 요즘도 장이 안 좋니?—과 동네 근황—아주 재개발들 미쳐가지고!—까지 순식간에 많은 얘기가 오갔다. 20년에 가까운 시간 동안 조금도 서로를 그리워하거나 만날 생각을 한 적이 없었지만, 아줌마와 나는 애틋한 친척을 마주친 것처럼 자연스럽게 대화를 이어나갔다. 심지어 그 두서없는 이야기들이 반가워 나는 내가 그를 약간은 그리워하고 있었다는 걸 그제야 알았다.

"참!" 아줌마는 갑자기 잊었던 무언가가 생각난 듯이 짧게 소리를 지르고는 가던 길을 향해 고개를 돌렸다. 그러고는 우연히 만났을 때처럼 황급히 개천 쪽을 향해 걸음을 옮겼다. 순식간에 사라진 칠영 아줌마의 뒷모습을 보며 나는 어릴 적 살던 집으로 이사 왔다고, 매향 이모네 집에서 다시 살게 되었다고 말할 타이밍을 놓치고 말았다.

칠영동 매향이네. 동네 사람들은 내가 살던 집을 그렇게 불렀다. 매향 이모는 젊은 시절을 일본에서 보내고 고향으로 돌아와 칠영동에 자리 잡은 반 교포였다. 어릴 적 그를 보며 수군거리던 동네 사람들의 말이 떠오른다. 그들도 여전히 매향 이모를 기억하고 있을까?

일본식 두루마기를 입은 이모가 노렌 자락을 걷어내며 거실로 나타난다. 그 모습을 보면 어째선지 가슴이 두근거렸다. 그런 식으로 집 안을 거니는 사람은 이모밖에 없었으니까. 안채의 동선은 키가 작은 이모의 몸에 딱 맞아 떨어졌다. 마루와 부엌을 구분 짓는 아치형 통로에는 천 가운데가 바지처럼 갈라진 짙은 남청색 가리개가 걸려 있었다. 거기에는 각각 左와 右라는 한자가 흰색 붓글씨로 큼지막하게 적혀 있었는데 그건 모두 매향 이모가 직접 쓴 것이었다. 거실 한쪽의 커다란 유리장 위에는 빨간 기모노를 입은 여자아이 인형과 연녹색의 산요 카세트 플레이어, 손가락에 묻을 만큼 쌓인 희뿌연 먼지가 정물화처럼 놓여 있었다. 플레이어에서 흘러나오던 일본 노래들. 경쾌하지만 어딘가 슬프기도 한 아름다운 멜로디. 나는 아직도 그 노래들의 가사를 알지 못한다. 그럼에도 어떤 노래들은 가끔 나를 일제 카세트 플레이어가 놓인 그 집으로 데려간다.

항구가 가까운 칠영동에는 오래된 일본식 가옥과 상가가 많았다. 지역 최초의 양식당과 다방이 매향 이모의 집에서부터 멀지 않은 곳에 있었다. 귀향 직후 이모는 낡은 적산가옥 한 채를 샀다. 패전 후에도 열도로 돌아가지 않은 일본인 부부가 칠영동을 떠나기 직전 헐값에 넘긴 것이었다. 그 집에는 출처를 알 수 없는 여러 소문이 있었는데 뒷마당에 작은 무덤이 있다든지 숨겨진 대나무숲에 부부가 숨긴 밀수품이 묻혀 있다든지 하는 것들이었다. 나중에서야 나는 그 소문의 장본인이 바로 일본인 부부였고 그중 얼마간은 사실—부부에게 아이가 없었다든가 하는—이라고 알게 되었지만 누구에게도 그것에 대해 말한 적은 없다. 그 소문 덕분에 이모는 시세보다 훨씬 싼 값에 그 집을 살 수 있었을 테니까. 때로 소문은 재산을 빼앗기도 하고 가져오기도 한다. 나는 소문이 그 집을 집어삼키는 모습을 오랫동안 봐왔다. 잘나가는 예술가와 사업가들이 칠영동 다방 곳곳에 모여 그 집에 대해 이러쿵저러쿵 떠들다 종내에는 형태 불분명한 모험을 만들어내는 광경을. 그 집에 이상한 여자가 산대. 아니 여자를 잡아먹는 여자래. 오래된 집에서 홀로 사는 도깨비 여자. 근거 없는 소문이 커져가는 동안에도 매향 이모는 마당을 보수하고 기와를 바꾸거나 창틀에 칠을 하며 집을 돌봤다. 마당 한쪽에 마련한 바깥채에 엄마와 내가 세 들게 된 것도 어쩌면 소문 때문일지도 모른다. 혼자서 집을 구하러 온 만삭의 엄마에게 소문의 그 집처럼 싸고 적당한 곳은 없었을 테니까. 그런 엄마에게 매향 이모가 어째서 집을 빌려주었는지 이제는 영원히 알 길이 없지만.

매향 이모를 생각하면 떠오르는 장면이 있다.

두꺼운 안경을 쓰고 한텐을 입은 매향 이모가 집 안을 서성인다. 그는 나이를 가늠하기 어려운 사람이었다. 정갈하게 쪽 찐 회색 머리에 자그마한 체구, 속을 알 수 없는 작고 까만 눈동자를 보고 있으면 집주인이 아니라 집에 사는 오래된 신령을 마주한 기분이 들곤 했다. 어느 날 매향 이모가 마당에서 놀고 있는 나를 불렀다. 그러더니 호주머니에서 삶은 계란 하나를 꺼내더니 나에게 건넸다.

"お金は?"

오카네. 그건 일본말로 돈이라는 뜻이다. 나는 일본말도 글도 몰랐지만 가끔 매향 이모가 한숨처럼 내뱉는 이국의 언어는 거짓말처럼 알아들었다. 그 집의 누구도 매향 이모가 내뱉는 온갖 언어의 말을—그러니까 이모는 기실 일본에서만 살았던 건 아닐지도 모른다—알아듣지 못했지만 나는 그가 무슨 말을 하는지 알 수 있을 때가 있었다. 계란은 커다랗고 방금 찜기에서 쪄낸 것처럼 김이 났다. 나는 군침이 도는 목구멍으로 살짝 토라진 마음을 숨기며 대답했다.

"안 먹을래요."

그때 나에게 오카네 같은 게 있을 리가 없었다. 설사 있더라도 매향 이모에게 줄 돈은 없었다. 매향 이모가 살던 안채 곳곳에는 삶은 계란과 말린 대추, 곶감이나 약과가 든 바구니가 놓여 있었고 걸을 때마다 삐걱거리는 바닥에서는 습기를 머금은 목재 냄새가 났다. 썩기 직전의 달콤한 과일 향이 집 안에 가득했고 그곳에서는 먹은 게 없어도 배고프지 않았다. 잠시 후 매향 이모는 나를 보며 싱긋 웃고는 손수 계란을 까 내 입에 넣어주며 말했다.

"나중에 꼭 갚아야 한다."

그건 이모가 어린애인 나를 상대로 일수를 쳤던 일화 중 하나일지도 모르지만 그 장난스런 얼굴만은 오래 남아 갓 삶은 계란처럼 김을 내며 기억 한구석을 차지하고 있었다. 매향 이모가 죽었다는 소식을 들었을 때 가장 먼저 그 생각이 났다. 이모라면 받을 돈을 놔두고 죽을 리가 없는데. 나에게 받을 오카네를 남겨둘 리가 없는데.

엄마와 내가 살던 바깥채와 달리 안채는 높은 층고를 가진 오묘한 외관의 단층 건물이었다. 여러 차례 개조와 증축을 거듭한 뒤 원래 모습의 삼 분의 일 정도를 허물었다가 다시 지어, 그곳에 사는 동안 나는 안채의 모든 곳을 가본 적이 없었다. 저쪽 방에는 가면 안 돼. 그곳에는 어린아이인 내가 함부로 들어갈 수 없는 방도 있었고, 당연히 이모의 방에도 들어갈 수 없었으며 그러므로 나에게 허용된 안채의 공간은 너른 마당과 부엌, 마당을 향해 난 목조 복도가 전부였다. 내가 그 집에 사는 동안에도 매향 이모는 안채의 썩은 보를 들어내거나 망가진 회벽에 시멘트를 바르며 무너져가는 집을 보수하는 데 많은 시간을 쏟았다. 마치 병든 집의 유일한 보호자가 자신이라는 듯, 이모가 아니었다면 애저녁에 망가져 허물어졌을 그 낡고 커다란 집을.

안채의 대청에서 낮잠 자기는 내가 가장 좋아하는 일 중 하나였다. 엄마가 일을 나가면 갈 곳도 없는 나는 집에서 혼자 시간을 보낼 때가 많았다. 어린아이 혼자 집을 지키는 일을 대수롭지 않게 여기던 때였다. 어느 날, 매향 이모도 엄마도 없는 집에서 나는 긴 단잠을 잤다. 꿈은 기억나지 않는다. 대청마루와 마당 사이에는 일본식의 길고 좁은 복도가 있었다. 복도 한가운데 비스듬하게 누워 거꾸로 창밖을 보면 잘 꾸며진 마당과 네모난 하늘이 펼쳐졌다. 복도는 빛과 어둠 사이, 마치 어둠을 잡아두기 위해 만들어둔 길목 같았다. 어떤 밝은 빛도 복도를 거치면 완벽하게 집 안으로 들어오지 못했다. 나는 그게 좋았다.

눈을 떴을 때 밖은 일몰 직전이었다. 건물 밖으로 삐져나온 지붕 끝으로 새빨간 구름이 퍼져나가고 있었다. 하늘을 가득 메운 붉고 푸른 구름들. 나는 순간 그 구름들을 오래 보고 싶다는 열망에 사로잡혔다. 지붕과 하늘과 네모난 건물이 잠에서 덜 깬 뜨거운 몸으로 한꺼번에 들어오는 것 같았다. 그 순간이 영원하기를, 눈앞의 아름다운 풍경을 눈에 담으며 설명하기 어려운, 무언가 갈망하는 마음을 최초로 경험했다. 경험. 그걸 겪은 뒤에는 다시 전으로 돌아갈 수 없는. 그때의 풍경은 집을 떠난 뒤에도 종종 떠올라 백일몽에 들 때마다, 혹은 밤을 새운 뒤 기절하듯 잠에 빠져들 때마다 손에 잡힐 듯 눈앞에 떠올랐다 사라지곤 했다. 만약 타임머신이나 소원을 들어주는 신을 만나게 되어 원하는 시간으로 갈 수 있게 된다면 나는 망설이지 않고 그날 낮잠을 자던 안채의 복도로 돌아갈 것이다.

*

　매향 이모네 집으로 돌아간 후 나는 매일 골목을 산책했다. 골목의 형태는 예전과 다를 게 없었지만 사라진 건물들로 인해 거리는 텅 비어 있었고 동네는 어딘가 낯설어 보였다. 골목의 끝에서 끝까지 두어 바퀴를 돌고 삼거리에 도착하자 개천의 분주한 풍경이 눈에 들어왔다. 시장 가는 사람들. 개천 너머 시내로 나가는 사람들. 그들을 뒤로하고 다시 집 앞으로 돌아오면 예전에는 보지 못한 새로운 길이 나타나곤 했다. 칠영 라사가 있던 삼거리, 함지네 목욕탕이 있던 골목 입구, 개천으로 향하는 뒷길이 모두 하나의 길로 이어졌다. 건물과 건물 사이의 좁은 틈을 지나 처음 보는 골목으로 들어서면 방금까지 산책한 삼거리의 입구가 다시 눈앞에 나타났다.

　매향 이모의 집에도 바뀐 곳이 있었다. 골목과 집 사이 세워졌던 돌담을 허물고 녹색 철제 대문을 세웠지만 그건 볼품없이 녹슨 상태였다. 멋스러운 삼각지붕이 있던 자리에는 수평이 맞지 않는 새파란 슬레이트가 올라가 있어 멀리서 보면 폭격을 맞은 관공서 건물처럼 보였다. 배신감. 그 지붕 꼴을 봤을 때 가장 먼저 든 생각은 이름 모를 건축업자나 시공사에 대한 분노가 아닌 매향 이모에 대한 알 수 없는 쓸쓸함이었다. 집의 얼굴이나 다름없는 아름다운 모양의 지붕을 없애고 볼품없는 슬레이트를 올린 후에 매향 이모는 무슨 생각을 했을까? 그건 모두 매향 이모의 선택이었을까? 다행히 윤이 나는 좁은 복도와 미닫이문, 낡았지만 고즈넉한 안채의 몰딩과 마당에 깔린 판석은 예전 그대로였다. 대들보를 교체했던 천장에는 오래됐지만 정갈한 느낌의 미색 벽지가 발라져 있었다. 산책을 마치고 돌아와 벽지가 찢어진 거실 벽에 등을 대고 앉으면 단단한 벽돌의 질감이 그대로 느껴졌다. 지붕을 없애며 메운 천장 층고는 어릴 적 기억보다 한참 낮았다. 직사각형의 목판이 타일처럼 깔린 거실 바닥에는 미세한 틈이 나 있었고 그곳으로 바닥의 어둠이—마치 우물처럼—밤마다 흘러가는 것 같았다. 부엌 입구 바닥은 공구리가 덜 쳐졌는지 잘못 밟으면 집 전체가 흔들리는 것처럼 요란한 소리가 났다. 집의 약점. 만약 이 집을 부수고 싶다면 거실 바닥이나 허물어진 벽 한쪽부터 시작하면 될 것이다. 오랜 병으로 조금씩 허물어져가는 육체처럼 집은 내가 없던 사이에 서서히 안쪽부터 썩기 시작했다.

산책을 마치고 집으로 돌아오면 한참 동안 복도에 앉아 있곤 했다. 얼마쯤 지나 미닫이문을 열면 안채에서 오랫동안 묵혀 있던 탁한 공기가 쏟아져나왔다. 나는 그 속에 숨은 썩은 나무와 과일 냄새를 맡기 위해 숨을 들이쉬었다. 희미한 지린내와 습기, 한동안 비어 있던 집의 고요함. 마침내 낡은 복도에 누워 하늘을 바라봤을 때 골목 어딘가에서 요란한 소리가 들려오기 시작했다. 굴착이었다.

*

어릴 적, 내가 읽고 쓰기를 떼고 색칠 공부도 끝낸 뒤 헨젤과 그레텔을 다 읽고 나서도 할 일이 없었을 때, 홀로 집 안에서 심심하다는 단어를 곱씹을 정도가 되었을 때 동네에 돌던 이상한 소문을 기억한다. 소문이 아니라 실체, 그러니까 한 여자에 대한 이야기이다. 깊은 밤, 한 여자가 동네를 돌아다니며 집집마다 문을 두드린다. 그리고 소리친다. **열어줘! 들여보내줘!** 대체 어떤 여자가 잘 모르는 집의 문을 두드리며 열어달라고, 자신을 들여보내 달라고 사정한다는 것인가? 소문은 맥락이 없을수록 쉽게 몸을 부풀리는 법이다. 아무도 여자의 기행의 이유를 알지 못했고, 알더라도 어린아이인 나에게 설명해주는 사람은 없었다.

그 여자에 대해 처음 들었을 때 겁에 질린 내 얼굴을 보며 엄마는 이렇게 말했다. "창아리 어신 년." 그건 엄마의 험한 말 컬렉션 중 중상 정도에 속하는 표현이었는데, 그게 나에게 하는 말인지 그 여자에게 하는 말인지 알 수 없어 나는 혼란스러웠다. 그 때 나는 창아리라는 단어의 뜻을 몰랐지만 그게 굉장히 중요하다 는 걸 본능적으로 알 수 있었다. 입안에서 굴리기에도 어딘가 석 연치 않은, 가시가 많은 민물고기를 먹을 때와 같은 찝찝함.

"걱정 마. 우리 집엔 안 와. 아니 못 와."

엄마가 어째서 그런 말을 했는지 모르겠지만, 그건 아마 경험 에 의한 판단이었을 것이다. 나는 안심한 마음으로 엄마의 품에 파고들며 그 여자에 대해 나름의 결론을 내렸다. 그 여자는 어떤 중요한 것을 잃어버리고 동네를 돌아다니며 찾고 있다는 것, 그 게 뭔지는 모르지만 아마 이 동네에는 없을 거라는 것. 그리고 나 와는 상관없다는 것.

지금 생각하면 그 여자는 동네에서 일종의 엔터테인먼트에 가까웠던 것 같다. 단순한 오락거리 그 이상도 이하도 아닌. 무언 가를 동시에 무서워하는 일은 그것을 함께 조롱하는 일과 얼마나 다르고 또 비슷할까. 나는 그 여자를 보며 공포도 때론 재미가 된 다는 것을 알았다. 출처 없는 소문, 발 없는 말, 여자를 잡아먹는 여자들에 대한 이야기. 엄마는 그 여자에 대한 두려움과 흥미를 동시에 느끼는 것 같았는데 그건 밤마다 행해지는 철저한 문단속 으로 이어졌다. 우리가 세 들어 살던 단칸방의 낡은 철제 섀시는 우리 집—방 한 칸과 부엌 겸 다용도실로 이루어진—의 유일한 출입구였고 몇 번의 합을 맞추고 나서야 맞물리는 잠금장치는 너무도 쉽게 열릴 것처럼 허술했다. 때때로 날이 어두워지면 불투명한 유리문 너머 사람인지 짐승인지 알 수 없는 형체가 어른거렸고 그때마다 엄마는 어서 자라고, 밤늦도록 자지 않는 아이를 데려가는 귀신들에 대해 들려주곤 했다.

그렇지만 엄마, 저건 매향 이모인데. 밤마다 우리 집 앞을 서성이는 건 매향 이모뿐인데.

나는 이모 특유의 억양—내륙 어딘가의 방언을 일본말처럼 휘두르는—이 귓가에 머물다 사라지는 걸 느끼며 엄마의 곁에서 금세 잠에 빠졌다. 그럴 때면 귀신인지 사람인지 알 수 없는 존재들이 골목 앞을 서성거리는 꿈을 꿨다. 골목. 내가 어떻게 그 골목을 잊을 수 있을까? 슈퍼, 여인숙, 양장점, 문 닫은 피자집이 있던 오래된 풍경. 칠영 아줌마와 매향 이모. 귀신들이 찾던 잠들지 못하는 아이. 과연 그들이 찾던 게 쉽게 잠들지 못하는 아이뿐이었을까? 적어도 '창아리'에 준하는, 신체의 내장과 맞먹을 중요한 걸 찾고 있던 건 아닐까?


잠에서 깼을 때 밖은 어두웠다. 요란하게 땅을 파던 소리도 들리지 않았다. 골목에 세워진 가로등이 깜빡거리며 연녹색 불이 들어왔다. 대문 밖에서 누군가 어슬렁거리고 있었다. 집 앞 골목은 인적이 드물었고 사람이 드나드는 경우도 거의 없었다. 칠영 아줌마였다. 아줌마는 대문 앞을 서성이다 골목 저편에서 무언가를 발견한 듯 급하게 달려갔다. 그러고는 다시 돌아와 대문 앞에서 나를 향해 소리쳤다.

"얘! 너 한자 봤니?"

"누구요?"

"한자 말이야. 너 한자 몰라?"

고한자. 어떻게 한자를 잊을 수 있을까? 한자의 이름을 알려준 사람이 바로 칠영 아줌마였다. 어릴 적, 칠영 아줌마는 우리 집에 놀러 오는 유일한 사람이었다.

"한자 말이야. 어휴, 불쌍한 것."

칠영 아줌마는 말끝마다 '불쌍한 것'이라고 하는 버릇이 있었다. 매향 이모네 대청에 앉아 대추의 썩은 부분을 손톱으로 도려내며 엄마와 칠영 아줌마는 자주 수다를 떨었다.

동네에서 엄마의 평판은 좋은 편이 아니었다. 사람들은 홀로 아이를 낳고 키우는 여자에 대해 무언가 해명을 요구하는 것 같기도 했고 그냥 미워하기로 한 것 같기도 했다. 칠영 아줌마는 바구니에서 꺼낸 계란으로 얼굴 한쪽을 문지르며 동네의 최신 이슈와 정보를 적절하게 부풀려 말해주었다. 그럴 때면 안채의 라디오 소리가 슬그머니 줄어드는 걸 나는 알고 있었다.

"고한자라고 예전부터 이 동네에 살던 애야. 저번에 시장 가다 만났는데 글쎄 애가 맨발인 거 있지. 얼굴은 곱딱해가지고. 쯧쯧, 불쌍한 것."

아줌마는 그 여자, 고한자를 알고 있었다. 아줌마에 따르면 고한자는 개천 너머 판자촌에 살았는데 젊을 적 고생을 많이 해서 정신을 놓아버렸다고 했다. 판자촌. 젊을 적. 정신. 놓아버리다. 그 단어들이 머릿속에서 잘 이어지지 않았다. 얼마나 고생하면 정신을 놓아버리나? 사람이 미칠 만큼 힘든 일이란 게 뭐지? 나는 엄마와 칠영 아줌마 그리고 매향 이모를 떠올렸다. 만약 그들이 어떤 힘든 일을 겪어 정신을 놓아버린다면, 밤마다 동네를 돌아다니며 문을 열어달라고 하게 된다면 어떻게 해야 하지? 나는 뭘 할 수 있지?

칠영 아줌마는 한자에 대해 묻더니 대답도 듣지 않고 황급히 골목 저편으로 사라졌다. 나는 자리에서 일어나 외출 준비를 했다. 이모가 요양원으로 들어간 뒤 집은 거의 1년 동안 방치돼 있었다. 찬장 안에는 유통기한이 지난 깻잎 통조림과 보리차 티백, 믹스커피 한 박스가 먼지와 함께 나뒹굴었다. 거실에 놓여 있던 수납장은 부엌 한쪽으로 옮겨져 있었고 그 안에는 연녹색 카세트플레이어와 히나 인형, 수첩과 바구니 같은 잡동사니가 두서없이 들어 있었다. 유리문에는 거미줄처럼 희미한 금이 가 있었고 칠이 벗겨진 모서리 한쪽을 쓰다듬으면 송진같이 *끈끈*한 얼룩이 묻어 났다. 수첩은 전에 본 적 없는 것이었다. 검은 가죽으로 겉을 둘러 싼 자그마한 수첩은 때가 타고 여기저기 흠이 나 있었지만 오래된 바닥처럼 윤기가 났다. 누군가 가까이 두고 자주 들여다본 물건 같았다. 수첩 안에는 한자와 일본어가 *빼곡*하게 적혀 있었는데 매향 이모의 글씨 같기도 하고 아닌 것 같기도 했다. 각 장마다 년도와 월일이 적혀 있는 걸로 봐서 일기나 장부처럼 보였다. 나 는 수첩을 이리저리 둘러보다 수납장 안에 도로 넣었다. 부엌 입 구에는 노렌이 걸려 있던 자국이 선명하게 남아 있었지만 집 안 어디에도 일본식 천으로 된 가리개는 보이지 않았다. 몇 개의 못 자국만이 그곳에 무언가 있었다는 사실을 알려줄 뿐이었다.

시장으로 가는 길은 여러 가지가 있었다. 그중 개천 위의 다 리를 건너는 방법이 가장 *빨랐*다. 다리 아래에는 밤 산책을 나온 사람들이 많았다. 손을 잡고 걸어가는 연인들, 아이나 개와 함께 혹은 혼자 온 사람들. 나는 오래전 그곳에서 한자를 만난 적이 있 었다.


함지네 가족은 골목 초입에서 목욕탕을 운영했다. 조부 때부 터 시작한 목욕탕은 대를 이어 함지네 아빠와 엄마가 운영하고 있었고 여전히 정정한 할머니 또한 매일같이 목욕탕에 나와 카운

터를 봤다. 세신을 담당하던 때밀이 이모—진짜 이모는 아니었다—의 우렁찬 목소리가 떠오른다. 요란한 무늬의 속옷 세트를 입고 탕 안팎을 바삐 오가던 이모는 나를 볼 때마다 "아가, 느 때 안 미나?" 하고 물었다. 함지는 가족들과 달리 말수가 적고 부끄러움이 많았다. 나보다 키도 한 뼘이나 작아 나는 동생을 돌보듯 함지의 손을 잡고 골목을 돌아다녔다. 우리의 일과는 주로 동네의 이곳저곳을 쏘다니며 시간이 가길 기다리는 것이었다. 버려진 대야와 목재가 쌓인 철물점, 인적이 드문 공사장을 찾아다니며 숨바꼭질을 하거나 개천에서 물놀이를 했다. 그 개천, 칠영천은 항구와 수산 시장, 방파제로 이어지는 산책 코스 덕분에 관광객들이 더러 찾아오는 명소이기도 했다. 개천을 기준으로 한쪽에는 내가 사는 매향 이모네 골목이 있었고, 저편에는 판자촌이 있었다.

그 풍경을 뭐라고 하면 좋을까. 판자촌은 멀리서 보면 색색의 지붕이 알록달록 자리 잡은 한 폭의 그림 같았다. 사람이 살 수 없는 아름다운 그림. 그곳에는 일본식 가옥뿐 아니라 볏짚으로 지붕을 엮은 오래된 초가집들도 있었다. 개천의 저편으로 갈수록 초가도 한옥도 아닌 특이한 형태의 건물들이 똬리를 튼 뱀처럼 틈 없이 붙어 있었다. 흙벽 위에 석고나 나무로 된 판자를 얹고 방수포와 고무를 씌워 얼기설기 엮은 지붕들은 멀리서도 눈에 띄었다. 때론 아무런 장치 없이 합판을 얹어 천장을 가린 집—집이 아닌 것 같은—들도 있었다. 그곳에 한자가 살았다.

나는 어느 순간 그곳이 나를 포함한 매향 이모나 함지, 칠영 아줌마와 엄마와는 '다른' 사람들이 사는 곳이라는 것을 알게 됐다. 다른 사람들, 그러니까 한자 같은 사람들 말이다.

개천에 쪼그려 앉아 손바닥 위로 차가운 물을 흘려보내는 나에게 함지가 속삭였다.

"저기 봐, 그 여자야."

함지의 재촉에 고개를 들자 맞은편 천변에 서 있는 낯선 여자가 보였다. 한자였다. 함지가 등 뒤로 다가와 옷자락을 쥐었다. "그렇게 잡으면 늘어나." 나는 옷을 쥔 함지의 악력이 마음에 들지 않았다. 함지는 등 뒤에서 고개를 내밀고 여자와 나를 번갈아 쳐다봤다. 나와 함지, 그 여자—한자—는 개천을 사이에 두고 서로를 마주 봤다. 한자는 짙은 분홍색 원피스 차림에 짧게 자른 머리를 하고 있었는데 어째선지 맨발이었고 듣던 것보다 훨씬 왜소했다. 개천 덕에 얼굴이 자세히 보이지는 않았지만 엄마보다는 나이 들고 매향 이모보다는 젊어 보였다. 나는 자리에서 일어나 함지의 손을 잡았다. 그 작은 손은 열이 나는 것처럼 뜨거웠다. 우리는 개천의 끝을 향해 걸음을 옮겼다. 아니, 걸어가는 척했다. 나는 태연하게 우리의 행로를 바꿀 수 있다고 생각했지만 어찌

된 일인지 발이 떨어지지 않았다. 함지의 작은 손이 땀으로 축축했다. 어쩌면 내 손에서 나온 땀일지도 몰랐다.

"어떡해? 우리 어떡해?"

함지는 거의 울먹거렸다. 함지 또한 한자를 알고 있었다. 함지의 엄마가 한자에 대해 떠들지 않았을 리가 없었다. 동네의 모든 사람들은 한자를 알고 있었고, 함부로 떠들었고, 싫어했다.

"가만있어 봐."

나는 앞으로 일어날 수 있는 모든 상황을 머릿속으로 상상했다. 한자가 다가온다. 우리는 도망간다. 한자가 사라진다. 우리는 걸어간다. 그날따라 주변에는 지나가는 사람 한 명 보이지 않았다. 나는 한자가 그동안 머릿속으로 상상했던 이미지—병약하고, 못생기고, 이상하고, 동화 속의 고약한 마녀 같은—와 조금도 닮지 않아 당황했다. 마녀라기보다 어린애 같았고 금방이라도 이쪽으로 달려와 말을 걸 것처럼 호기심에 차 있는 모습에 나는 실망했다. 빈약한 나의 상상에. 기대보다 훨씬 멀쩡한 한자의 모습에.

한자는 개천 너머에 한참을 우두커니 서 있기만 했다. 우리는 손을 잡고 모른 척, 한자를 보지 않은 척했다. 잠시 후 나는 한자가 함지와 내가 아닌 우리 너머의 어딘가를 보고 있다는 것을 알았다. 우리가 사는 골목, 칠영 라사가 있는 삼거리, 매향 이모네 집과 함지네 목욕탕, 칠영 슈퍼 그리고 문 닫은 피자집과 여인숙이 있는…… 우리 동네. 나는 불현듯 한자에 대한 소문이 과장되었고 그건 정말 소문에 불과할지도 모른다고, 진실이 아닐 수도 있다는 의혹에 빠졌다. 어떻게 그럴 수 있었을까? 개천 너머의 저 창백하고 힘없어 보이는 여자가 밤마다 돌아다니며 동네를 쑥대밭으로 만들었다는 소문을, 어린아이를 잡아먹었다는 소문을, 어떻게 의심 없이 믿을 수 있었을까?

일몰이 채 끝나지도 않았는데 시장은 파한 분위기였다. 어느 노점 앞에서 어물쩡거리며 서성거렸다. 천막을 정리하고 있던 중년 여자가 영업이 끝났다고, 내일 오라고 말했다. 여자는 대답 없는 나를 보며 장사가 끝났다고 손짓과 표정으로 재차 얘기했는데 그 모습을 보자 알 수 없는 동질감을 느꼈다. 나는 그가 가게의 천막을 내리고 노점 문을 완전히 닫을 때까지 우두커니 서 있었다. 그가 짐을 챙겨 시장을 벗어나기 전, 나를 바라보며 말했다.

"아시타?"

아시타. 그건 '내일'이라는 뜻이었다. 여자는 지상을 손바닥으로 가리키며 재차 나를 향해 말했다. 내일, 내일 또 와. 바닥을 향해 뻗은 굵고 뭉툭한 검지손가락은 내가 본 어떤 손보다 강하고 늙어 보였다. 나는 흰 가루와 반죽 때문에 아기의 얼굴처럼 보이는 주름 가득한 손을 보며 아시타, 하고 따라 말했다.

개천에서는 조명 쇼 준비가 한창이었다. 제방 위로 색색의 조명과 대형 스피커가 놓였고 사람들이 모이기 시작했다. 나는 어릴 적 자주 지나다니던 골목을 향해 발길을 돌렸다. 골목에는 붉은 벽돌로 장식된 화려한 양옥이 있었지만 지금은 골조만 남아 흉흉한 폐가가 되어 있었다. 재개발을 앞두고 공사가 중단된 모양이었다. 칠영동 곳곳에는 그런 집들이 많았다. 나는 황량하게 남은 집의 흔적 앞에서 걸음을 멈췄다. 골목 어느 곳에서든지 무언가 튀어나와도 이상할 것 없이 어두웠다. 귀신, 혹은 오래전 이곳을 떠났던 신들. 그들이 다시 이곳으로 돌아올 이유가 있을까?

폐가의 입구는 완전히 부서져 황량한 안쪽이 다 보였다. 세간 하나 없는 방 안에는 버려진 공사 도구와 삐져나온 철근, 콘크리트 조각들이 나뒹굴었다. 나는 골목에 서서 희미한 가로등 빛이 머문 폐가 한쪽을 들여다봤다. 회색 벽돌이 드러난 건물의 잔해는 마치 어둠을 위해 존재하는 것 같았다. 어둠이 머무는 곳. 그때 부스럭거리는 소리와 함께 건물 뒤편에서 재빠르게 무언가— 혹은 누군가—가 튀어나왔다. 나는 소리를 지르며 집 앞에서 한 발짝 물러났다. 어둠 속 짐승. 그러나 그건 확실한 사람의 형체였다. 빈집에 숨어 사는 유령. 그건 순식간에 집을 빠져나오더니 골목을 벗어나 개천을 향해 달려갔다. 타다다닥. 두 다리가 재빠르게 달려가는 소리가 한참 동안 귓가를 맴돌았다. 어째선지 한자 생각이 났다.

한자는 살아 있을까? 아니, 왜 한자가 죽었을지도 모를 거라 생각했을까? 한자야말로 칠영동이 사라지더라도 홀로 살아남을 수 있는 유일한 사람이 아닐까?

축제의 시작을 알리는 브라스 소리가 골목에 울려 퍼졌다. 집으로 돌아왔을 때 온몸이 땀으로 흠뻑 젖어 있었다. 보일러를 켜고 온수가 나오길 기다렸다. 나는 복도에 앉아 숨을 고르며 동네에 남은 집들을 헤아렸다. 그곳에 살고 있는 주민은 얼마 남지 않았고 있더라도 모두 임시로 살고 있는 사람뿐이었다. 예전과 달리 칠영동에서 태어난 사람들도 그곳을 영원한 거처라고 생각하지 않는 것 같았다. 재개발이 추진되었지만 지지부진한 일정과 이권 다툼으로 동네는 차츰 비어갔다. 다들 어디로 간 걸까? 이곳을 떠나 더 좋은 곳으로? 그런 곳이 있을까? 그곳은 변하지 않을까? 그때 천장에 매달린 전구가 크게 한 번 번쩍이고는 깜빡거리기 시작하더니 잠시 후 불이 꺼졌다. 밝은 해가 져 완전한 어둠이었다. 골목에 세워진 가로등도 함께 꺼져 주변은 캄캄했다. 나는 마당으로 나와 대문을 열고 불빛을 찾아 두리번거렸다. 개천에서 색색의 조명이 밝아졌다 어두워지길 반복하며 현란하게 연출되고 있었다. 자주색과 파란색, 노란색으로 이어지는 조명은 화려하기보다 조악했고 삽시간에 바뀌는 댄스 음악도 요란하기

만 했다. 나는 집 안으로 들어와 불이 켜지길 기다렸다. 조명 쇼
가 끝나면 불도 다시 켜질 것이다. 한 집의 불이 켜지면 다른 집
의 불이 꺼지는 동네. 대청에 누워 하늘을 바라봤다. 드물게 반짝
이는 빛이 보였지만 위성인지 별인지 구분할 수 없었다.

\*

한자를 만난 날 나는 심한 몸살에 걸렸다. 앓는 내내 꿈을 꿨
다. 개천에서 한자를 계속 계속 만나는 꿈이었다. 한자는 순식간
에 함지였다가 엄마였다가 매향 이모, 칠영 아줌마의 얼굴로 변
했다. 한자와 비슷한 여자들도 봤다. 한자와 비슷한 얼굴의 수많
은 여자들. 한자의 친구들, 아니 동료들. 셀 수 없이 많은 여자들
이 칠영천에 빽빽하게 앉아 자신들의 속옷을 빨고 있었다. 함지
와 나도 그 사이에 슬쩍 껴 여자들이 하는 양 내천에 손을 넣고
빨래하는 시늉을 했다. 곁에 앉은 여자가 우리 둘을 보며 새처럼
웃었다.

"너네도 할래?"

여자가 자신이 빨던 천쪼가리를 나와 함지에게 건넸다. 속옷
을 빨수록 개천의 물이 불어나 나와 함지, 여자들의 몸이 잠겼다.
"너무 추워." 함지가 곁에서 새빨개진 얼굴로 벌벌 떨며 말했다.

나는 그 사실을 알면서도 물속에 잠긴 손을 빼낼 수 없었다. 속옷은 내 손에 껍처럼 달라붙어 우리는 점점 수면 아래로 내려갔다. 손에 묶인 돌처럼 아래로 아래로. 개천물이 머리끝까지 올라와 숨을 쉴 수 없다고 생각했을 때, 엄마가 나를 흔들며 말했다. "무슨 꿈을 이렇게 꿔?" 잠에서 깨어났을 때 나는 물에서 건져 올린 천 쪼가리처럼 온몸이 땀과 눈물로 젖어 있었다.

다음 날 엄마는 나에게 전복죽을 끓여주었다. 전복은 내가 아니라 엄마가 좋아하는 건데. 나는 어지러움을 느끼며 억지로 한두 숟갈을 입에 넣었다. 엄마는 내가 먹는 모습을 바라보다가 한숨을 쉬고는 비장하게 말했다.

"너 이제부터 함지랑 놀지 마. 목욕탕도 거기 안 갈 거야."

나는 숟가락을 들고 엄마를 쳐다봤다. 뭐라고? 내가 앓는 사이 엄마와 함지 엄마 사이에 모종의 일이 있었다는 것을, 아마 드잡이를 하며 싸웠으리라는 것을 묻지 않아도 알 수 있었다. 나는 원망과 속상함에 죽을 엎고 소리를 질렀다. 무궁화가 그려진 밍크 담요 위로 전복죽이 쏟아졌다. 그건 마치 토사물 같았다.

"나 전복죽 안 먹어! 나 전복 싫어해! 엄마나 먹으라고!"

나는 평생 엄마를 용서하지 않겠다고 다짐했다. 엄마는 악마야. 엄마는 자기밖에 모르는 미친년이야. 창아리 어신 년. 그러니까 사람들이 그렇게 엄마를 싫어하지. 엄마랑 놀아주는 사람은 얼굴에 멍을 달고 사는 칠영 아줌마와 혼자 늙어 죽을 매향 이모 뿐이야. 나는 엄마처럼 안 살 거야. 그렇게 속으로 퍼부었다.

그 후에 엄마는 정말로 함지를 만나지 못하게 했다. 그건 엄마 뿐 아니라 함지 엄마도 마찬가지여서, 골목 앞을 서성이다 눈이 마주친 함지는 못 볼 걸 본 사람처럼 잽싸게 자신의 집으로 들어 갔다. 뭐야, 미친년. 나는 속상한 마음에 집으로 돌아와 울었다.

번쩍, 하고 짧은 섬광이 나타났다가 사라졌다. 천장이 미세하 게 휘어 있었다. 나는 미닫이문을 열고 복도로 나갔다. 멀리 조명 쇼가 열리는 곳의 하늘이 번개가 친 듯 번쩍거렸다. 클라이맥스 에 다다른 조명 쇼는 이제 불꽃을 쏘아댔다. 밤하늘 위로 분수 같 은 빛 무리가 나타났다 사라지길 반복했다. 아슬아슬하게 걸쳐져 있던 슬레이트 지붕이 낡은 나무 바닥처럼 삐걱거리며 흔들렸다. 지붕은 그 와중에도 필사적으로 천장 위에서 떨어지지 않으려 애 쓰는 것처럼 보였다. 마치 집이 지붕을 붙잡고 있는 것 같았다. 무언가 숨길 것이라도 있다는 듯이.

문득 어릴 적 꿈에서 본 천장 계단이 떠올랐다. 혹시 천장과 지붕 사이에 내가 본 적 없는 공간이 있는 건 아닐까? 공사 중인 동네에는 밤낮 할 것 없이 땅을 파고 못질하는 소리가 들렸다. 낮 이면 몰라도 밤까지 이어지는 소리는 공사가 아니라 어딘가에서 일어나는 사고 같았다. 무언가 단단한 벽에 부딪히는 소리, 살과 피가 있는 존재가 달리는 차에 치이는 소리, 있던 줄 몰랐던 공간이 허물어지는 소리. 천장인 줄 알았던 곳이 사실은 다락이라든가. 복도에서 내려오는 계단, 한밤중에 집 앞을 서성이는 여자, 발 없이 허공에 뜬 누군가, 어두운 복도, 빛이 통과하지 못하는 그곳이 사실…… 그때 딸깍, 하고 불이 들어왔다. 집 안은 거짓말처럼 환해졌다.

항구 근처의 밤은 한낮의 열기와 비교하자면 일교차가 심한 편이었다. 시멘트와 벽돌로 보수했지만 집의 중요한 부분은 여전히 나무였다. 보이지 않는 골조와 바닥 아래와 기둥과 바닥과 집 안에 가득한, 가공된 나무와 화학약품의 냄새. 문득 마당의 조경을 가꿔야겠다고 생각했다. 날이 밝으면 근처 화원에 들러야지. 매향 이모가 했던 만큼 작고 아름다운 정원을 가꿔야지.

샤워를 끝내고 거실로 나왔을 때 조명 쇼의 소란은 더 이상 들리지 않았다. 목이 말랐다. 렌지에 물을 올리고 시장에서 사온 티백을 꺼냈다. 허기는 사라져 있었다. 머그에 티백을 넣고 물을 따르자 부엌에 재스민 향기가 은은하게 맴돌았다. 곳곳에 향초를 놓아야겠어. 계절이 바뀔 때마다 마당에 핀 꽃과 나무를 보는 일도 좋을 것이다. 매향 이모도 이런 생각으로 마당을 가꿨을지도 모르지.

그때 천장에서 우다다 하고 무언가 뛰어가는 소리가 들렸다. 발 달린 짐승의 소리. 나는 컵을 손에 쥐고 천장을 올려다봤다. 조명이 덜컹거리며 먼지가 떨어졌다. 무언가 저 너머에 있다. 소리는 잠시간 멈추었다 다시 천장의 끝에서 끝으로 이동했다. 타다다닥, 가볍게 뛰어다니는 소리. 고양이일까? 혹은 여러 마리의 쥐? 무엇이든 간에 이 집에 내가 모르는 존재가 있다는 걸 인정하고 싶지 않았다. 나는 빗자루로 천장을 두드리며 소리의 근원을 찾아 나섰다. 어디야, 나와봐. 몸집이 작은 동물일수록 소리에 민감할 것이다. 한참을 퉁퉁거리며 천장을 두드리자 소리는 더 이상 나지 않았다. 부엌에는 여전히 재스민 향이 남아 있었다.

그날 밤 꿈에서 오랜만에 개천을 봤다. 꿈속의 개천. 그건 실제의 개천과는 조금 다르다. 나는 개천 양쪽을 잇는 다리 아래에서 한 무리의 여자들을 보고 있다. 삼삼오오 짝을 진 열댓 명의 여자들은 20대 초반의 젊은이부터 매향 이모 정도의 중년까지 다양하다. 소풍이라도 나온 듯 깔깔대며 노는 여자들은 웃통을 벗었거나 거의 헐벗고 있다. 아무도 그 장면을 이상하다고 생각하지 않는다. 나조차도. 나는 여자들을 보며 손바닥에 차가운 물을 흘려보낸다. 여자들은 개천 너머의 판자촌, 그러니까 한자가 사는 곳에서 왔다는 걸 나는 안다. 함지 엄마가 다가와 어서 가자고 나를 재촉한다. 그러나 나는 자리에서 일어날 생각이 없다. 함지와 매향 이모, 엄마까지 나를 데리러 오지만 나는 그곳에서 꼼짝도 않는다. 무언가, 혹은 누구를 기다리는 걸까? 잠시 후 소나기가 내리고 여자들이 급히 개천을 떠난다. 나는 혼자 굴다리에 남아 그들이 남긴 과자 봉지처럼 얇고 바스락거리는 옷가지가 물살에 떠내려가는 모습을 바라본다. 누군가, 내가 모르는 이가 나를 데리러 와주길, 나를 꺼내주길, 데려가주길 기다린다. 한참동안. 아무 움직임도 없이.

비가 그치고 나는 자리에서 일어난다. 젖은 골목을 걸어 혼자 집으로 돌아간다. 꿈에서 깬다.

눈을 떴을 때 밖은 여전히 어두웠다. 새벽이 지나가고 있었다. 해가 뜨기 직전의 어둠. 팔뚝에 오소소 소름이 돋았다. 나는 마루에 아무렇게나 누웠다. 천장 위의 소리는 거짓말처럼 들리지 않는다. 누군가 그곳에서 숨을 죽이고 있는 걸 알 수 있었다. 어떻게 그곳에 올라갔을까? 지붕과 천장 사이, 대들보와 기둥 사이의 아주 작은 틈, 작은 짐승이나 웅크린 아이 정도가 들어갈 만한 곳에 무언가 있다는 생각이 들었지만 동시에 아무것도 알아내고 싶지 않았다. 누가 있든지 없든지, 어차피 매향 이모는 이 집에 없는데.

나는 비로소 매향 이모가 왜 나에게(혹은 엄마에게) 집을 남겼는지 알 것 같다는 생각이 들었다. 자리에서 일어나 잠이 가시길 기다렸다. 새벽녘의 파란 하늘이 마당 위로 떠오르자 푸르스름한 빛을 받은 수목들이 반짝이는 모습이 보였다. 그리고 향기. 새벽의 냄새가 마당과 안채에 가득해 나는 잠시 깊게 숨을 들이마셨다. 어쩌면 매향 이모가 생전에 그토록 정성스레 집을 가꿔댄 이유는 바로 이 냄새 때문일지도 모른다는 생각이 들었다. 집의 체취, 은근하게 썩어가는 젖은 나무와 허물어지는 곰팡내를 감추기 위해—혹은 드러내기 위해—마당을 넓히고 바깥채를 만들어 누군가를 기다렸던 건 아닐까? 이 향기를 온전히 나누고픈 누군가를 기다리면서. 조금씩 썩어가는 집 속에서 침몰하는 배에 탄 선원처럼.

나는 정체 모를 소음을 위해 무엇을 해야 할지 알 것 같았다. 천장을 열기 전에는 아무것도 확인할 수 없을 것이다. 그게 바로 매향 이모가 나에게 집을 남긴 이유일 것이다. 날을 잡고 인부를 구해 집의 근원을 파헤치는 일. 그때까지 저 소리는 나와 함께 살아갈 동반자였다. 집에 무엇이 숨겨져 있든지, 무섭다는 생각은 들지 않았다. 이렇게 오래된 집에 이상한 것 한둘쯤 있어도, 괜찮았다. 괜찮다는 생각이 들었다.

새벽녘의 한기는 계절과 상관없이 집 안을 맴돌다 사라졌다.

나는 거실과 복도 사이에 두툼한 담요를 깔고 누워 바깥을 바라봤다. 그 자리가 마치 오랫동안 내가 찾던 곳 마냥 편안했다. 눈을 감자 골목의 서성이는 발자국과 두런거리는 말소리가 들렸다. 어떤 언어로도 정제되지 않은, 내가 읽지도 듣지도 못하지만 분명하게 존재하는 말들이.

칠영 아줌마가 다가오는 소리가 들린다. 나는 자리에서 일어나 그를 위해 대문을 열 준비를 한다. 천천히, 아무도 놀라지 않도록. 새벽에는 묵음이 어울리는 법이다.


그날, 칠영천에 혼자 갈 생각을 한 건 순전히 복수심 때문이었다. 무언가를 해치고 싶은 마음. 그게 나라도 상관없다는 오기. 차라리 개천이 불어나 나를 휩쓸어버렸으면.

개천은 여기저기 어수선한 모습이었다. 바닥에 피어 있던 잡초들은 마구 엉켜 흙이 묻어 있었고 개천 바닥에 있어야 할 돌과 모래들이 천변으로 흘러나와 있었다. 나는 다리 밑을 지나 개천 끝을 향해 걸어갔다. 방파제가 있는 항구의 끝자락에는 집하를 끝낸 고기잡이배의 선원, 수산시장의 인부로 보이는 나이든 사내들밖에 없었다. 나는 그들 사이를 헤집으며 무언가 찾는 거라도 있는 사람처럼, 한자처럼 헤맸다. 몇몇 남자들이 "꼬마 아가씨, 집이 어디야? 데려다줄까?" 하고 말을 걸어왔지만 나는 바닥에 침을 뱉으며 "창아리도 없는 게." 하고 중얼거렸다. 창아리. 창아리. 배를 가른 생선의 튀어나온 내장들. 비린내들. 그때 누군가 나의 어깨에 턱 하고 손을 얹었다. 한자였다. 한자는 날 보며 반가운 사람을 만난 듯 활짝 웃었다. 나는 한자의 손과 얼굴을 번갈아 쳐다보다가 한숨을 쉬었다. 그러고는 어깨를 올려 그의 손을 쳐냈다. "만지지 마." 어떻게 그런 말을 할 수 있었을까? 나는 한자에게서 아무런 위엄도 느끼지 못했으며 그를 다른 어른들— 엄마, 매향 이모, 칠영 아줌마, 그리고 함지 엄마—처럼 대접해줄 생각이 조금도 없었다. 나는 피곤과 분노로 지친 상태였다. 그늘진 곳에 무릎을 세우고 앉아 흘러가는 물길을 바라보는데, 한자가 곁으로 다가왔다. 한자는 한참동안 주변을 서성이더니 한 뼘 정도 되는 거리를 두고 옆에 앉았다. 나는 한자에게 눈길도 주지 않고 앞으로의 미래와 엄마에게 어떻게 복수할지 생각했다.

집을 떠나는 거야. 그리고 영영 돌아오지 않을 거야.

나의 최초이자 유일한 친구, 함지를 앗아간 엄마—와 함지의 엄마—를 평생 용서하지 않겠다고 여러 번 되뇌었다. "용서 안 해, 용서 안 해." 용서하지 않는 마음은 꽤나 체력을 요하는 일이었고 나는 금세 진이 빠져버렸다. 점점 뜨거워지는 몸 한구석이 녹아버릴 듯 아파와, 나는 옷이 더럽혀지는 것도 잊고 바닥에 누웠다. 깜깜한 천장과 어두운 먹구름이 하나로 합쳐지며 비가 쏟아지기 시작했다.

"아무도 필요 없어. 나는 아무도…….."

나는 나의 분노와 원망을 한데 모아 나만의 유일한 기도문을 만들어 중얼거렸다. 용서하지 않을 것이고 떠날 것이고 아무도 만나지 않겠다, 나는 혼자 살 거야. 혼자서 칠영동을 떠나서, 창아리도 없이, 아무것도 없이…… 나는 정신을 잃었던 것 같다. 누군가 나를 세차게 흔들었고 그건 적어도 어린아이의 힘이라고 생각할 순 없는, 강하고 재빠른 움직임이었다. 흔들림. 그는 나를 깨우려던 걸까? 자세한 기억은 나지 않지만, 나를 향해 소리치던 울음 같은 비명은 선명하게 떠오른다. 일어나! 그건 일종의 경고음 같았고, 파도 소리처럼 두려웠고, 빗소리처럼 속수무책으로 귓가에 맴돌았다. 내가 잊을 수 있을까? 나를 향해 짖던, 나를 깨우는 소리. 내게 들여보내 달라는 그 여자의 목소리를.

다음 날 다시 시장에 들렀다. 전날 갔던 호떡 가게는 문이 닫혀 있었다. 아시타는 또 올 것이다. 나는 천막 앞에서 아시타, 하고 소리 내 말해보고는 길을 돌려 꽃집으로 갔다. 관상용 화분 몇 그루와 방울토마토, 바질, 팬지와 민들레 씨앗을 샀다. 다가오는 계절엔 마당에 생명이 가득할 것이다. 개천은 언제 그랬냐는 듯 지난밤의 흔적도 없이 고요했다. 불 꺼진 조명 위로 잿빛의 비둘기들이 앉아 부리를 털고 있었다. 나는 개천을 돌아 수산 시장을 지나 항구까지 갔다. 항구는 꿈에서 본 것처럼 아득했는데 그곳에는 예전만큼의 인부도 선원도 보이지 않았다. 파도 한 점 없이 잔잔한 바다는 조금의 수심도 짐작하지 못할 만큼 검었다. 나는 왔던 길을 걸어 집으로 돌아갔다.

가는 길에 칠영 아줌마를 봤다. 아줌마는 가로등 아래서 누굴 기다리는 것처럼 불안하게 서 있었다. 그러더니 나를 보고는 반갑게 물었다.

"너 매향이네 살던 애 맞지? 언제 왔어?"

나는 안개 속에서 옛 친구를 만난 것처럼 슬픈 기분이 들었다. 신중하게 대답을 골라봤지만 적당한 말을 못 찾고 아무렇게나 입을 열었다. 그것은 내 진심이기도 했다.

"얼마 안 됐어요."

칠영 아줌마는 의아한 표정으로 날 보더니 이윽고 자신이 가야 할 곳으로, 마치 그곳이 집인 양 개천을 향해 몸을 돌렸다. 나는 말없이 그의 뒤를 따라갔다. 한자를 마주쳤던 어느 날처럼. 아줌마는 쉴 새 없이 걸어가다 돌연 고개를 돌려 나를 바라봤다. 뭔가 할 말이 있는 것처럼 혹은 아무 의미도 없는 얼굴로. 그 얼굴은 언젠가 꿈에서 봤던 것처럼 내가 아는 몇 명의 얼굴로 바뀌다가 마침내 잘 따라오고 있는지 확인하는, 안심하는 사람의 표정으로 서서히 바뀌었다. 나는 한참 동안 그의 뒤를 따라가다 멀리 해가 떨어지는 모습을 보고 난 후에야 내가 왔던 곳으로 되돌아 갔다.

곁

그때 경자의 머릿속에 어떤 풍경 하나가 떠올랐다. 물 위에 뜬 실낱같은 벌레들과 커다란 수풀, 까마득한 안개가 펼쳐진 저수지 뒤로 경자가 나고 자란 마을이 보였다. 때마다 민물고기를 낚으러 오는 여행객들과 나들이 단위의 가족들이 마을 곳곳을 메우던 주말. 뜨내기들이 지나가고 나면 언제 소란이 몰려왔었냐는 듯 별 볼 일 없이 한적하기만 하던 외딴곳에서 경자는 어린 시절을 보냈다. 왜 하필 그곳 생각이 났을까.

눈을 떴을 땐 새벽이었다. 방 안이 축축한 공기로 가득했다. 잠시간 어두운 천장을 응시하던 경자는 돌연 마음이 서늘해졌다. 여기가 어디지? 숨을 들이마시자 적막한 기운이 폐에 가득 차는 것 같았다. 사람의 몸속에 들어가지 말아야 할 게 있다면 무엇일까? 생각은 끝을 물고 이어졌다. 커튼 사이로 희미한 빛이 들어왔지만 방 안의 어둠은 그대로였다. 두꺼운 재질의 회색 커튼은 경자가 오던 날 정언이 달아준 것이었다. 정언의 방에 달렸던 리넨 커튼은 우아하고 기품이 넘쳤지만 조금 구식이었다. 부부의 방에 걸렸던 커튼을 떼어준 다음 날 정언은 새 커튼을 달았다. 레이스가 달린 빛나는 새틴 재질의 흰색 커튼이었다. 곧 레이첼이 잠에서 깰 시간이었다. 경자는 레이첼이 태어나기 몇 달 전에야 자신이 할머니가 될 거라는 걸 알았다. 미국으로 떠난 지 10여 년이 지난 정언으로부터 전화가 온 날이었다.

한번 달아난 잠은 다시 돌아오지 않았다. 육아는 고된 일이었다. 레이첼은 통잠을 자지 않고 새벽에도 여러 번 칭얼댔다. 아기가 잠든 사이 경자는 살얼음처럼 얕은 잠에 빠졌다. 손녀는 힘이 셌다. 경자는 레이첼을 볼 때마다 자연스럽게 정언이 아기일 무렵을 떠올리곤 했다. 정언은 순한 아기였다. 백일이 되기도 전에 혼자 자는 법을 터득했고 투정이 심하지도 않았다. 그때는 몰랐지, 네가 나를 떠나 살게 될 줄. 경자는 바닥에 떨어진 쿠션을 주워 발치에 놓았다. 잠에서 깨면 무릎 주변이 시큰거렸다. 쿠션에 다리를 올리고 종아리를 주먹으로 두드렸다. 한국에서 가지고 온 관절염 약은 한 달 치가 넘게 남아 있었지만 효과는 더뎠다. 경자는 협탁을 더듬어 안경을 찾았다. 아이패드를 켜 몇 번의 헛손질 끝에 넷플릭스를 실행하고 보다 만 영상들을 찾아갔다. 살면서 다 보지 못할 양의 드라마와 영화, 텔레비전 프로그램이 화면 가득 나타났다. 수천 개의 영상 중 경자가 본 건 고작 두세 개의 한국 드라마가 전부였다.

더는 이렇게 살 수 없어요.

당신이 원하는 게 뭐지?

화면 속 여자에게 남자가 물었다. 남자는 젊은 시절 율 브리너를 닮은 외모로 인기를 끈 중년 배우였다. 결혼을 하고 아이를 낳은 뒤 왕년의 청춘스타에서 젊은 주인공의 앞날을 방해하는 늙은 아버지 역이 되어 있었다. 경자는 자신이 그 배우를 꽤 좋아했었다는 사실을 기억했다. 눈가에 접히는 주름과 나뭇잎처럼 휘어지는 눈꼬리가 여전히 보기 좋았다. 그가 원하는 건 대체 뭘까. 경자는 금세 화면에 빠져들었다. 오해, 미움, 복수, 해서는 안 되는 일들. 방금 남자는 며느리에게 자신의 아들과 헤어지라고 폭언을 퍼부은 참이었다. 싫으면 나가, 이 집에 네가 발붙일 곳은 없어! 만약 내가 저 여자였다면. 경자는 미움이야말로 에너지를 필요로 하는 일이라는 걸 잘 알고 있었다. 운동을 하면 어떨까? 격한 운동은 적당한 피곤을 가져오고 그러다 보면 누군가를 미워하는 데 하루를 다 쓸 필요도 없을 텐데. 알 필요 없는 비밀 때문에 괴로울 일도 없을 테고. 고통스러운 진실과 허울 좋은 거짓 중 경자는 반드시 후자를 택하는 쪽이었다. 몸에 좋은 쓴맛을 겪기 위해 감수해야 하는 일들이 더는 싫었다.

경자는 자리에서 일어나 불을 켰다. 방은 책상 모서리에 튀어나온 못처럼 어딘가 불완전했다. 증축을 위해 남겨두었던 공간을 허물고 슬레이트 지붕을 얹어 지금의 방을 만들었기 때문이다. 경자는 그곳에서 처음 자던 밤을 어제처럼 기억했다. 낯선 냄새와 외풍, 거리에서 쏟아지는 가로등 빛이 쉴 새 없이 방으로 들어왔다. 초대한 적 없는 낯선 기운들이 밤새 경자를 흔들었다.

잠이 사라지자 습관처럼 식욕이 몰려왔다. 경자는 검은색 모슬린 가운을 두르고 방을 나섰다. 집 안 어딘가에서 초침 소리가 희미하게 울렸다. 새벽에 껌껌한 집 안을 돌아다니면 오랫동안 그곳에 살았던 것 같았다. 정언이 고른 물건들로 가득한 새하얀 집은 어딘가 모르게 남편이 입원했던 병동과 비슷했다. 간호사실의 희미한 불빛만 켜진 새벽의 복도처럼. 한밤중 복도를 걸어가면 그곳에 사는 유령이 금방이라도 말을 걸 것 같았다. 경자야, 경자야. 병원에 떠돌던 수많은 귀신 이야기들. 밤사이 뒤척이는 소리를 내던 빈 침대와 물소리가 나는 폐쇄된 화장실, 수상한 이야기들. 몇 번이나 섬뜩한 기분이 들어 뒤를 돌아봤을 때 아무도 없던 복도에 울리던 발소리. 어쩌면 그 병원의 유령은 내가 아니었을까? 귀신 혹은 삿된 것. 어릴 적 엄마와 할머니가 그토록 중요시하던 인생의 수많은 터부들로부터 경자는 제대로 도망친 적도, 보살핌을 받은 적도 없었다. 그것들을 두려워하는 사이 자신 또한 그 미신의 일부가 되었을지도 모른다는 것. 그게 경자가 아는 전부였다. 재수 없는 년. 자신의 앞에서 침을 뱉던 친척 아저씨의 얼굴을 지금도 똑똑히 기억했다. 재수가 없으려니까. 그는 몇 년 전 간경화를 앓다 고통스럽게 죽었다. 그런 것들이 얼마나 큰 영향을 미쳤을까? 경자는 그 질문에 분명히 고개를 저을 수 있었다. 더는 이렇게 살 수 없어. 그렇게 결심한 순간 경자는 자신을 둘러싼 불길함으로부터 빠져나왔다. 생각보다 무척 오랜 시간이 걸렸음에도 불구하고.

경자는 몇 달째 비어 있는 자신의 집을 떠올렸다. 최신 유행은 아니지만 은은한 무늬의 실크 벽지로 도배된 낡은 아파트를 경자는 무척 좋아했다. 정언이 두 돌 되던 해에 들어간 뒤 한 번도 떠난 적 없던 아파트는 작년에야 경자의 명의가 됐다. 남편의 재산을 처분하느라 경자는 하루에도 여러 번 집과 세무서, 주민센터와 법원을 오가야 했다. 이럴 때 정언이 옆에 있었더라면. 그런 생각이 들 때마다 딸 생각을 하지 않으려 노력했다. 걘 이제 여기 없어. 없는 거나 마찬가지야. 내 삶에서 정언을 떼어놓을 수

있을까? 아니, 그건 불가능했다. 그리고 반년 전, 정언으로부터
한 통의 전화를 받았다.

엄마.

응.

잘 지내?

똑같지, 왜?

경자는 정언의 목소리를 듣는 순간 무슨 일이 생겼다는 걸 알
았다. 어디 아픈 데라도 있는 걸까? 경자는 자신이 감당하지 못할
말을 듣게 될까 봐 귀를 막고 싶었다. 그러면서도 어서 진실을 말
해주기를, 오랫동안 숨겨왔던 비밀이 있다면 밝혀주기를 바랐다.

엄마.

그래.

나 곧 엄마 돼.

뭐?

여기 좀 와줄 수 있어?

경자가 미국에 도착했을 때 정언은 아기와 함께 집에 머물고
있었다. 열네 시간의 비행은 생각보다 힘들지 않았다. 정언이 예
매한 비즈니스 클래스는 쾌적하고 넓었다. 제주도 말고 외국으
로 가는 비행기는 처음이었다. 처음 탄 국제선의 우등석은 안락
했다. 정언도 이 비행기를 탔을까. 문득 정언이 겪은 대로 자신도

경험했다면 어떤 삶을 살게 되었을지 경자는 궁금해졌다. 지금과
는 달랐겠지만 그게 어떤 형태일지 잘 떠오르지 않아 경자는 자
신의 미약한 상상력이 아쉬워졌다. 소설 같은 걸 좀 읽어야겠어,
미국에도 한국 책이 있을까? 경자가 그런 생각을 하는 동안 승무
원이 다가와 더 필요한 건 없냐고 물었다. 더 필요한 것. 경자는
자신이 무엇을 더 요구할 수 있을지 생각하다가 짧게 대답했다.

물 한 잔 주세요.

멀미 하나 없이 푹 자고 눈을 떴을 때 낯선 풍경이 창밖으로
펼쳐져 있었다. 오랫동안 잊었던 감정이 가슴속에 스멀스멀 피어
올랐다. 즐거움이었다. 무언가에 설레본 게 얼마 만인지, 그런 감
정이 여태 남아 있었다는 사실이 새삼스러웠다.

공항 게이트에서 경자는 준비한 대답을 읊었다. 아이 엠 마
더. 아임 고잉 투 마이 도터. 마이 도터 해브 어 베이비.

아기는 경자의 품에 안기자마자 울음을 터트렸다. 레이첼이
야. 정언은 침대에 누워 기운 없는 얼굴로 말했다. 레이첼. 손녀
의 이름은 도통 경자의 입에 붙지 않았다. 한국식 이름은 없니?
경자의 말에 정언이 힘없는 웃음을 지으며 말했다.

그럼 엄마가 지어줘.

몇 시에 태어났어?

새벽 한 시쯤…… 그건 왜?

곁

이름 보려면 알아야 돼.

정언이 미간을 찌푸리며 대답했다. 됐어, 그럼.

경자는 정언을 처음 만난 날을 떠올렸다. 진통은 예정일보다 빨리 시작됐다. 밑이 다 빠질 것 같던 고통의 밤. 병원 가는 길에 양수가 터져 하마터면 자신과 아기 둘 중 하나를 택해야 했을지도 모를 그때를 경자는 생생하게 기억하고 있었다. 그날을 생각하면 경자는 자신이 어떻게 그런 용기를 낼 수 있었는지 지금도 믿을 수 없었다. 오직 참는 것. 레이첼, 대체 남편에게 너의 이름을 어떻게 알려야 할까? 경자는 그 생각만 하면 무릎이 아리는 기분이었다. 손녀가 생긴다는 사실을 받아들이기도 전에 급히 짐을 꾸리고 해야 할 일들을 처리했다. 남편을 호스피스 센터로 옮기고 간병인을 구하는 것만으로도 한 달이 훌쩍 지났다. 생판 남인 간병인을 믿을 수 있을까? 그러나 지금 경자가 가장 의지하는 사람은 이름과 전화번호밖에 모르는 중국에서 온 요양보호사였다. 해결할 수 없는 일들. 경자가 다 어찌지 못하는 일들. 카드빚과 병원 원무과의 전화, 자신 몰래 예전 직장 동료의 대출보증인으로 나선 남편의 과묵함. 어느 날 갑자기 미국으로 떠나겠다던 딸의 통보. 자신에게 한마디 상의 없이 일어난 크고 작은 일들이 경자의 머릿속에 떠올랐다. 왜 중요한 일들은 나도 모르게 시작될까? 경자는 그것들 어디에 자신의 잘못이 있는지 생각하다가

좁은 보호자 침대에서 선잠에 빠지고는 했다. 희미한 소독약 냄새 너머 끙끙 앓는 신음 소리와 고통에 찬 비명이 가득하던 병실, 현실인지 꿈인지 알 수 없는 순간으로부터 멀리 떨어져서 오래, 혼자 감당하던 새벽 속에서.

창밖에서 폭풍 같은 바람 소리가 났다. 정언이 사는 곳은 스산한 바람과 푸른 하늘이 번갈아 나타나는, 변덕스런 날씨가 반복되는 시 외곽의 황량한 동네였다. 거센 바람이 불 때면 거리의 쓰레기통이나 나뭇가지가 길가에 나뒹굴었다. 그건 왠지 경자의 고향 마을과 비슷한 구석이 있었다. 경자의 고향에서는 밤마다 귀신의 울음 같은 세찬 바람이 불었다. 산을 끼고 생긴 화전 일부가 동네에 속해 있기 때문이었다. 산 넘어 불어오는 매서운 바람. 어릴 적 흥얼거리던 노래가 의식하지도 못하는 사이 경자의 입 밖으로 튀어나왔다. 바람은 자꾸 불어오는데 우리 엄마는 오늘도. 경자는 옷깃을 여몄다. 속이 비치는 얇은 로브는 입은 줄도 모르게 가벼웠다. 어느 날 정언이 보낸 택배에 들어 있던 잡다한 선물 중 하나였다. 경자는 미국에 올 때까지 그 로브를 입은 적 없었다. 병원과 집을 오가는 생활 속에서 화려한 로브를 입고 시간을 보내는 건 어쩐지 나쁜 일처럼 느껴졌다. 그런 건 드라마에서나 입는 거라니까. 경자는 택배를 받자마자 정언에게 전화해 매섭게 쏘아붙였다. 딸은 비정기적으로 선물을 꾸려 보내곤 했는데 경자는 내심 그게 못마땅했다. 살림살이도 빠듯한 애가 쓸데없는 데 함부로 돈을 쓰며 사는 것 같아 좋은 소리를 한 적이 없었다. 이런 건 왜 사서 보내? 그 말을 들은 정언은 뭐라고 했는가. 아무 말도 하지 않았다. 아무 말도. 더 이상 내가 돌봐줄 수도 없는데 멀리서 사치나 하고 살다니. 때때로 경자는 정언에게 매서운 소리를 쏘아붙였다. 그러다 엄마처럼 살래? 네가 본 책들에서 그렇게 가르치디? 그건 욕이었을까 경고였을까, 혹은 나 자신에게 한 말이었을까? 서늘하고 차가운 북풍 같은 말들. 싫으면 말라는 정언의 목소리가 어린 시절과 똑 닮아, 경자는 돌연 웃음이 나오곤 했다.

내 속에서 났지만 아직도 모르겠는 너. 왜 너는 내가 모르는 날 자꾸만 불러낼까. 정언이 산 낯선 물건들을 바라보며 경자는 정언에 대해 종종 생각했다. 자신의 딸이 아닌 것 같은 정언. 경자의 마음을 모르는 정언에 대해서.

깜깜한 거실을 지나 부엌으로 가는 중 무언가 쿵 하고 떨어지는 소리가 들렸다. 아기는 사방에 기둥이 달린 동물 우리 같은 침대에서 자고 있었다. 몇 년 쓰지도 못할 가구를 대체 왜 들여놓는지. 경자는 혀를 끌끌 찼다. 의식적으로 허리를 펴고 배에 힘을 줬다. 할머니가 되는 건 순식간이다. 나도 내가 할머니가 될 줄 몰랐어. 내가 네 할머니다, 레이첼아. 경자는 아기띠에 업힌 손녀

154

에게 그렇게 말하곤 했다.

부엌에 들어서자 식욕은 더 강렬해졌다. 냉장고는 경자의 키보다 조금 컸다. 둥글게 각이 진 모서리는 전자제품이라기보다잘 짜인 가구 같았다. 이탈리아에서 수입한 값비싼 브랜드 제품이라는 건 나중에야 알았다. 민트색 냉장고의 문을 열자 삭은 레몬 냄새가 났다. 이웃 여자가 가져다준 디저트는 냉장실 중간 칸에 놓여 있었다. 케이크를 꺼내며 경자는 가볍게 냉장고 정리를했다. 먹는 사람은 셋인데 음식은 나날이 쌓여만 갔다. 오렌지 껍질이 든 파운드케이크와 토마토 키쉬, 끄트머리가 탄 브라우니가 은박지에 싸여 있었다. 케이크를 준 혜나는 맞은편 주택에 사는 중년 여자로, 홀로 20여 년째 그곳에 살고 있다고 했다. 몇 년전까지 시내에서 펍을 운영하다 은퇴했지만 노인 대학이나 실버타운도 가지 않고 이렇다 할 직업 없이 하루에 한 번씩 케이크를구웠다.

혜나는 하루가 멀다 하고 자신이 만든 케이크와 파이, 스튜를정언에게 가지고 왔다. 너무 많이 만들어서요. 저녁 시간이 끝날무렵이었다. 정언은 혜나와 꼭 현관에서만 얘기했다. 잘 먹겠다고 말하면서도 끝내 혜나를 집으로 들이지는 않았다. 그래도 고맙다는 말은 잊지 않았다. 정언은 혜나를 경계하면서도 그가 주는 음식들을 거부하지 못했다. 호오가 분명한 성격이었지만 상대

방의 진심 어린 말과 행동에는 약했기 때문이었다. 헤나는 정언네 부부가 이사 올 때 인사를 건넨 유일한 이웃이었다. 경자는 정언이 헤나에 대해 구시렁거리면서도 떨쳐내지 못하는 이유가 임신했을 적 남편 때문이 아닐까 생각하고는 울적해졌다. 남편은 소심하고 여린 사람이었지만 가끔씩 경자를 때렸다. 그 당시 남자들은 전부 여자를 때렸어. 경자는 난데없이 뺨을 맞으면서도 그게 정당하지도 않고 영원하지도 않다는 걸 알았다. 폭력의 시작은 대개 사소했다. 아이 이유식에 넣을 채소가 상했다든가 천기저귀를 삶아 쓰지 않는다든가 하는 이유였다. 그러는 자신은 요리나 빨래 한 번 제 손으로 하지 않았으면서. 아이를 키우려면 그런 수고쯤은 당연한 거라고, 그런 각오도 없이 애를 낳을 생각을 했냐는 남편의 말을 들으며 경자는 속으로 웃었다.

너 무섭구나. 우리 애가 무섭고 내가 무섭구나. 애는 걷지도 못하고 울기만 하는데 나는 어디든 갈 수 있어서. 두렵구나, 내가 떠날까 봐.

남편의 부들거리는 주먹이 분노 때문만이 아니라는 걸 알게 되자 경자는 더 이상 남편이 무섭지 않았다. 그렇다고 때리던 손길까지 아프지 않았던 건 아니었지만. 그때는 50이 넘어 자리에 누운 남편의 수발을 들게 될 줄은 꿈에도 몰랐다. 알았으면 뭐가 달라졌을까? 한 번 재수가 없는 년은 죽을 때까지 재수가 없어야 할까? 재수 없는 경자. 어릴 적 숱하게 불렸던 자신의 별명처럼.

경자는 야채 키쉬 한 조각을 접시에 놓고 찬장 문을 열었다. 정언이 사놓고 잊어버린 티백이 있을 것이었다. 정언은 잘 먹지도 않으면서 식료품을 사서 쌓아놓는 버릇이 있었는데, 꼭 경자의 남편이 그랬다. 어릴 적 먹을 게 귀해 강박이 생긴 남편과 달리 정언이 크는 동안 먹을 것 입힐 것 하나 부족한 적이 없었는데. 빈곤한 마음도 유전되는 것일까. 자신의 마음이 유전되었다면 정언은 지금보다 훨씬 살가운 아이였을까. 어릴 적 경자가 살던 고향집에는 말린 잎과 나물, 주전부리가 한데 든 플라스틱 바구니가 집 안 곳곳에 놓여 있었다. 감나무 잎을 우린 물과 말린 고구마, 편강 냄새가 집 안 곳곳에 고여 있었다. 자연스레 유년을 떠올리면 그 향기들이 떠올랐다. 경자는 정언이 태어난 후 몇 번이나 감나무 잎을 말려 차로 우려봤지만, 특유의 떫은맛을 없애지 못했다. 엄마는 어떻게 한 걸까. 엄마는 어떻게 그 사소한 맛과 냄새들을 유지했을까. 어떤 질문들은 모든 일이 끝난 뒤에야 경자를 찾아왔다. 대답해줄 사람이 없는 의문들. 오랜 시간이 흐른 뒤에야 경자는 자신이 혼자라는 사실을 받아들였다. 감나무 잎을 말리는 방법을 모르는 채 시간이 흘렀다는 것을.

찬장에는 유통기한이 지난 트와이닝 얼그레이와 녹차, 보리차 티백이 있었다. 레이첼을 가진 뒤 정언은 입맛이 바뀌었다. 살면서 좋아한 적 없던 굴비구이와 누룽지, 고사리나물 같은 것들이 먹고 싶어 고생했다는 사실을 경자는 뒤늦게 알았다. 그건 모두 경자가 좋아하는 음식들이지만 정언은 한 번도 그것들을 미국으로 보내달라거나 만들어달라고 한 적이 없었다. 한 번쯤 전화로라도 투정을 부려줬으면 좋았을 텐데. 혹은 자신이 뭔가 잘못했을까. 어린 시절 내내 자신이 맞던 모습을 보고 자라서, 그때마다 공포에 떠는 정언에게 되려 엄하게 굴어서, 기분에 따라 일관성 없이 굴던 일이 너에게 상처가 됐을까. 경자는 억울한 마음보다 딸에 대한 안쓰러움으로 마음 한쪽이 우그러졌다.

내 옆에 있어. 내 옆에서 살아.

어째서 하나밖에 없는 딸이 자신을 떠나 먼 곳에서 살아야 하는지 경자는 완전히 이해하지 못했다. 경자는 정언의 미국 행을 말린 유일한 사람이었다. 경자의 남편 또한 정언의 유학을 못 미더운 척 자랑스러워했고, 경자는 그게 내심 불편했던 딸에 대한 남편의 결정이라는 걸 알고 있었다. 예상보다 시간이 걸려 대학이 아닌 대학원을 가게 됐지만. 경자는 정언이 더는 자신이 알던 어린 딸이 아니라는 걸 인정해야 한다고 생각하면서도 마음 한구석에는 여전히 풀리지 않는 실타래 같은 감정이 남아 있는 걸 느꼈다. 경자의 의지와는 상관없이 벌어진 일들 속에서. 침몰하는 배가 된 기분으로. 딸이 자신의 곁을 떠나고, 남편은 쓰러지고, 무릎 연골은 다 낡아버리는 와중에 자신은 지금 어디에, 여기가 어디라고.

찬장에 손을 뻗던 경자는 무심코 부엌 창밖을 보다가 소리를 질렀다. 저게 뭐야? 길 건너 맞은편 집에는 텔레비전이 켜진 거실과 부엌, 2층 침실 모두 누르스름한 조명이 밝혀져 있었다. 사람이 사는 집이라기보다 인형의 집 같았다. 집 앞 도로에 한 여자가 철제 쓰레기통과 함께 쓰러져 있었다. 저게 누구지? 경자는 부엌 창문을 열고 주변을 살폈다. 인적이 드문 시간이었다. 지나가는 차 한 대 보이지 않았다. 혹시 범죄라거나…… 경자는 애들에게 말하고 경찰에 신고해야 한다고 생각하면서도 재빠르게 뒷마당으로 나갔다. 경자는 펜스에 기대 여자를 쳐다봤다. 커다란 몸에 길쭉한 팔다리, 구불거리는 흰 머리칼이 여자의 얼굴을 가리고 있었다. 헤나였다. 그는 금방이라도 일어나 자신에게 말을 걸 것 같았다. 저녁마다 문을 두드리며 정언을 부르던 그 목소리로. 차가운 공기가 어두운 거리 위에 뿌연 안개를 만들어냈다. 경자는 잠시 고민하다 울타리 문을 열고 밖으로 나갔다. 어쩌면 뇌경색일지도 몰랐다. 뇌세포는 파괴되기 시작하면 회복되지 않는다. 시간을 다투는 일이라는 걸 경자는 누구보다 잘 알았다.

이봐요, 여보세요.

경자가 헤나의 팔을 흔들었다. 창백한 얼굴 너머 술 냄새가 났다. 어쩌면 심각한 건 아닐지도 몰라. 안도감과 함께 두려움이 들었다. 이제 어떻게 하지? 지금이라도 집으로 돌아가 누군가를 불러올 수도 있었다. 아니면 구급차를 부르거나.

그때 헤나가 고개를 흔들며 신음했다. 잠시 후 익숙한 동작으로 바닥을 짚고 자리에서 일어났다. 몸을 가누기까지는 몇 분이 걸렸다. 경자는 인내심 있게 기다렸다. 헤나가 스스로 현관문을 열 때까지. 앞마당에는 무릎 높이까지 자란 잡초가 무성했다.

저기요, 헤나 씨.

헤나가 경자를 향해 눈을 감고 웃었다. Who are you? 헤나가 물었지만 경자는 그 뜻을 알아듣지 못했다. 그러나 자신을 부르는 말이라는 건 알았다. 모슬린 로브 자락이 헤나의 손등 위로 흘러내렸다. 헤나의 반쯤 감긴 눈동자는 탁한 갈색이었다.

Grace?

헤나가 눈을 깜빡거리며 물었다. Grace, 그건 정언이 미국으로 떠나며 새로 지은 이름이었다.

남편을 닮아 키가 크고 늘씬한 정언과 자신은 지나가는 말로도 닮았다고 하기 어려웠다. 그걸 뭐라고 해야 할까. 많은 걸 가졌지만 항상 화가 나 있는 정언과 자신의 차이라고나 할까. 경자는 만약 헤나가 나쁜 사람이라면 어떡해야 할지 생각했다. 자신과 다른 사람에게 함부로 아무 말이나 지껄이는, 정언이 싫어하는 '나쁜' 사람들. 그러나 나쁜 사람이라니, 그게 대체 뭘까? 헤나를 부축하고 현관까지 걸어가는 동안 경자는 남편이 쓰러지던 날의 기억이 떠올랐다. 퇴근시간이 지났는데도 연락이 없는 남편을 기다리며 경자는 익숙하지 않은 불안을 느꼈다. 남편이 죽어버렸으면 싶다가도 그 없이 사는 삶은 상상할 수 없었다. 몇 번이나 전화를 걸어도 받지 않던 그날 밤, 남편은 늦은 시각 회사 주차장에서 발견됐다. 경비원이 평소보다 일찍 나타나지 않았더라면 손쓸 새도 없이 죽었을 것이다. 그 밤을 생각하면 경자는 오한이 도는 것 같았다. 경자는 헤나의 팔을 힘주어 잡았다. 밤공기가 서늘했다. 헤나는 연신 잠꼬대 같은 말을 중얼거렸다. 현관문을 열고 자신보다 커다란 몸을 안으로 밀어 넣기 무섭게 헤나가 속을 게워냈다. 경자는 그의 곁에 우두커니 서 있다가 헤나의 등을 두드렸다. 러그 위에 시큼한 냄새의 위액과 침이 쏟아졌다. 하마터면 러그 위로 쓰러질 뻔한 헤나를 일으켜 경자는 거실로 걸어갔다. 집 안은 깜깜했지만 정언의 집과 비슷한 구조였다. 커다란 응접실과 2층으로 이어지는 계단, 안쪽에 자리 잡은 부엌과 다용도실이 경자의 눈에 훤했다. 동네의 주택들은 같은 공장에서 찍어낸 피비 제품들처럼 서로 비슷했다.

거실 소파에 드러누운 헤나가 눈을 가리고 어린아이처럼 울었다. 경자는 그 소리에 깜짝 놀라 헤나를 쳐다보다가 화장실을 찾아 들어갔다. 잠시 후 토사물이 쏟아진 러그를 치우고 손을 씻었다. 화장실 선반에는 각종 구강 용품과 영양제, 목욕 용품이 두서없이 쌓여 있었다. 경자는 헤나가 집안일을 거의 하지 않거나 정리 습관이 없다는 것을 알았다. 거실로 나왔을 때 헤나가 멋쩍은 표정으로 앉아 있었다.

Are you Grace's mother? 헤나가 잔뜩 쉰 목소리로 물었다. 그레이스. 마더. 대충 알아들었지만 뭐라고 대답해야 할지 알 수 없어 경자는 말없이 헤나의 맞은편에 앉았다. 예스, 아이 엠 어 마더. 수백 번 되내었던 말이 경자의 입에서 재채기처럼 튀어나왔다. 아임 고잉 투 씨 마이 도터, 마이 도터 헤즈 어 베이비. 팔에 오소소 소름이 돋아 있었다. 헤나는 코를 훌쩍이며 눈가를 손등으로 닦았다. I see. 웃었다가 울었다가, 경자는 문득 헤나를 오래전에 만난 적이 있는 것 같았다. 경자가 알던 사람들 중 헤나와 비슷한 사람 한 명쯤은 있었을 것이다. 그렇게 생각하자 돌연 헤나의 손을 잡고 아무 말이나 지껄이고 싶었다. 괜찮아요, 다 괜찮을 거예요. 마치 오래된 친구처럼, 한동네에 살던 고향 사람처럼.

불빛 하나 없는 컴컴한 집 안으로 도로의 가로등 빛이 어슴푸레 들어왔다. 경자는 말없이 헤나의 얼굴을 쳐다봤다. 거실에는 커튼이나 블라인드가 없어 바깥의 풍경이 그대로 보였다. 정언의 집 안에서는 그토록 컴컴했던 골목이 어쩐 일인지 헤나의 거실에서는 분명하게 보였다.

어째서 그때 저수지의 풍경이 떠올랐을까. 습하고 차가운 공기가 가득하던 밤, 그곳에서 마을의 한 아이가 사라진 일이 있었다. 경자의 오빠였다. 자신보다 네 살 많던 그는 어린 시절 경자가 머물던 풍경의 일부였다. 그가 사라진 뒤 저수지 인근에서 옷과 신발이 발견되었고 사건은 일단락됐다. 아이들의 놀이터였던 저수지는 단숨에 을씨년스러운 금지구역으로 변했다. 재수 없는 년. 경자는 오빠가 자신과 싸운 뒤 그곳에 간 건지 그곳에서 오빠와 싸운 뒤 자신이 저수지를 떠난 건지 기억나지 않았다. 경자는 고작 네 살이었고 나중에는 자신에게 오빠가 있었는지조차 헷갈릴 지경이었다. 경자는 살면서 두 번 다시 그런 일을 겪지는 않았다. 몇 번 비슷한 일은 있었다. 가족과 친구들이 죽고 이웃이 도망가고 누가 아파 끝내 자신의 곁을 떠나고. 남편의 발병과 정언의 도미. 아니야, 우리 애는 달라, 저수지의 오빠와 다르다고. 경자의 안에서 끝없이 소리치는 목소리가 있었다. 어쩌면 그건 오빠의 유령이었을까? 재수 없는 년. 누군가 사라지거나 죽고, 영영 이유를 알 수 없게 되어버리는 일들. 무섭고 슬프고 말하지 않게 되는 일들. 분명히 있었던 일들. 경자는 그것으로부터 도망치고 싶었지만 언젠가는 자신도 그런 일들의 일부가 될까 두려웠다.

헤나는 소파에 기대 눈을 감은 뒤 말이 없었다. 집안 곳곳에 빈 술병이 굴러다녔다. 경자는 자리에서 일어나 조용히 현관문을 열고 헤나의 집을 나왔다. 집으로 돌아왔을 때 식탁 위에는 먹다 만 키쉬 조각이 놓여 있었다. 경자는 불현듯 다음 번엔 헤나에게 음식을 가져다줘야겠다고 생각했다.

밤에 어디 갔었어?

출근 준비를 하던 정언이 물었다. 경자는 둘러댈 말을 찾다가 입을 다물었다. 한숨도 자지 못해 피로가 온몸에 머물러 있었다. 간밤에 앞집 여자가 쓰러져 도와주러 갔었다, 그 단순한 대답이 입 밖으로 나오지 않았다.

그냥.

그냥 뭐?

그냥, 바람이 많이 불길래. 경자가 부엌 정리를 하며 말했다.

엄마.

왜.

정언이 뜸을 들였다. 할 말이 있을 때 신중하게 말을 고르는 딸아이의 버릇을 경자는 알고 있었다. 그 순간 경자는 정언에게 자신이 더 이상 필요하지 않을 수도 있다는 걸 깨달았다. 젖은 행주를 빨아 싱크대에 너는 와중에 그걸 알았다.

아빠 잘 있어?

경자는 정언을 향해 고개를 돌렸다. 딸은 금방이라도 울 것 같은 표정이었다. 미국으로 떠날 거라고 말하던 날의 얼굴. 경자는 괜히 심술을 부리고 싶었다.

그 사람이야 상팔자 아니니.

그건 사실이었다. 딸이 떠나고 경자가 우울과 불면으로 힘겨워할 때도 남편은 옛 동료들과 골프를 치러 가거나 전국으로 등산여행을 갔다. 그토록 붙어 다니던 옛 동료들은 남편이 쓰러진 이후 한 번도 병문안을 오지 않았다. 경자는 등을 펴고 고개를 들었다. 이렇게 날 내쫓을 순 없어. 그 순간 화가 났을까? 그러나 정언이 원하는 대로 해주고 싶은 것도 아니었다. 자신도 지난 3개월간 레이첼과 보낸 시간이 있었고 그 애가 자신의 손을 떠나 잠드는 걸 생각하면 못내 서운해졌다.

엄마 이제 그만……

나 여기서 살까?

정언의 낯빛이 순식간에 바뀌었다. 아무리 시간이 흘렀어도 정언은 정언. 경자는 딸의 표정이 오래전 자신을 향해 걸음마를 내딛던 어릴 때와 똑같다는 걸 알았다. 순진하고 고집이 세며 두려움이 많고 그러나 한없이 약하고 부드러운. 하고 싶은 말도, 하고 싶은 일도 모두 해야 직성이 풀리는 너. 경자는 정언이 만약

결

자신의 친구였다면 진작 절교했을 사이일지도 모른다는 걸 알았다. 정언과 자신은 오직 딸과 엄마이기 때문에 지난 세월 동안 함께 할 수 있었다. 그런 사이였다.

아빠는 어쩌고?

그 사람 걱정은 하지도 마라.

어떻게 그래.

공기도 좋고, 조용하고. 살기 딱 좋은 것 같아.

경자는 순식간에 식탁을 치우고 자신의 방으로 들어갔다. 이곳에서 자신의 몫으로 주어진 방. 딸이 비워준 방. 경자는 침대에 모로 누워 숨을 들이쉬었다. 정언의 집에 있는 것 중 경자의 손으로 산 건 시금치와 아기 이유식 통조림뿐이었지만 경자는 자신이 쫓겨날 거라는 생각을 지울 수가 없었다. 다른 사람들처럼 수도권 인근의 신도시에 살며 평범하게 서로의 아파트를 오가고 손녀를 봐주는 삶을 살았더라면. 주말이면 나들이를 가고 맛있는 음식도 해 먹으면서 남들처럼, 단순하게. 경자는 자신의 딸이 왜 단순하게 살지 않는지 이해할 수 없었다. 왜 부러 어렵고 힘든 공부를 하러 외국에 가야 했는지, 돌아오지 않는지, 자신을 필요로 하면서도 온전히 받아들이지 않는지.

잠시 후 정언의 차가 출발하는 소리가 났다. 간다는 말도 없이 나가버린 정언의 심보가 고약하게 느껴졌다. 경자는 위층으로 올라가 레이첼의 방문을 열었다. 하루의 반 이상을 보채고 울기만 하는 레이첼. 어디가 아픈지 말도 못하고 자라느라 고된 시간을 보내는 작고 작은 아기. 공갈젖꼭지를 문 레이첼은 눈물 맺힌 속눈썹을 움찔거리며 잠들어 있었다. 경자는 레이첼의 얼굴을 물끄러미 바라보다가 정언과 닮지 않은 부분을 찾아내려 애썼다. 눈을 감은 레이첼의 얼굴은 정언의 어릴 적 모습과 비슷하면서도 낯선 사람처럼 새로웠다. 아기는 자라 정언과는 다른 얼굴이 될 테고 경자는 그 모습이 궁금했다. 딸을 닮은 낯선 얼굴. 경자는 그 얼굴을 보고 싶은지 아닌지 스스로도 확신하지 못했다.

정언이 나간 뒤 얼마 지나지 않아 잠에서 깬 레이첼이 울었다. 작은 악마 같아. 경자는 정언의 어린 시절을 떠올렸다. 그때는 분명 고통스런 날도 있었겠지만, 시간이 지나고 남은 건 좋았던 기억뿐이다. 해일이 지나간 자리에 남은 조개껍데기처럼. 바싹 마른 시간 뒤에 남은 희멀건 소금기 같은 것들.

경자는 아무도 하라고 한 적 없지만 하고 나면 말리지도 않는 일들을 하나씩 했다. 정언과 아기의 옷을 세탁기에 넣고 셔츠를 다리고 집 안을 돌아다니며 청소기를 돌렸다. 레이첼에게 묽은 미음을 먹이고 주말에 먹을 고기를 재우고 김치를 담갔다. 정언은 처음에는 왜 시키지도 않은 일을 하냐며 화를 냈지만, 눈에

곁

띄게 깔끔해진 집 안에 점점 익숙해졌다. 이러려고 부른 거 아니니? 그 말이 목구멍까지 올라왔지만 경자는 참았다. 집안일쯤은 얼마든지 해줄 수 있었다.

경자는 기저귀와 물, 우유와 보온병을 가방에 넣고 유아차를 꺼냈다. 집을 나서며 맞은편 집을 살피는 것도 잊지 않았다. 불 꺼진 거실 너머 헤나는 보이지 않았다. 제멋대로 자란 잡초와 가꾸지 않은 정원에는 잡동사니가 가득했다. 경자는 레이첼의 옷깃을 여미며 발걸음을 옮겼다. 주택가에서 멀지 않은 사거리에는 동네에 유일한 마트와 호수가 있는 공원이 있었고, 쇼핑센터도 있었다. 그래봤자 주유소에 딸린 기념품점과 옷가게, 잡화점이 늘어선 복도형 상가였다. 레이첼은 유아차에 눕자 기분이 좋은 듯 자신의 발을 만지며 옹알이를 했다.

너도 신나지? 밖에 나가니 좋지?

경자가 레이첼에게 살갑게 말을 걸자 아기는 꼭 다 알아들은 것처럼 눈을 접으며 웃었다. 꼭 경자가 마음에 든다는 것처럼.

나도 네가 좋단다. 그러니 어서 자라 이 모든 일에서 해방시켜주렴. 작고 작은 내 새끼야.

처음 그 마트에 갔을 때 경자의 눈을 사로잡은 건 커다랗고 낯선 활자들이었다. 색색의 물건마다 쓰인 영문 상표들은 고국의 것들에 비해 화려하고 강렬했다. 무엇이든 알던 것보다 큰 세계.

경자는 이유식 코너에서 익숙한 상표 하나를 발견했다. 어린아이의 얼굴이 그려진 거버 이유식은 정언이 처음으로 씹어 삼킨 음식이었다. 사과와 통밀과 아보카도와 바나나가 든 부드러운 유동식의 맛. 경자는 반가운 마음에 자그마한 유리병을 집어 한참 동안 들여다봤다.

마트에 간 경자는 마트에서 유아용 퓌레 한 세트와 시금치, 크래커를 골랐다. 유아차에 넣어 가야 했기 때문에 크고 무거운 것은 살 수 없었다. 몇 번 얼굴을 익힌 계산대 직원이 하이, 하고 인사하자 경자는 말없이 고개를 끄덕였다. 이곳 사람들은 잘 웃는다. 언제나 잘 웃어. 경자는 그게 이상하면서도 기분 좋았다. 왜 사람들은 웃을까. 웃을 만한 일이 없어도 웃을 수 있을까. 경자는 정언이 살고 있는 동네의 수준이 생각보다 괜찮다는 사실에 안도했다. 걱정했던 것보다 정언은 훨씬 더 잘 산다, 그렇게 생각하자 경자는 마음 한쪽이 서늘해졌다.

마트를 나온 경자는 주차장을 지나 벤치가 놓인 공원으로 걸어갔다. 레이첼은 자신의 옷깃을 쥐고 잠들어 있었다. 한 무리의 사람들이 지나가며 경자에게 아는 체를 했다. 모두 처음 보는 사람들이었다. 호수 주변 산책로를 따라 곳곳에 벤치가 놓여 있었다. 경자는 그중 가장 선명한 색의 벤치에 앉아 보온병을 꺼냈다. 갈색 벤치들은 곳곳에 칠이 벗겨지고 갈라져 오래된 석상처럼 보였다. 경자는 마트에서 산 크래커를 꺼내 무릎에 놓고 레이첼을 살폈다. 아기는 언제 울었냐는 듯 천사 같은 표정으로 잠에 빠져 있었다. 그 얼굴을 영원히 바라볼 수도 있을 것만 같았다. 경자는 보온병을 열어 진하게 우린 보리차를 한 모금 마셨다. 차는 여전히 뜨거웠다. 후추 맛이 나는 독일제 크래커는 경자가 미국에 온 뒤 먹게 된 유일한 과자였다. 예전에는 과자 같은 건 입에도 대지 않았는데. 경자는 문득 환경이 입맛을 바꾸는 건지 바뀐 입맛에 따라 환경을 바꾸는 건지 궁금해졌다. 바뀐 식성을 따라 사는 곳을 옮겨 다니면 어떨까? 한 번도 해본 적 없지만, 왠지 그럴 수 있을 것 같았다. 한 번 해볼 수 있을 것 같아.

경자는 몇 년간 나들이라고 할 만한 외출을 한 적이 없다는 사실을 떠올렸다. 날이 좋으면 가장 먼저 남편을 닦고 말려야 했다. 보이지 않는 곳에 생기는 곰팡이처럼 몸은 약한 부분부터 물러갔다. 늙고 병든 몸은 곰팡이 핀 과일만큼 위태로웠다. 살과 둔부 사이의 어두운 골은 시간이 지날수록 시큼한 냄새가 났다. 나중에는 컵을 닦는 긴 솔에 극세사 천을 대 몸의 깊은 곳들을 닦았다. 남편의 몸은 너무 무겁고 제멋대로였다. 경자는 때때로 남편을 때렸다. 젊은 날 그가 자신을 때린 것만큼은 아니었다. 성의 없이 닦은 몸은 사지를 들어 바람이 통하도록 말려주어야 했다. 욕창은 방심하면 찾아오는 날벌레처럼 남편의 몸에 시시때때로 나타났다. 곰팡이 균이 핀 남편의 육체는 그 자체로 경자에게 스트레스였다. 그 모습을 가장 먼저 확인하는 것도 경자였다. 잠에 빠진 건지 잠든 척하는지 알 수 없는 남편의 침묵에 점점 익숙해질 즈음 기면이 왔다. 한밤의 벌레처럼 급작스럽고 당연하게.

경자는 올봄, 병원에서 나와 무작정 어릴 적 살던 동네에 갔다. 병원에서는 남편의 퇴원을 권유했다. 더 해볼 처치도, 치료도 없었다. 처방된 약을 먹고 더 나빠지지 않길 바라는 일. 그러나 더 나빠질 일만 남은 나날들. 어릴 적 살던 집은 오래전 사라졌고 동네 이름도 바뀌어 있었다. 시외버스를 타고 마을버스를 두 번 갈아탄 뒤 도착한 곳에서 경자는 썩은 내가 나는 저수지와 마을 어귀의 공사장을 바라보다 돌아왔다. 경자는 자신이 다시 이곳에 올 일이 없으리라는 걸 알았다. 저수지 안에 숨어 있을 무언가도. 감나무도 자신이 살던 집도 모두 누군가의 기억 속에서만 존재할 것이다. 그 누군가는 바로 자신이라는 것을 경자는 돌아오는 버스에서 내내 실감했다.

발치에서 누군가 경자의 신발을 툭툭 쳤다. 오리였다. 호수 주변에 사는 크고 작은 동물 중 유독 오리만이 사람을 따랐다. 호수에 사는 오리 떼를 보러 멀리서 찾아오는 사람들도 있었다.

배고프니?

경자가 크래커 하나를 오리에게 건넸다. 오리는 넓적한 부리로 동그란 크래커를 한입에 받아 순식간에 먹어치웠다. 오리가 자리를 떠나지 않고 경자를 물끄러미 바라봤다. 경자는 크래커 하나를 쪼개 오리와 반씩 나눠 먹었다. 맛있니? 꽥꽥거리는 숨소리가 마치 대답 같아서 경자는 한참 동안 오리에게서 눈을 떼지 못했다.

경자는 아이의 이름에 대해 오랫동안 고민했다. 어쩌면 자신이 살면서 가장 오랫동안 했던 고민이었을 것이다. 경자가 정언을 임신했을 즈음 여자아이의 이름에 희, 혜, 현 등의 음절을 넣는 게 유행이었다. 부드럽고 어딘가 순종적인, 행복한 미래를 담보하고 있을 것만 같은 조각들. 어느 날 철학관에서 받아왔다며 남편이 내민 봉투에는 처음 보는 한자로 정언, 두 글자가 적혀 있었다.

이게 뭐예요?

보면 몰라? 애 이름이잖아.

경자가 보기에 정언이란 이름은 부드럽지도 순종적이지도 않았다. 행복한 미래를 앞둔 여자아이의 이름 같지도 않았다. 결혼한 지 5년 만에 생긴 아이였다. 세상 모든 것이 배 속 아이를 위해 존재하는 것만 같던 나날. 경자는 지금도 간혹 딸의 이름이 정언이라는 사실이 믿기 어려웠다. 믿기 싫었다.

잠에서 깬 레이첼이 유아차 안에서 바르작거리며 칭얼댔다. 점심시간이 가까워져 있었다. 집으로 돌아가 빨래를 돌리고 밀린 집안일을 하다 보면 정언이 돌아올 시간이 될 것이다. 경자는 그 모든 게 끔찍하게 느껴졌다. 오랫동안 누군가를 돌보며 살아왔는데 정작 스스로를 돌본 게 언제였는지 까마득했다.

경자는 가방을 챙기고 유아차를 돌렸다. 어쩌면 헤나를 마주치게 될지도 몰랐다. 유아차 바퀴가 덜컥거리더니 무언가에 걸린 것처럼 움직이지 않았다. 경자는 힘을 주고 유아차의 앞바퀴를 들어 올렸다. 힘을 실은 뒷바퀴가 덜컹거리며 바닥으로 내려앉았다. 레이첼이 불편하다는 듯 울음을 터트렸다. 주차장에 있던 몇 사람이 경자와 레이첼을 향해 걸어왔다. 경자는 레이첼과 바퀴 중 어느 것을 먼저 살펴야 할지 고민했다.

그레이스?

익숙한 목소리가 경자를 불렀다. 헤나였다. 이마를 덮는 은발은 어제처럼 구불거렸으나 깔끔한 복장에 얼굴에는 옅게 화장을 하고 있었다. 손에는 물건으로 가득 찬 장바구니가 두 개나 들려 있었다. 경자는 반갑기도 하고 어색하기도 한 마음에 헤나, 하고 이름을 불렀다.

헤나가 장바구니를 내려놓더니 유아차를 들어 가뿐하게 옮겼다. 벤치가 놓인 풀밭에 고르지 않은 자갈과 흙이 제멋대로 굴러

결         

다녔다. 헤나는 주차장 가장자리의 인도로 유아차를 날랐다. 레이첼은 얌전히 누워 손가락을 빨았다.

경자가 헤나의 장바구니를 들고 뒤따라갔다. 헤나가 이것저것 물었지만 경자는 예스, 노, 노 잉글리쉬라고 대답했다. 미국에 온 뒤 영어를 배울 생각을 안 해본 건 아니었지만 경자는 자신이 영어를 배울 수 있을 거라고 생각하지 않았다. 다른 나라의 말을 할 수 있는 사람이 되어 다른 나라에서 살 거라고 생각한 적도 없었다.

집 앞에 다다랐을 때 헤나가 자신의 집을 손가락으로 가리키며 눈짓했다. 들어오겠냐는 물음이었다. 경자는 레이첼과 헤나를 번갈아 쳐다보다가 다음에, 라는 뜻으로 손바닥을 보이며 흔들었다. 헤나는 아쉽지만 어쩔 수 없다는 표정을 지으며 오케이, 바이 하고는 집으로 들어갔다. 헤나네 집 현관에 걸린 빛바랜 크리스마스 리스에서 먼지가 떨어졌다.

집에는 정언이 와 있었다. 정언은 경자가 짐을 정리하고 레이첼을 2층으로 데려갈 때까지 한마디도 하지 않았다. 거실 테이블에 어지럽게 펼쳐놓은 서류를 고집스럽게 바라보며 자신의 눈치를 살피는 걸 경자는 알았다.

밥은?

벌써 퇴근했니?

경자는 시위하듯 침묵하는 딸의 뒷모습을 바라보다가 물었다.

이를 악물고, 다정함을 가장하면서.

수프 좀 줄까?

엄마.

경자는 냉장고에서 보관용기에 든 수프를 옮겼다. 그 짧은 시간 동안 정언이 자신에게 내뱉을 말들이 짐작돼, 경자는 가볍게 손이 떨렸다.

있잖아.

경자는 정언이 자신에게 내뱉는 말들의 무거움을 떠올렸다. 쟤도 힘들겠지, 쟤가 제일 힘들겠지. 그러나 무엇이. 저 혼자 잘 살겠다고 집도 나라도 떠난 괘씸한 것을. 부모도 없는 것처럼. 부모도 없다는 듯이.

뭘?

경자는 못 알아들은 척 정언을 돌아봤다. 정언은 차분한 얼굴로 식탁 옆에 서서 경자를 바라봤다. 할 말이 많지만 쉽게 꺼내지 못하는 얼굴. 경자는 그 얼굴을 잘 알고 있었다. 전자레인지가 땡 소리를 내며 멈췄다. 경자는 움직이지 않고 정언을 마주 봤다. 정언이 한동안 적당한 말을 찾지 못한 표정으로 바닥 한 곳을 응시했다. 경자는 정언이 정말 엄마 없이 살 수 있는지 확신하지 못하는 표정이라고, 왠지 그런 마음을 알 것 같다는 생각이 들었다

엄마가 알아서 할게. 넌 네 생각만 해.

경자는 오랫동안 정언에게 해주고 싶었지만 해본 적 없는 말을 내뱉었다. 그건 진심이었다. 네 생각만 하라는 것. 누구나 원하지만 쉽게 하지 못하는 일. 정언은 그럴 수 있는 사람이었다. 경자는 그 사실이 끔찍하면서도 자랑스러웠다.

엄마, 나는……

2층에서 레이첼이 울었다. 경자는 수프 그릇을 내려놓고 부엌을 나섰다. 정언이 경자의 팔을 잡고는 내가 갈게, 하고 말했다. 경자는 멀어지는 정언의 뒷모습을 바라보며 떠날 날이 머지않다는 것을 예감했다.

경자는 방으로 들어가 구석에 놓여 있던 여행용 캐리어를 열었다. 먼지가 쌓인 캐리어에는 꺼낸 적 없는 옷가지와 화장품, 포장지에 싼 선물이 들어 있었다. 아기에게 주려고 사 온 배냇저고리는 시기를 놓쳐 입을 수 없게 되어버렸다. 도착하고 보니 날이 추워 얇은 배냇옷은 아기에게 적당하지 않았다. 경자는 정언에게 준 것보다 주지 못한 것들을 떠올렸다. 풍족한 유년, 평화로운 가족, 밝은 미래와 화목한…… 더 좋은 것들. 경자가 생각하는 것만큼 충분한 것들을 해주지 못했지만 정언은 잘 자랐다. 그것만으로도 충분하지 않을까? 경자는 슬프면서 동시에 차오르는 마음을 느꼈다.

경자는 레이첼에게 주려던 저고리를 가방에 넣고 캐리어를 닫았다. 반쯤 열린 창문에서 차가운 바람이 들어와 방 안이 금세 쌀쌀해졌다. 경자는 창문을 닫고 거실로 나갔다. 한낮인데도 서늘한 공기가 집 안 가득 차 있었다. 자신이 알던 것과는 다른 종류지만, 정언의 집에도 빛과 어둠이 공존했다. 그 사실에 어째선지 경자는 마음이 놓였다.

해가 들기 시작한 거리는 조명을 받은 무대처럼 점점 밝아졌다. 경자는 커튼을 젖히고 소파에 앉아 우두커니 창밖을 바라봤다. 딸의 집이 처음 방문한 관광지의 불 꺼진 건물처럼 낯설었다.

내가 어디로 갈 수 있을까?

경자는 자신의 곁에 대해 생각했다. 곁에 있는 것과 곁에 두고 싶은 것. 적어도 자신이 지금 누구의 곁도 아니라는 건 알 수 있었다. 레이첼은 금방 자라 자신의 곁을 만들 테고 정언과 사위는 이미 제각각의 곁을 갖고 있었다. 그것들은 경자의 곁은 아니었다. 경자는 가족 말고는 가져본 적 없는 자신의 곁을 생각했다. 아무 데도 가본 적 없어 빈 여권 같은 자신을.

잠시 후 조용한 거리에 차가 다니기 시작했다. 엔진 소리와 조깅하는 사람들의 발소리, 창문 너머 텔레비전의 아침 프로그램 소리가 들렸다. 경자는 맞은편 집을 물끄러미 보다가 자리에서 일어났다. 반복되는 하루처럼 찾아온 허기가 경자의 배 속을 움켜쥐는 것 같았다. 경자는 부엌으로 들어가 물을 끓였다. 레이첼의 울음소리는 점점 잦아들었다. 보리차를 우리고 보온병에 담았다. 맞은편 집의 불 켜진 거실이 보였다. 헤나의 브라우니는 여전히 냉장고 안에 들어 있었다. 경자는 아직까지 브라우니를 한 번도 먹어본 적이 없었다. 새카맣게 탄 것 같은 오묘한 색깔의 음식은 어째선지 입안에 넣으면 눈송이처럼 녹아 없어질 것 같았다. 경자는 보온병을 들고 거실로 나가 한 번도 해본 적 없지만 가능한 일들을 떠올렸다. 그것이 무엇이든지 간에 오늘은 해볼 수 있을 것 같았다.

멸망자를 위한 생크추어리

1.

그날은 오후 내내 유인원사에 머물렀다. 보넷원숭이 한 마리
가 아침부터 철창에 매달려 내려오지 않았다. 인터폰 너머 사육
사는 거의 울고 있었다. "선생님, 빨리 와보셔야 할 것 같아요!"
제리는 어릴 때부터 붙임성도 없고 무리에 잘 적응하지도 못했
다. 팔이 부러진 이유도 그 때문이었다. 제리를 공격한 원숭이가
무리의 새 우두머리가 된 이후, 유인원사는 한동안 서열 싸움으
로 조용할 날이 없었다.

전동 카트를 타고 유인원사에 도착했을 때 제리의 깁스는 거

의 부서져 있었다. 나뭇가지처럼 야윈 손목 위로 아물지 않은 상처가 보였다. 조금만 늦게 도착했으면 손목은 다시 부러졌을지도 몰랐다. 마취약을 놓고 엑스레이를 찍으며 제리에게 몇 번이나 같은 말을 반복했다.

"제발 좀 가만히 있어."

제리는 그날따라 유난히 흥분한 채 끽끽거리며 울었다.

동물원에서의 하루는 대개 그런 식으로 흘러갔다. 적게는 네다섯 군데에서 많게는 열다섯 군데의 동물사를 돌며 다치거나 아픈 동물들을 돌봤다. 그때 동물원에 남은 수의사는 나 하나뿐이었다. 재단에서 동물원을 축소한다고 결정한 이후 가장 먼저 한 일은 상주하던 직원들을 해고한 것이었다. 사육사, 청소부, 회계 담당, 말단 CS 팀원까지 차례대로 동물원을 떠났다. 비정규 직원들의 재계약을 앞둔 기간이었다.

퇴사 전날 동물 병원에 들른 강 팀장은 20여 년 간 맹수사에 근무한 베테랑 사육사였다. "동물이 비싸지 사람이 비싸냐." 웅얼거리는 강 팀장의 목소리가 멀리서부터 들려왔다. 재단의 명분은 명확했다. 동물을 내보내는 것보다 사람을 내보내는 게 더 싸다는 것. 동물을 돌보는 데는 돈이 들고 내보내는 데는 더 많은 돈이 들었다.

팀장은 백팩에 남은 짐을 챙기고 냉장고에서 소주 한 병을 꺼냈다. 동물위령탑에 가는 모양이었다.

"쌤, 같이 갈래요?"

나는 차트를 작성하던 모니터를 바라보며 고개를 저었다. 강 팀장은 고령의 호랑이와 사자 '선생님들'에게 많은 신경을 썼다. 나이가 들수록 이빨과 소화 기관이 약해져 식사를 거르는 맹수들에게 뭐라도 먹이기 위해 온갖 레시피를 개발하는 게 취미였다. 잘게 간 양고기에 영양제를 섞는 손은 빠르고 정확했다. 사무실을 떠나기 전 강 팀장이 나를 보며 나지막히 말했다.

"쌤, 선생님들 좀 잘 부탁해."

자연사하는 개체는 해가 갈수록 늘어나는데 나는 점점 그곳에 가기가 꺼려졌다. 동물들의 삶을 돌보는 데도 하루가 짧아 그들의 죽음까지 신경 쓰고 싶지 않았다. 솔직히 말하자면, 피곤했다.

병원으로 돌아와 한숨 돌리는데 다시 인터폰이 울렸다. 용 사육사였다. 예감이 좋지 않았다. 전화를 받자마자 익숙한 목소리가 말했다.

"미미가 숨을 안 쉬어요."

케이는 하루에도 몇 번씩 용의 상태를 봐달라고 인터폰을 했다. 점점 그 횟수가 늘어나더니 급기야 '옆구리 비늘의 윤기가 이상하다'든가 '트림 소리가 어제보다 시원찮다'는 이유를 대며 나를 호출했다. 동물염려증. 케이는 너무나도 용에 진심이었고 광적인 데가 있었다. 케이처럼 특수동물을 다루는 사육사 중에는 동물에 지나치게 감응해 과한 결정을 내리는 사람들이 있었다. 나는 그를 어디까지 지켜봐야 할지 알 수 없었다. 언제까지 그의 요구를 들어줘야 할까? 내가 버틸 수 있을까? 사실 버티기 어려운 건 그가 아니라 생기를 잃어가는 동물원이었다. 그곳의 오래된 분뇨처럼 말라가는 나를 포함해서.

　미미의 사육장은 동물원의 가장 안쪽에 있었다. 카트를 타고 10여 분쯤 이동해 등산로로 이어지는 산의 입구로 들어갔다. 그곳에 인공 굴을 파고 만든 용사(龍舍)는 동물사 중 가장 많은 비용이 들어갔다. 보수하려면 동물원의 1년 예산에 가까운 돈이 필요해 지은 지 20년이 넘도록 한 번도 손을 댄 적이 없었다. 나는 언젠가 용이 동굴을 부수거나 동굴이 부서져 용이 다치거나 하는 날이 온다는 생각만으로도 위가 다 아팠다. 한국에 용 사육사가 있는 동물원은 서울과 대전, 부산뿐이었는데 미미가 있는 서울 사육장의 규모가 가장 컸다. 미미를 위해 들인 돈을 회수하려면 백 년은 더 동물원을 운영해야 했다.

　그때까지 미미가 동물원에 머물 수 있을까? 아니, 동물원이 존재할 수 있을까? 원장이 들으면 기함할지도 모르지만, 아마 그런 일은 일어나지 않을 것이다. 사람들은 더 이상 구식 동물원에 기대하는 것이 없었다. 아쿠아리움을 허물고 AR 수족관이 생긴 지 수 년째였다. 그럼에도 사람들이 원하는 건 존재하는 전설, 실재하는 용이었다. 누구라도 그럴 것이다. 살아 있는 용이라니. 신화나 소설, 영화 속 CG가 아니라 실제 숨 쉬고 날개가 달린, 용을 말이다. 그러나 용의 수명에 대해 자세히 알려진 바가 없고, 늙은 용에 대한 어떠한 매뉴얼도 없이 사람들은 용을 돌보기로 결정했다. 용에게 물어보지 않은 채. 가끔 그 사실이 너무나 이상하게 느껴졌다.

한번은 케이와 함께 밥을 먹은 적이 있다. 드물게 제시간에 먹게 된 점심식사 자리였는데 인원 감축도, 관람객 제한도 없던 시절이었다. 사람들이 즐거운 날에 동물원을 찾아 하루를 기념하고 싶어할 때였다. 어쩐 일인지 케이가 구내 식당에 나타났다. 용사에서 기거하다시피 하는 케이는 웬만해서는 사람들과 어울리지 않았다. 화장실에 가는 때를 제외하고 거의 모든 업무를 용사에서 처리했고, 사육장 한편에 자신의 집무실을 만들어 누구와도 마주치지 않았다. 용의 몸값은 나날이 올라가는데 용 사육을 맡겠다는 사람은 드물어서 케이는 용만큼이나 동물원에 중요한 존재였다. 피곤에 찌든 모습으로 자리에 앉는 케이에게 직원들이 반갑게 말을 걸었다.

"사육사님, 얼굴 까먹겠어요."

"과일 좀 드실래요? 제가 가져다드릴게요."

뭐야, 언제부터 그렇게들 관심이 있었다고. 나는 속으로 구시렁거리며 케이의 흰머리를 흘끗 쳐다봤다. 삼십대 후반이라는 케이의 머리카락은 탈색한 것처럼 백발이었는데 모두 자연모였다. 용과 오래 지내다 보면 노화가 빨라진다는 사실에 대해 사람들은 쉬쉬했지만 숨겨야 할 비밀 같은 건 아니었다. 오히려 케이는 자신의 부자연스런 외모를 자랑스러워하는 것 같았다. 말없이 고개를 끄덕이며 사람들의 호의에 적당히 반응하는 모습이 어째서 밀림의 은둔한 왕처럼 보였을까.

"뉴스 보셨어요? 티베트에 지진 난 거."

"또 용 때문이에요?"

"발정긴가?"

"용들도 발정기가 있어요?"

"그건 모르지."

티베트에 용 생크추어리가 생긴 이후 지진이 빈번하게 일어났는데, 지난밤 진도 7 이상의 강진이 일어나 생크추어리 일대가 쑥대밭이 되었다는 소식이었다. 오랫동안 사람이 살지 않은 황무지라서 다행히 인적 피해는 없었지만 용들이 어딘가로 이동한다면 태풍이나 홍수 같은 재해로 이어질 수 있었다.

그때 케이가 미역국을 한 숟갈 뜨며 말했다.

"다 자업자득이죠."

모두의 시선이 케이에게 집중됐다.

"뭐가요?"

"제때 풀어줬으면 알아서 개체수를 조절했을 겁니다. 남은 애들끼리 영역 싸움을 하다가 그 난리가 난 거예요."

케이는 세계 곳곳의 동물원에 갇힌 용들에 대해 말하기 시작했다. 나는 그릇을 들고 일부러 소리를 내며 남은 국을 마셨다. 미역국에 든 성게에서 비린내가 났다. 이거 냉동 아니야? 어서 식당을 벗어나고 싶었다. 한번 용 얘기가 시작되면 케이는 주변 분위기도 신경쓰지 않고 떠들어댔다. 그의 주장은 간단했다. 모든 용을 자연 상태에 풀어놓고 스스로 살아가도록 해야 한다는 것. 자부심 강한 용 사육사가 할 법한 말이었지만 솔직히 그의 주장은 너무 래디컬했다. 그건 마치 동물원 직원 모두 다른 일을 알아봐야 한다는 말로 들렸으니까. 케이의 이야기는 이내 동물원 무용론으로 이어졌다.

"용들은 다 알아서 해요. 인간보다 나아요." 누가 그걸 모르나. 케이의 말을 들으며 입맛이 떨어진 사람들이 하나둘 숟가락을 내려놓았다.

"그래도 많이 나아졌잖아요. 저번에 영국에서 노튼드래곤 세 마리를 방생했다면서요."

"더 가둘 수 없어서 포기한 거겠죠."

"에이, 사육사님 너무 비관적이시다."

후루룩룩룩. 누군가 국그릇을 들고 한입에 마셨다. 비관적. 그건 케이를 이르는 말일까, 케이의 주장을 못 들은 척하는 우리들의 미래를 일컫는 말일까? 잠시 후 다른 직원들이 서둘러 점심식사를 끝냈다. 사람들을 따라 일어나려는데 케이가 나를 지긋이 쳐다봤다. 할 말 있다는 얼굴이었다. 나는 헛기침을 하며 도로 자리에 앉았다. 케이가 무말랭이를 젓가락으로 뒤적거리며 나에게 물었다. 어쩐지 케이의 말에는 귀를 기울이게 되는 힘 같은 게 있었다.

"선생님도 그렇게 생각하세요?"

"뭐가요?

"발정기 때문이라는 거요."

그건 왜 묻는 거지? 공식적으로 용의 발정에 대해 알려진 바는 없었다. 용의 생태, 삶과 죽음, 생식과 출산까지 어느 것 하나 인간이 안다고 말할 수 있는 건 없다. 어느 날 용의 알이 발견되었고, 인류는 그것을 기르기 시작했다……. 무슨 SF 소설 같은 이야기지만 정말 그랬다. 용에 대해 우리가 안다고 할 수 있는 건 용이 알려주고자 한 것들뿐이다. 몸이 크고 성격이 제각각이며 대체로 예민하다는 것. 용 사육사가 귀한 이유이기도 했다. 용은 자신이 선택한 존재에게만 곁을 내줬다. 낯가림도 심해 사람이 돌보기 무척 어려운 동물이었다. 어쩌면 우리나라, 아니 세계에서 용에 대해 케이보다 많이 아는 사람은 드물지도 몰랐다.

"그럴 수도 있겠죠. 발정기가 있다면요."

"전 그렇게 생각하지 않아요."

지금 저랑 용에 대해 토론하고 싶으신 건가요……. 나는 부러들으라는 듯 헛기침을 하며 의자를 끌어당겼다. 점심시간은 고작 10여 분 남아 있었다. 그런 얘기를 하기에 좋은 타이밍이 아닌 것 같은데. 이제야 식욕이 돈다는 듯 케이가 반찬을 뒤적거리며 심드렁하게 말했다.

"집으로 돌아가고 싶은 게 아닐까요? 사람처럼요."

집이요? 나는 멍청하게 되물었다. 용들에게도 집이 있나? 동물들에게 동물원이 집이라고 할 순 없겠지. 동물원에서 태어나는 개체들은 야생에서 살아가기엔 사람 손을 너무 많이 탔다. 당장 그들을 세상에 내놓는다고 해서 혼자 밥 한 끼 찾아먹을 수 있을까? 나는 미미가 홀로 드넓은 대지 위를 날며 곳곳에 숨어 있는 야생동물을 잡아먹는 모습을 떠올렸다. 사냥하는 미미. 근래 들은 가장 어색한 합성어였다.

나는 식탁 끄트머리를 물끄러미 보다 식판을 들고 자리에서 일어났다. "먼저 일어나보겠습니다." 케이는 말없이 고개를 끄덕이고는 묵묵히 밥을 먹었다.


2.


휴대용 엑스레이, 약품 상자, 마취제, 블로우 파이프, 다양한 크기의 수액용 바늘을 카트에 넣었다. 용은 파충류와 포유류의 성질을 다 가지고 있어 어떤 치료 방식이 적합한지 육안으로만 알기는 어려웠다. 다행히 병원 서고에는 동물원을 거쳐 간 10여 마리의 용에 대한 기록이 남아 있었다. 전산화되기 이전 자료들이라 클라우드에 저장되지 않은 기록도 많았다. 용의 사랑니라든가 맹장 샘플, 분석되지 않은 혈액과 비늘 등 수장고에 있는 자료만으로도 수십 편의 논문을 쓸 수 있을 정도였다. 나는 모두가 퇴근한 사무실에서 그것들을 찾아 읽고는 했다. 기록에는 지금은 사라졌다고 알려진 아메리칸테일드래곤과 재패니즈드래곤, 몽골리안드래곤에 대한 묘사가 생생하게 남아 있었다. 아메리칸테일드래곤의 경우 성체의 꼬리가 300여 미터나 됐는데 지금은 사라진 북악산 높이가 당시 324미터였으니, 전체 크기가 얼마나 컸을지 가늠이 되지 않았다. 용들의 기록을 남긴 전임 수의사에 대한 자세한 기록 역시 남아 있지 않았다. 나는 그가 무슨 생각으로 이렇게 많은 양의 메모를 남겼을지 궁금했다. 그도 나처럼 아무도 없는 병원에서 예전 기록을 뒤적였을까. 망한 세상에 혼자 남은 수의사처럼, 텅 빈 동물원을 지키는 유일한 직원이 된 기분으로.

동물원 상공에는 1년 내내 9월의 맑은 날씨를 유지하는 인공 돔이 설치되어 있었다. AR 수족관과 동물원이 생기면서 기존 동물원들이 살아남는 방법은 새로운 기술을 적용해 재개장하는 것이었다. 그래서일까, 사람들이 그 지붕에 얼마나 감명받았는지는 모르겠다. 동물원은 돔을 설치한 이후에도 점점 매출이 떨어졌으니까. 사람들은 때로 이유를 알 수 없는 것들에 열광했다. 그것들을 이해하는 것보다 따라가는 것이 더 빠르고 현명하다는 걸 동물원의 경영진들은 알고 있었던 것 같다. 고대시대부터 살아왔다는 은빛골설어라든가 유행가를 따라 부르는 금강앵무, 수학 문제를 푸는 팬더와 사람 목소리로 우는 시바견을 데려와 유리벽 안에 놔두면 뭐라도 될 줄 알았겠지. 그런 것들을 보면 모든 게 인간이 자초한 문제라는 생각이 들었다. 대체 인간이 뭐라고? 두 발로 걷고 스스로의 언어와 문화를 사용할 수 있다는 이유만으로 다른 종을 가두고 착취할 권리가 있나? 그것이 정당한가? 오랜 물음에서 가까스로 벗어났을 때 나는 하루 방문자가 0에 수렴하는 대형 동물원의 유일한 수의사가 되어 있었다.

용사가 가까워질수록 악취가 심해졌다. 용의 독특한 체취는 익숙해질 법도 한데 매번 새로운 후각을 일깨우는 느낌이었다. 강력한 룸 스프레이를 뿌린 것처럼 용은 어디에나 자신의 체취를 남겼다. 아이러니하게도 그 냄새는 동물원 기념품점의 훌륭한 상품이었다. 이제는 찾는 사람이 거의 없지만 상점의 가판대에는 용의 체취로 만든 방향제와 탈취제가 먼지를 뒤집어쓰고 곱게 포장되어 있었다. 대체 그런 걸 사서 쓰는 사람이 누굴까. 놀랍게도 과거에는 그것들이 베스트 상품이었다. 케이가 바로 그 제품을 꾸준히 사는 사람 중 한 명이었다. 직장에서도 모자라 집에서까지 상사의 냄새를 맡고 싶을까? 혹시 남몰래 용 냄새에 대해 연구라도 하는 걸까?(그걸 숨길 필요가 있는지 모르겠지만)

용사 안팎으로 1년 내내 공기청정기가 돌아가고 있었다. 그렇다고 해서 곳곳에 밴 냄새가 완전히 사라진 것은 아니었다. 동물원의 공기는 내부에서 순환돼 밖과 연결돼 있었다. 곳곳에 설치된 환풍기가 소음을 내며 돌아갔다. 주기적으로 원사 내부를 관리하고 청소했지만, 용의 체취를 감당하기엔 부족했다. 동물들에게 함부로 구취 용품을 사용할 수는 없었다. 안 그래도 화학 용품으로 도배된 인공 돔 아래서 사는데. 오히려 예전만큼 동물원을 찾는 관람객도 없으니 잘된 일일지도 몰랐다.

케이는 초조한 얼굴로 용사 밖에 서 있었다. 사육사 학교를 졸업하자마자 경력을 시작한 케이는 동물뿐 아니라 심리학과 식물학에도 해박한 지식이 있었다. 차라리 당신이 수의사였으면. 용에게 필요한 건 열성적인 팬이 아니라 종과 상태를 보존해줄 섬세한 연구자일 텐데, 당신같은.

"어디 들렀다 오셨어요?"

케이가 다소 불만스러운 목소리로 물었다. 왜 이렇게 늦게 왔 냐는 뜻이었다. 전화를 받은 지 10분도 지나지 않은 것 같은데. 나는 말없이 카트에서 엑스레이와 약품 상자를 내렸다.

"언제부터 그랬어요?"

"아침부터요. 뭔가 이상해서 들어가봤죠."

용사에 들어갔다고? 나는 잠자코 카트를 끌며 사육장의 문을 열었다.

"숨은 쉬는 것 같은데, 움직이질 않아요."

케이의 눈시울이 붉었다. 케이의 눈은 실핏줄이 터진 양 자주 충혈돼 있었다. 지난밤까지 멀쩡했던 미미가 아침이 돼도 일어나 지 않자, 직감적으로 무언가 잘못됐다고 느꼈다고 했다. 평소 같 았으면 하루의 반 이상을 자거나 동굴에 머무는 용의 일과를 볼 때 과민한 반응이었을 수도 있다. 문제는 묘하게 달라진 사육장 의 환경이었다. 알려진 바에 따르면 용은 환경에 따라 자신의 신 체 조건을 바꾸는 변환(變環) 동물로, 바다에 살면 아가미가, 산 에 살면 엽록소가, 황무지에 살면 소량의 털과 물주머니가 생기는 신비로운 체질이었다. 바꿔 말하면, 용들이 삭막한 곳에 살며 적응하게 될수록 덩달아 주변에 사는 다른 짐승과 사람들이 득을 봤다. 아무것도 없는 곳에 자리를 잡게 된다면 용들은 최소한의 삶의 조건 외에는 그 무엇도 바라지 않게 될 것이다. 주변 사람들은 용이 있는 지역이라는 유명세를 얻을 테고. 사람들이 용 무리와 마주치지도, 용 때문에 일어나는 피해를 겪을 필요도 없이 단지 용이 거기 있다는 사실만으로 주변 집과 땅값이 상승하는 호재를 누릴 수도 있을 것이다. 그게 용 생크추어리가 생겨난 근본적인 이유였다. 그린벨트로 묶인 도시 근교의 땅값이 일제히 오르고 용은 용대로 고통받고……. 신 아니면 재앙. 가까이 갈 수도 없고 가까워질수록 무슨 일이 일어날지 아무도 모르는 미지의 영역. 마치 용과 같은.

사육사 안의 푸르렀던 잔디는 버석거리는 모래를 한 움큼 뿌린 것처럼 생기가 없었다. 정원에 핀 꽃들은 늦가을의 낙엽처럼 시들거나 말라 있었다.

"스프링클러는 문제 없죠?"

나는 용사를 둘러봤다. 정원은 모두 케이가 가꿔놓은 것이었다. 그는 용의 신경을 거스르지 않으면서 향기가 좋고 먹어도 탈 없을 종류의 식물을 골라 정원을 꾸몄다. 내가 혈압과 심박, 알러지와 염증 수치에 몰두하며 옛 기록을 뒤적이는 사이 케이는 미미의 안색과 기분을 살피며 용의 기호에 맞는 꽃과 나무들을 심었다. 용사 안은 어떤 관점으로도 아름답다고 하기 어려운, 오직 용을 위한 식물원이었다.

미미는 고개를 돌린 채 날개를 접고 옆으로 누워 있었다. 몸의 절반이 굴 안에 들어가 있어 멀리서 보면 마치 자그마한 동산처럼 보였다. 굴은 북한산과 연결돼 있었는데 용의 영역이라 외부인은 함부로 들어갈 수가 없었다. 용이 자신의 영역을 중요시하고 누구도 들어오지 못하게 한다는 사실—스스로 인정한 무리를 제외하고—은 미미가 한국에 온 뒤 밝혀진 사실이었다. 모두 케이 덕분이었다.

미미 옆으로 그의 머리 반만 한 사과나무가 보였다. 그 나무는 내가 입사하던 해에 케이가 심은 것이었다. 그때까지 용에게 사과가 어떤 영향을 끼치는지 알려진 바가 없었다. 나는 함부로 용사에 과수를 심으면 위험하다고 생각했지만 케이는 단호하게 말했다. "이거 청송 사과예요" 거의 '왜 우리 애 기를 죽여요?'라고 말하는 듯한 눈빛이었다. 그거 함부로 심어도 되는 거예요? 용의 먹이에 대한 권한은 모두 케이의 몫이었다. 그러나 용이 사과를 먹을지 감, 배, 귤 등의 제철 과일을 좋아할지 아무도 알지 못했다. 먹어보면 알 수 있을 거라는 말은 인간에게나 해당된다. 설사 용이 그것들을 먹고 지금 당장 괜찮을지라도, 지속적으로 괜찮을 거라는 보장은 없었다. 그게 수의사가 된 후 알게 된 가장 중요한 사실이었다.

나는 카트에서 방화복을 꺼내 입었다. 용의 체내에는 높은 온도의 발열체가 있어 불을 뿜을 수 있다고 하지만 실제로는 불이 아니라 고도의 기체가 체액을 만나 불처럼 보이는 현상이었다. 한번은 부산에서 용이 탈출해 난리가 난 적이 있었다. 브라질에서 온 어린 용이 사육장의 문을 부수고 훌쩍 날아가버린 것이다. 용이 물어뜯은 동물사 철창은 녹여서 쓸 수도 없을 만큼 오염됐는데, 용의 목구멍에서 나온 액체 때문이라는 건 나중에야 밝혀졌다. 사람으로 치면 기침 한 번으로 현관문을 뜯어버린 셈이다. 문제는 뜨겁다는 게 아니라 체액의 상태였다. 용의 입 밖으로 나온 액체는 염산과 비슷하게 부식 작용을 한다는 사실을 그 어린 용이 일깨워준 이후 용의 배를 갈라봐야 한다는 사람들이 나타났다. 용이 사탄이고 악마의 현신이라는 미친 과학자 집단이었는데 (나는 그들을 과학자라고 생각하지 않지만) 지금은 어찌 되었는지 모르겠다. 아마 어딘가에서 버려진 용 사체(그런 게 남아 있을지 모르겠지만)를 들고 집단 기도라도 드리려나(대체 누구에게)? 용은 마음만 먹으면 기침 몇 번으로 세상을 녹일 수도 있는데 인간만이, 오직 인간들만 그들을 무서워하지도 가엽게 여기지도 않았다. 그럴 때마다 케이처럼 용권론자가 되어 마음 가는 대로 사람들을 비난하고 싶은 마음도 들었다. 당신들이 용보다 잘났어? 용 몇 마리 구경하니까 뭐라도 된 것 같아?

블로우 파이프에 마취약을 넣고 준비를 마쳤다. 금방 끝납니다, 이 한마디를 동물에게 전할 수 있다면 얼마나 좋을까. 그러나 동물들은 기본적으로 인간을 믿지 않는다. 나를 알아보고 몸을 맡기는 순한 개체도 있지만 대개 카트의 바퀴 소리만 들려도 털이나 비늘을 세우고 바짝 긴장했다. 그게 엑스레이를 찍기 전 동물에게 마취를 하는 이유였다.

훅, 하고 한 번에 주사를 날렸다. 처음 동물원에 발령받았을 즈음에는 동물마다 각각 다른 마취약을 주사해야 했고 용량도 개체마다 다 달랐다. 지금처럼 호환되는 마취 앰플이 없을 때였다 마취계의 O형이라고 할까. 마취약은 즉시 효력이 있었다. 나는 미미에게 다가가 그의 눈꺼풀을 들어올렸다. 옆에서 케이가 조심스럽게 말했다.

"아프진 않겠죠?"

잘 모르긴 해도 우리나라, 아니 지구에 살아 있는 개체 중 미미가 물리적으로 가장 강한 축에 속할 것이다. 아팠으면 미미가 날 가만히 뒀을 리가. 약이 잘 들었는지 미미의 숨소리가 점점 느려졌다. 미미의 가슴께에 청진기를 가져다 댔다. 쿵, 쿵…… . 느리지만 분명하게 뛰는 심장 소리가 들렸다.

"심장은 괜찮아요. 세 개 다 잘 들려요."

세 개의 심방과 심실이 각각의 울림을 내며 성능 좋은 우퍼 스피커처럼 둥둥거렸다. 나는 조금 더 귀를 기울이며 청음에 집중했다. 별달리 이상한 점은 알 수 없었다.

"다른 증상은 없었나요? 평소와 다른 점이라든가."

"식욕이 좀 떨어졌지만……."

"식욕이요? 언제부터요?"

동물의 식욕이 떨어졌다는 건 문제가 있다는 가장 크리티컬한 신호였다. 케이는 어정쩡한 표정으로 멀찍이 떨어져 미미의 체온과 맥박을 재는 나를 쳐다봤다.

"물은요? 평소와 똑같았나요?"

케이는 밖으로 나가 무언가 손에 들고 돌아왔다. 그의 손에는 플라스틱 생수병이 들려 있었다. 용이 아무거나 먹지 않는다는 건 이런 뜻이었다. 미미는 오직 코스트코의 자사 브랜드 커클랜드의 생수만 마셨다. 처음에는 스트레스로 식욕이 저하되었나보다 했는데, 예전에 있던 동물원에서 넘겨받은 차트에는 다음과 같이 적혀 있었다. drink only Kirkland water. 커클랜드? 약이름인가? 나는 차트에 웬 농담이 적혀 있나 싶었지만 용이 정말로 물 한 모금 마시지 않는 상태가 3일을 넘어가자 조급해졌다. 미미의 예전 담당자였던 동물원 수의사에게 메일을 보낸 뒤 한 시간도 지나지 않아 답장을 받았다. 메일에는 레일라—미미의 예전 이름—의 식성이 꽤나 까다롭다는 것, 그중에서도 하루에 커클랜드 물을 10리터씩 마신다는 것. 몇 개의 알러지가 있는 먹이—구운 돼지고기, 고수를 포함한 각종 허브, 시리얼, 정제된 밀가루, 고지방 우유 등—에 대한 A4 스무 장 분량의 리포트를 보냈다. 차트만 보면 용이 아니라 식단조절을 하는 운동선수에 대한 보고서 같았다(미미는 확실히 미국 출신이었다). 그는 미미—레일라—를 20여 년 가까이 돌본 사람이고 그런 존재를 하루아침에 한국에 보내게 됐다는 사실을 어떻게 받아들였을까? 나는 고맙다는 말과 함께 언젠가 미미—레일라—를 보러 오라고 메일 말미에 적었다. 답장은 오지 않았다.

케이는 커다란 대접에 생수 두 병을 붓고 설탕 한 봉지를 털어 넣었다. 동물이 음식이든 약이든 잘 먹지 않을 땐 온갖 짓을 해서라도 먹여야 했다. 안 그러면 더 힘든 처치가 기다리니까. 한편으론 저렇게 버려지는 페트병이 얼마나 많을까, 이럴 거면 용 전용 생수를 따로 주문하는 게 낫지 않냐는 생각이 들었다. 커클랜드 본사에 요청하면 되지 않을까? 1년 치 식수를 일괄로 사고, 그러려면 우선 구매팀의 승인을 받아야 할 텐데, 그건 사육사님이 어떻게든 하시겠지…… 여러 행정적인 절차를 머릿속으로 가늠하는데 미미의 몸이 꿈틀거렸다. 지진이 나는 것처럼 땅과 주변 공기가 흔들리더니 용의 코에서 바람이 불었다.

"마시고 싶지 않대요."

매일 십수 리터씩 마시던 물이 갑자기 싫어질 수도 있나? 그 럴 수도 있겠지. 이런 내용의 리포트는—적어도 용과 관련해서는 —본 적이 없었다. 나는 미미의 주변을 돌며 육안으로 확인할 수 있는 문제가 있는지 살폈다. 몸길이 45미터, 몸무게 30여 톤, 나 이 서른 살 전후. 세상에 남은 50여 마리의 용 중 가장 고령인 미 미는 눈을 감고 식음전폐의 증상을 보이고 있었다. 대체 문제가 뭘까? 모로 누운 미미의 표정은 낮잠에 빠진 고양이처럼 평화롭 기만 했다. 오직 케이만이 걱정스러운 눈길로 미미의 숨소리에 귀를 기울였다.


3.


미미가 서울에 도착했을 때 나는 재수 중이었다. 첫 번째 대 학 입시에서 실패하고 눈앞이 캄캄하던 때였다. 반신반의로 준비 하던 학교는 예상보다 상향이었고 나는 어찌할 바를 몰랐다. 나 보다 등수가 낮았던 같은 반 아이가 내가 지망했던 대학의 학과 에 붙었을 때, 인생이 끝났다는 게 뭔지 실감했다. 그때까지 나는 내가 그 정도면 괜찮은 줄 알았다.

재수학원이 끝난 늦은 시각, 집으로 가는 버스에는 같은 학원에 다니는 학생들이 많았다. 나는 버스 뒷좌석에 앉아 눈을 감고 있었다. 한 무리의 아이들이 흥분하며 떠들어댔다. 근처 고등학교 학생들로 야자를 마치고 돌아가는 중이었다. 그날따라 라디오를 켜지 않은 채 버스는 어두운 시내 한가운데를 가로질렀다. 나는 억지로 눈을 감고 잠을 청했다. 듣지 않으려 했지만, 그럴 수 없었다.

"야, 그거 봤냐?"

"뭐가."

"용 온다며."

"뭔 소리야."

"이것 좀 봐."

대박, 대박. 학생들의 목소리가 조용한 버스 안에 울렸다. 몇몇 사람들이 스마트폰과 태블릿을 꺼내 들었다. 버스 안 공기가 소리없이 출렁였다. 용? 무슨 용?

그때까지 용은 실존하는 존재가 아니었다. 10여 년 전 우연히 발견한 알에서 용이 부화했다는 소식을 들었을 때도 마찬가지였다. 나는 용이 뱀의 사촌이라는 진화론적인 입장을 고수하고 있었기 때문에 딱히 흥미가 일지 않았다. 수시나 논술 시험에 나올 정도로만 알고 있었을 뿐. 버스 안이 순식간에 술렁거렸다. 용이 온다는 건 어찌되었든 엄청난 이벤트였다. 나는 슬그머니 호주머니에서 폰을 꺼내 검색을 했다. ㅇㅛㅇ. 자모 몇 개만 입력했는데 관련검색어가 주르륵 떴다. 용 서울. 용 도착. 용 언제 도착. 용 얼마. 용 오는 방법. 용 섹스 어떻게. 마지막 검색어를 누르자 성인인증을 하라는 메시지창이 떴다. 나는 검색 창을 닫았다.

용의 탄생과 죽음. 무심코 누른 블로그 글에는 출처를 알 수 없는 용에 관한 소문이 들판의 잡초처럼 무성하고 일관성 없이 적혀 있었다. 용이 어떻게 태어나고 죽는지, 인류는 그 과정에 대해 아무것도 알지 못했다. 다만 어느 날 발견된 알과 부화 과정, 성장과 또 다른 개체의 출현. 이런 것들로 순식간에 용을 만나게 되었을 뿐이다. 용이 우리에게 스스로를 드러내기로 결심했기 때문에. 심지어 용은 무성생식을 한다는데, 그건 아메바 아닌가? 나는 논술 시험에 용 얘기가 나올 수도 있겠다는 생각에 서둘러 다른 기사도 찾아봤다. 포털에는 이미 용 관련 기사로 도배되어 있었다. 미국에서 사육하던 성체 용 한 마리가 여객선을 타고 한국으로 온다는 것이었다. 그 용의 정확한 나이는 알 수 없지만 현존하는 50여 마리의 용 중 하나였고, 그런 귀한 개체가 한국과의 수교를 이유로 이동한다는 기사가 뉴스의 헤드라인마다 커다랗게 쓰여 있었다.

용이 한국에 도착하던 날, 인천항에는 용을 보러 온 사람들로 북적였다. 경찰 추산 인원 10만 명. 나는 논술 시험이 코앞이라 집에서 텔레비전으로 그 광경을 지켜봤다. 당시 지망하던 대학의 생명과학부는 정시임에도 면접과 논술시험을 봐야 했다. 대체 어떤 신입생이 그 학교에 들어가는 걸까, 나로서는 안 되는 걸까. 자존감이 바닥을 치던 시기였다. 이번에도 안 되면 대학을 포기하고 공무원 시험을 준비할 생각이었다. 수능 점수는 모의고사보다 조금 낮았고 나는 논술과 면접에 목숨을 걸어야 했다.

"지금 막 도착했습니다. 한국에 용이 도착하는 역사적인 순간입니다!"

뉴스에서는 전날부터 용 특집 프로그램을 하루 종일 내보내고 있었다. 수많은 인파에 둘러싸인 기자는 용을 싣고 온 여객선 앞에서 벅찬 소리로 말했다. 태풍이 불어오듯 세찬 바람이 항구 근처를 휩쓸었다. 사람들이 일제히 고개를 숙여 바람을 피했다. 천막이 바람에 날리며 삽시간에 거대한 소음을 만들어냈다. 용을 기다리는 사람들 사이로 수많은 노점과 단체들이 몽골텐트를 치고 있었다. 푸드덕푸드덕. 그건 바람이 아니라 규칙적인 날갯짓 소리였다. 수십 개의 방수천이 일제히 같은 박자로 접었다 폈다 하는 소리가 났다. 아직 용이 내리는 식순이 시작하지도 않았는데 여객선 위가 소란스러웠다. 용을 위해 특별히 개조된 여객선 객실 위에는 검은색 가림막이 커튼처럼 둘러져 있었다. 누군가 바람 사이로 고개를 들어 객실을 바라봤다. 용이다! 그 소리에 사람들이 일제히 배를 향해 고개를 돌렸다. 더욱 거세지는 바람에 잔잔하던 수면에 파도가 일기 시작했다. 항구 주변이 희끄무레한 해무로 자욱해졌다. 속보를 준비하던 뉴스의 자료화면이 멈췄고 아나운서와 기자가 번갈아가며 화면에 잡혀 때아닌 방송 사고가 일어났다. 텔레비전 화면으로 바라본 항구의 풍경은 영화의 한 장면처럼 이질적이었다. 그 순간, 나는 항구 너머 자리 잡은 거대한 객실의 날개 한 쌍을 보았다. 짙어져가는 안개 속에서 사람들이 우왕좌왕했고, 객실을 덮고 있던 가림막이 한순간에 펄럭이며 날아갔다. 가림막 아래는 으레 있을 거라 생각한 여객선의 선실이 아니라, 거대한 바위덩어리 같은 뭔가가 놓여 있었다. 기이하게 몸을 웅크린 용의 옆구리가 규칙적으로 움찔거렸다. 용의 몸은 여러 번 교차한 커다란 쇠사슬로 묶여 있었다. 그 사이로 한쪽 날개가 비집듯이 튀어나와 천천히 팔딱거리고 있었다. 그건 마치, 심장 같았다.

용은 마치 준비운동이라도 하듯이 날갯죽지를 움직이더니 이윽고 쇠사슬 한쪽을 끊어냈다. 파직, 하는 파열음과 함께 순식간에 항구가 아수라장이 됐다. 미처 끄지 못한 카메라에는 흐릿한 안개 너머 겁에 질린 사람들의 모습과 여객선이 고스란히 잡혔다. 뉴스 화면이 스튜디오의 아나운서로 바뀌기 직전, 나는 배 위로 날아가는 용의 모습을 똑똑히 봤다. 용의 다리에 묶인 쇠사슬까지도.

그날 용의 날갯짓으로 항구에 설치된 백여 개의 몽골텐트와 노점, 방송국의 기기가 부서지거나 사라졌다. 크게 다친 사람은 없었지만 제풀에 놀라 달려가다 넘어지거나 응급실에 실려가기도 했다. 저녁 뉴스에는 난리가 난 항구와 구급차, 울먹이는 사람들의 인터뷰가 번갈아 나왔다. 나는 그때까지도 내가 본 장면이 정확히 무엇이었는지, 그게 용이 맞는지 확신하지 못했다. 생전 처음 본 용의 날갯짓이 떠올라 새벽 내내 뒤척였다. 그러다가 문득, 대체 저 용을 어떻게 잡아 쇠사슬을 묶고 매달았는지가 궁금해졌다. 누가, 어떻게 그 거대한 짐승을 잡아 가둘 생각을 했을까? 용에게 물어봤나? 지금 널 잡아 멀고 먼 여행을 강제로 시키고 생전 처음 보는 곳으로 데려갈 거라고, 그렇게 말한 적이 있었을까?

4.

구름 한 점 없이 새파란 하늘 아래 끝이 없는 황야가 펼쳐져 있었다. 황야에 끝이 있을까? 그곳에 미미가 있는지 없는지 직접 보고 싶었다. 미미가 뭔가 말해주길 원했더라면, 내가 그 말에 귀를 기울였더라면 뭐가 달라졌을까? 나는 멀리 펼쳐진 산골짜기를 향해 발걸음을 내디디는 상상을 했다. 먼 산 너머 짐승 울음소리가 들리는 것 같았다. 울음소리는 점점 가까워지더니 순식간에 빠져나가는 해질녘의 썰물처럼 사라져버렸다.

창밖으로 펼쳐진 풍경은 오래전 꿈에서 본 것 같았다. 초행길이었지만 낯설다는 생각은 들지 않았다. 사방으로 펼쳐진 가파른 산 정상에는 희끄무레하게 눈이 쌓여 있었다. 눈이 내린 산봉우리는 마치 크리스마스 쿠키에 바른 아이싱처럼 햇빛 아래 반짝였다. 문득 용들도 크리스마스를 보낼지, 보낸다면 무엇을 위해 기도하는지 궁금해졌다. 기도가 오직 인간들의 영역이라는 건 잘못된 생각이다. 동물들은 자신이 할 수 있는 방식으로 스스로를 구한다. 그게 본능이든, 사회화든 방법을 가리지 않고.

생크추어리가 있는 황무지 일대는 오래전부터 사람이 살지 않았다. 가는 교통편을 구할 수 없어 고민하던 차에 국경을 지나는 한 단체를 만났다. 그들은 티베트를 경유해 러시아로 간다고 했다. 목적지를 얘기하자 단체 사람들은 근처까지 데려다주겠다고 했다. 그러면서도 거기까지 가는 차는 없다고, 이제 아무도 그곳에 가지 않는다고 말했다. 그들의 심각한 표정을 보며 나는 제대로 찾아왔다는 걸 알았다.

5.

그때, 나에겐 미르가 있었다. 동물번역기가 유행했을 즈음이었다. 손바닥보다 작은 기계에 동물의 울음이나 숨소리를 녹음하면 사람의 말로 번역한 문장이 화면에 나타났다. 열두 살이 넘은 미르는 나보다 나이가 많았다. 아주 어릴 땐 미르가 날 돌보기도 했다는데 전혀 기억나지 않는다. 미르는 하루의 대부분 자거나 약간의 사료만 먹고 으르렁댔다. 심장비대증을 앓던 미르는 녹내장으로 눈이 거의 멀었고 신장도 좋지 않았다. 나는 미르에게 뭐라고 물어봐야 할지 잘 몰랐다. 동물의 상태에 대한 지식이나 관찰 방법도 몰랐다. 나는 단지 미르의 기분을 알고 싶었다. 울음이 아니라 감정을, 상태가 아니라 말로 표현되는 마음을.

용돈을 모아 번역기를 주문하던 날이 떠오른다. 나는 택배로 주문한 번역기를 받자마자 미르에게 가져갔다. 미르야. 나는 조심스레 미르를 불렀다. 그때 미르는 노환과 투병으로 하루가 다르게 말라가고 있었다. 고작 어른 손바닥보다 조금 큰 정도였다. 나는 미르가 눈을 뜨길 기다렸다. 한참 뒤 미르는 날 보며 코를 킁킁대더니, 잇새 사이로 희미하게 으르렁거렸다. 나는 소곤거리며 말했다. 나도 반가워. 그동안 미르에게 너무 무심했다는 생각이 들었다. 잠시 후 번역기에 문장 하나가 떴다.

—날 내버려둬.

시간이 지나 번역기가 사라지고 동물언어학이 본격적으로 연구되면서 나는 동물의 말을 듣는 일에 쭉 관심을 가졌다. 관련 논문을 찾아 읽고 대학원에 갈 생각까지 했다. 그러나 몇 번의 시행착오 끝에 내가 깨달은 것은 나에게 동물언어에 대한 감각이 거의 없다는 사실이었다. 수차례 실습 끝에 나는 더 고민하는 것을 포기했다. 남은 건 내가 동물언어소통전문가가 되는 것인데, 아무리 생각해도 이번 생에서는 못할 것 같았다. 수의학은 기본이고 데이터 관련 자격증에 관련 경력, 수습 활동을 몇 년이나 해야 한다는데, 그건 그냥 사람을 뽑지 않겠다는 말 같았다.

물론 동물들은 말이 아니라 다른 표현을 통해 의사소통을 한다. 짖거나, 꼬리를 흔들거나, 가까이 다가오거나, 발톱을 세우는 등 다양한 방식으로 자신의 상황을 설명하고 알린다. 어쩌면 내 노력이 부족했을지도 모른다. 그러나 동물행동학 수업 첫 시간에 교수님은 이런 말을 했다.

"동물이 모두 사람의 말을 할 수 있다면 어떨까? 그걸 믿을 수 있겠니?"

어떤 정보가 주어진다고 해서 그것이 전부 진실일까? 나는 그 말을 온전히 해석할 수 있을까? 동물들의 말을 알기에 나는 내가 무지하다는 사실이 쓰렸고, 내가 부족하다는 사실을 받아들이기 어려웠다. 한번은 대학 동물병원의 응급센터에서 일한 적이 있었다. 도시 근교에 위치한 종합대학에는 로드킬을 당한 고라니와 노루, 날개를 다친 부엉이 등이 실려오곤 했다. 동물들은 그들의 방식이 아닌 이유로 심각한 부상을 입곤 했다. 사냥용 덫, 로드킬, 유리창 충돌, 혹은 유기. 강아지나 고양이 등 반려동물을 데리고 오는 사람도 있었다. 가끔은 처치가 큰 도움이 되지 않는 경우도 있었다. 더 이상 손쓸 수 없는 동물들에게 졸레틸과 KCL을 주사하며 나는 내가 그리 영민하지 않다는 사실을 받아들여야 했다. 나는 신중히 해석해야 하는 정보에 몰두할 열정이 없었다. 나에겐 동물과의 아침 인사보다 임상이 완료된 새로운 진통제, 동물이 태어나던 날의 기억을 공유하는 것보다 나이든 너구리의 충치를 뽑고 오래된 치석을 없애는 게 더 중요했다. 동물원에 온 이후 나는 오랫동안 잊고 있던 감정을 되찾았다. 수액을 맞고 잠이 든 동물들의 모습이 주는 안정감. 그제야 나는 병원 사무실로 돌아가 남은 일을 처리할 수 있었다. 나에겐 동물의 말을 알아들을 수 있을 능력이 없고—그건 마치 고대의 성직자처럼 선택된 존재들만 가능한 일 같았다—그럴 의지도 없었다. 다만 내가 할 수 있는 일—상태를 확인하고 적절한 약물을 처방하고 외과 처치로 병리적 원인을 제거하는—이야말로 확실하고 간단한, 인간의 영역이라는 것을 깨달았다. 그게 내가 지난 몇 년간 동물들을 돌보며 배운 진실이었다.

6.

미미의 상태는 빠르게 악화됐다. 음식을 거부하더니 이윽고 완전히 굴 안으로 들어가 나오지 않았다. 의논할 사람이라곤 오직 케이뿐이었지만 그는 미미의 상태를 주기적으로 보고하는 것 외에 평소와 다를 것 없이 행동했다. 아침 일찍 출근해 용사를 청소하고 미미의 식사를 준비한 뒤 밀린 서류 작업을 하다 퇴근을 했다. 미처 처리하지 못한 용사의 음식물쓰레기가 쌓여갈 즈음, 나는 다시 사육장을 찾았다. 용사 입구에는 이동용 카트가 아무렇게나 바닥에 쓰러져 있었다. 나는 카트를 끌고 주차 구역에 세운 뒤 다시 사육장으로 돌아왔다.

용사는 오래된 사진처럼 빛이 바래 있었다. 바닥에 깔린 잔디는 완전히 누렇게 변해버렸고 굴 입구에는 막 자라나는 덩굴이 그물처럼 입구를 막고 있었다. 물통에서 쏟아진 물이 바닥에 흥건했고, 그 위로 시커먼 개미떼가 설탕물을 따라 길게 행진하고 있었다. 새파란 열매를 맺은 나무의 이파리들은 붉게 물들어 금방이라도 타올라 사라질 것 같았다.

나는 허리춤에 찬 호출기를 한 손에 쥐고 용사 안쪽으로 들어갔다. 갑자기 위가 콕콕 쑤셨다. 사무실에 위장약이 있던가? 그즈음 공복 중에 배가 아픈 증상이 심해지고 있었다. 검사는 동물들이 아니라 내가 받아야 할 판이었다. 무슨 일이야 있겠느냐고 대수롭지 않게 생각했지만, 손바닥에 식은땀이 났다. 예기치 않은 사건은 모든 일이 끝난 뒤에 찾아오는 법이니까.

"사육사님, 계세요?"

굴 안으로 발을 들이자 남의 집에 허락도 없이 들어가는 기분이 들었다. 입사 초기 이후, 굴에 들어가는 건 처음이었다. 미미가 동물원에 자리를 잡은 이후 용사를 떠난 적 없기 때문에 나는 그곳에 들어갈 수 없었다. 생각해보면 정말 이상한 일이었다. 용이 동물원에 온 이후 날개를 쓰는 모습을 한 번도 본 적이 없다는 것이. 보정을 위해 날갯죽지 아래를 자르고 발에는 특수 합금된 쇠사슬을 달았지만, 그것만으로 충분했을까? 고작 그것들로 미미를 가둘 수 있었을까?

문득 미미 스스로 이곳에 머물길 원했던 건 아닌지, 머물러야 할 이유라도 있는지 궁금해졌다.

발소리를 죽이고 굴 안으로 들어갔다. 굴 안은 한 줌의 빛도 없이 컴컴하기만 했다. 손전등을 켜 안쪽을 비추자 불빛이 닿는 곳마다 울긋불긋한 석순과 종유석들이 줄기처럼 피어나 있었다. 흠, 하고 목을 가다듬자 목소리가 메아리치며 길게 이어졌다. 흠,

흠, 흠, 흠…… 몸의 털이 쭈뼛 곤두서는 느낌에 한기가 돌았다. 케이가 오랫동안 자리를 비우다니, 이상했다.

"사육사님, 어디……."

그때 익숙한 냄새가 코를 찔렀다. 도무지 익숙해지지 않는 썩은 양파 냄새. 냄새는 평소보다 배는 지독했다. 마치 양파로 된 통로에서 숨을 쉬는 것 같았다. 소매로 코와 입을 막고 천천히 걸음을 옮겼다. 어디선가 똑, 하고 물 떨어지는 소리가 났다. 굴은 무척 깊고 어두웠다. 나는 내가 어디로 향하는지도 모른 채 물소리를 나침반 삼아 안으로 들어갔다. 손전등이 굴의 끝을 비췄을 때, 나는 우두커니 자리에 서서 눈을 비볐다. 어떤 말도 떠오르지 않았다.

그때 팟, 하고 섬광이 번쩍이더니 이명이 들렸다. 나는 눈을 껌뻑거리며 눈앞의 빛무리를 가늠해보려 애썼다.

굴 안에는 누가 있었던 흔적이랄 것도 없이 아무것도, 아무도 없었다. 용이든 짐승이든 어떤 존재가 있었던 곳이라는 생각이 들지 않을 정도로. 바닥 곳곳에 웅덩이가 파여 있었고 그곳에서 금방이라도 뭐가 튀어나올 듯 시커멓기만 했다. 머리가 어지러웠다. 익숙한 양파 냄새는 어느새 사라져 내가 양파인지 코가 냄새에 익숙해졌는지 알 길이 없었다. 나는 잠시 혼몽한 상태로 굴 끝을 서성거리다가 발걸음을 돌려 굴을 빠져나왔다.

그때부터 무슨 일이 있었는지 정확히 기억나지 않는다. 새벽 내내 술을 마시고 겨우 집으로 돌아간 것 것처럼. 나는 카트를 타고 병원으로 돌아갔다. 보고서와 서류, 차트 정리를 마치고 퇴근한 뒤 일찍 잠에 들었다. 길고 긴 꿈을 꿨다.

꿈에서 나를 기다리던 건 아주 오랜만에 보는 미르였다. 나는 미르의 말을 알아듣는데 미르는 내 말을 알아듣지 못했다. 우리는 주말 오후의 강변을 산책하며 시간을 보냈다. 꼭 미르가 살아 있는 것 같았다. 미르가 나를 향해 꼬리를 흔들며 말했다.

— 나 이제 안 아파. 하나도.

그건 아주 익숙한 미르의 얼굴이었다. 미르의 목소리는 오래전에 죽은 누군가의 목소리와 무척 비슷했는데 나중에야 그게 돌아가신 할아버지의 목소리라는 걸 알았다. 나는 미르의 목소리가 듣고 싶어 계속해서 그를 따라갔다.


다음 날 용사를 찾았을 때 미미는 예전처럼 굴 밖으로 머리를 내놓고 심드렁하게 누워있었다. 반쯤 뜬 눈을 느리게 껌뻑거리며 나를 보더니 이내 눈을 감고 잠에 들었다. 멀리서 케이가 긴 호스를 끌어와 미미의 몸에 물을 뿌렸다. 나는 미미 곁에서 멋쩍게 서성거리다 발로 땅을 쳤다. 케이가 다가와 뭐 하냐고 물었고 나는 우물쭈물했다. 나는 미미가 아니라 나였다고, 미미에게 말하고 싶었던 건 나라는 사실을 차마 밝히지 못한 채, 별다른 인사도 없이 용사를 빠져나왔다.

7.

폐장을 앞둔 동물원은 아무도 살지 않는 숲처럼 고요하기만 했다. 전국, 아니 세계 곳곳의 동물원으로 동물들을 옮기느라 남은 동물은 열 개체 정도였다. 결국 미미만 남게 될 것이다. 그리고 비싸게 팔아 넘기겠지.

케이의 마지막 출근 날 우리는 별 말을 하지 않았다. 동물원에 남은 직원은 나와 케이뿐이었다. 이제 나밖에 남지 않겠지. 그리고 남은 동물들과도 헤어질 터였다.

이제 어디로 가세요? 케이는 내 말에 대답하지 않았다. 그에겐 퇴사나 퇴근이나 별다를 바 없어 보였다. 나는 마지막이니 악수라도 하자고 말하려다 그만두었다. 케이의 충혈된 흰자위가 그날따라 더욱 선명했다. 케이는 미미가 있는 곳을 향해 고개를 한번 돌리고는 나에게 고개를 숙여 인사했다. 그건 마치 묵념같았다. 나는 케이에게 물었다.

"그때, 그건 뭐였을까요?"

"뭐가요?"

나는 비어 있던 굴에 대해 말했다. 거기 미미가 없었어요. 아무것도요. 케이는 알 듯 말 듯한 표정을 짓더니 이내 희미하게 웃었다. 처음 보는 케이의 표정이었다.

"환영이요. 보호색이에요."

"용한테 그런 게 있어요?"

케이는 뭘 그런 바보 같은 질문이 다 있냐는 표정으로 말했다.

"그럼요. 더한 것도 할걸요."

뭘요. 그게 뭔데요. 그게 케이와의 마지막이었다. 그 후 지금까지도 케이의 소식을 들은 적이 없다. 케이는 동물원이 문을 닫을 때까지 미미를 보러 오지 않았다.


8.


아침 일찍 출발한 차는 정오가 지나 생크추어리에 도착했다. 가는 길에 종아리에 가볍게 쥐가 났다. 발가락에 힘을 줬다 풀며 창밖으로 펼쳐진 낯선 풍경을 눈에 담았다. 사람들은 그곳에 아무것도 없을 거라고 했지만, 그건 사실이 아니었다. 건물을 올리지 않은 넓은 땅, 농사를 짓지도 사람이 살지도 않는 대지가 그곳에 있었다. 풀이 아니라 잘게 부서진 돌멩이가, 꽃이 만발한 풍경이 아니라 회색과 빛바랜 이파리 색의 창백함으로 이루어진 전혀 다른 세계가 생크추어리 일대를 둘러싸고 있었다.

혹시 덜 자란 용을 발견하거나 도움이 필요하면 연락하라고 차에 탄 누군가가 말했다. 운이 좋으면 부자가 될 수도 있어요. 나는 의외라는 듯 물었다. 조수석에 앉아 있던 단체의 간부가 말했다.

모르셨어요? 엄청 비싸게 팔려요.

뭐가요?

알이요.

보이면 우선 확보해야 해요. 우리가 먼저. 나는 간부의 말을 잠자코 들었다. 그들이 무슨 이유로 국경을 넘어 다른 나라로 가는지 물어본 적 없다는 것을 그제서야 깨달았다. 이윽고 황무지 앞에 나를 내려주고 차는 곧바로 떠났다. 나는 속으로 묻지 못했던 말들—뭘 보호하는데요? 왜요? 누가 누굴 보호한다는 거예요?—을 곱씹으며 생크추어리를 향해 걸음을 옮겼다.

생크추어리의 입구에는 용이 그려진 표말이 세워져 있었다. 여기서부턴 함부로 들어오면 안 된다고, 용은 당신을 해치지 않지만 보호하지도 않는다는 주의사항이 대문짝만 하게 적혀 있었다.

황무지에는 사람이 살지 않는다고 알려졌지만 그건 사실과 다르다. 생크추어리 곳곳에는 엉성하게 세운 움막과 텐트가 설치돼 사람들이 오가고 있었다. 모두 용을 보기 위해 모인 사람들이었다. 나는 봉사자들이 세운 간이 보호소 안으로 들어갔다. 그들은 묻지도 않고 나에게 휴대용 침낭과 물, 크래커를 줬다. 고갯짓으로 가리킨 곳에는 나처럼 세계 각지에서 온 여행자들이 들뜬 표정으로 모여 앉아 있었다.

너도 용을 보러 왔니?

나는 그렇다고 대답했다. 곧 도착할 것 같다고 누군가 말했다. 어젯밤부터 날개를 퍼덕이는 소리가 들린다고, 근처에 용 무리가 있는 것 같다고 했다. 나는 물을 마시며 그들의 말에 귀기울였다. 온갖 언어가 섞인 캠프장에는 다양한 연령과 인종, 성별뿐 아니라 어린아이, 개와 고양이가 돌아다녔다. 괜찮은 거야? 나는 불에 구운 마시멜로우를 건네준 누군가에게 물었다. 저렇게 마음대로 돌아다녀도 괜찮냐고, 여기가 그런 데냐고.

다들 원해서 있는 거니까, 괜찮아.

나는 그들이 스스로 그곳에 있길 원한다는 건지, 용이 그들을 원한다는 건지 헷갈렸다. 사람들은 언제나 자신이 원하는 곳을 막무가내로 돌아다니기 마련이지만 용이 사는 황무지에 단체로 쳐들어와 신나게 떠드는 모습은 생소한 풍경이었다. 그곳에는 축제의 전야제처럼 삼삼오오 모여 음식을 먹고 술을 마시며 흥에 겨운 사람들이 가득했다. 마치 백여 년 전 유럽 어딘가에서 열렸다는 음악 페스티벌의 활동사진처럼.

잠시 후 천막이 흔들리는 소리와 함께 강한 바람이 불었다. 곳곳에 피어올랐던 모닥불들이 순식간에 꺼지고 크래커 봉지가 허공에 날렸다. 아이들이 소리쳤고 사람들이 짐을 싸 보호소 앞으로 달려갔다. 나는 사람들 사이에 끼어 어디가 어디인지도 모른 채, 무작정 그들을 따라갔다.

용이다!

누군가 하늘을 보면서 소리쳤고 사람들이 일제히 고개를 돌려 탄성을 질렀다. 끝없이 펼쳐진 산등성이 너머 한 마리의 용이 커다란 날개를 펼쳐 날아오고 있었다. 그 주위로 선두보다 작은 세 마리의 용이 사각형의 대형을 이뤄 쫓아왔다. 오래전 사라졌다고 알려진 아메리칸테일드래곤이었다. 영상으로만 봤던 멸종된 개체를 직접 보고 있었지만, 도무지 실감이 나지 않았다.

케이가 떠난 다음 날, 미미는 굴에서 나왔다. 두 발로 땅을 디디고 거대한 몸을 일으켜 하늘을 올려다보는 거대한 용의 모습은 카메라 테스트를 받는 노련한 배우처럼 망설임이 없었다. 지진같은 울림이 한적한 동물원 안을 흔들었다. 나는 카트를 타고 용사로 달려갔다. 카트의 최대 속도는 50킬로를 넘지 않았다. 제발, 좀. 그 와중에 남아 있는 동물들이 흥분해 날뛰는 소리까지 동물원 안에 가득했다. 늙은 맹수의 울음소리와 흥분한 원숭이들이 피우는 소란이 돔 천장에 닿아 징징대며 울렸다.

미미가 거대한 꼬리를 휘두르자 굴로 이어진 용사 입구가 부서졌다. 나는 카트에서 내려 용사를 둘러싼 유리문 밖에서 소리쳤다. 미미야! 하지 마! 그러지 마! 미미는 고개를 흔들며 뚜레질을 하더니 이윽고 바닥에 침을 뱉었다. 용사 한가운데 간이 화장실만 한 염산 샘이 고였다. 바닥이 녹아 고약한 냄새와 함께 연기가 피어올랐다. 이윽고 미미가 날개를 퍼덕이더니 동물원 상공을 향해 날아올랐다. 미미야! 미미가 내 말에 반응하지 않으리란 걸 알면서도 나는 소리치는 걸 멈추지 못했다.

"이대로 가지 마! 제발!"

미미는 고갯짓 한 번으로 돔에 금을 내더니 거대한 꼬리를 휘둘러 투명한 유리천장을 부숴버렸다. 부서진 돔은 수천만개의 작은 유리조각으로 나뉘어 텅 빈 동물사 위로 떨어졌다. 그건 마치 반짝이는 눈송이 같았다. 동물원을 완전히 빠져나가기 직전에 미미가 고개를 돌려 폐허가 된 용사를 바라봤다. 그러고는 나를 향해 알듯 말듯한 표정을 짓고는 순식간에 먼 하늘로 날아갔다. 이윽고 미미의 모습이 점처럼 작아지더니 완전히 눈앞에서 사라졌다.


오랫동안 황무지에 머문 사람들의 몸에서는 고약한 냄새가 났다. 나는 깊게 숨을 들이마시며 하늘에서 시선을 떼지 못했다. 문득 그곳 어딘가에 케이가 있을 것만 같다는 생각이 들었다. 그도 지금 이곳에서 용을 보고 있을까? 그러지 않을지도 모르지만, 왠지 그럴 것만 같았다. 나는 떨리는 손에 힘을 주고 주먹을 꽉 쥐었다. 머리가 완전히 세어버린 케이도 나처럼 숨이 가쁠까? 그때 미미가 나를 향해 지었던 표정은 뭐였을까. 혹시 하고 싶은 말이 있었던 건 아닐까? 나는 미미와 어떤 식의 이야기를 시도해본 적이 없었다. 그게 가능할 거라고 생각한 적도 없었다. 그렇지만 케이는 어떻게 미미의 모든 걸 알 수 있었을까. 나는 모르고 케이는 아는 것. 미미는 할 수 있지만 나는 하지 않는 것. 나는 미미에게 묻고 싶었던 말을 천천히 곱씹으며 사람들과 함께 조금씩 앞으로 나아갔다.

염

차남이 온 건 시신이 도착하고 세 시간쯤 지난 후였다. 라디오에서는 휴가가 끝나고 부대로 돌아가지 않은 병사에 대한 속보가 오후 내내 흘러나왔다. 비가 올 거라는 일기예보는 없었다. 잘 라놓은 삼베에서 비린내가 났다. 태풍전야의 고요한 풍경이 창밖에 펼쳐져 있었다.

나는 라디오의 볼륨을 줄이고 창틀의 먼지를 손으로 닦아냈다. 회색 가루가 손가락에 묻어났다. 작업실은 유리로 된 가벽을 사이에 두고 참관실과 나뉘어 있었다. 바닥에 앉아 벽에 머리를 기대자마자 잠이 쏟아졌다. 몽롱한 기분에 휩싸여 나는 참관실의 문을 열고 들어오는 첫 번째 사람이 누구든 친절히 대해줘야겠다고 생각했다.

라디오는 아버지가 듣기에 적당한 볼륨이었다.

뉴스와 일기예보는 하루에 세 번, 아니 새벽까지 합치면 더 많이 다른 목소리로 반복됐다. 빈소의 울음과 창밖의 흥얼거림, 아나운서의 건조한 목소리는 적막한 작업실을 채우기에 충분한 소음이었다. 나는 아버지와 대화를 거의 하지 않았고 라디오에서 흘러나오는 목소리는 적적함을 견디기에 충분했다.

아버지가 노인의 집에 갔을 때 그는 이미 죽어 있었다. 노인의 집은 동네로부터 3킬로미터 이상 떨어진 외딴곳에 있었다. 노인은 아버지의 오랜 친구였는데, 나는 둘의 인연이 시작된 1950년 즈음의 어느 날에 대해 생각하다가 구체적으로 떠올리는 걸 포기한 적이 있었다. 아득한 인연을 상상하는 것은 언제나 어려웠고 50년대, 소년들, 소학교, 전쟁, 가난, 시골, 아이들 따위의 풍경은 남의 머릿속을 들여다보는 것처럼 까마득했다. 생각하다, 떠올리다, 구상하다라는 말보다 만지다, 보다, 빨다, 맛보다 같은 단어들이 나에게는 훨씬 아군처럼 느껴졌다.

채널이 고정된 라디오는 하루 종일 울어대는 문조처럼 꺼지지 않은 채 작업실 구석에 놓여 있었다.

시신을 닦을 천과 자른 삼베가 작업실 구석에 쌓여 있었다. 아버지는 하나뿐인 전우를 잃은 전차 안의 군인처럼 슬퍼했다.

노인의 몸을 닦으며 아버지는 말이 없었다. 아버지의 얼굴은 죽은 노인만큼 딱딱하고 별 표정이 없었다.

노인의 두 아들은 도시에 살고 있었다.

아버지가 방문을 열었을 때 노인은 숟가락을 들고 밥상 옆에 딱딱하게 굳어 있었다고 했다. 노인의 다리는 소반처럼 접혀 있었고 염을 위해서는 관절을 부러뜨릴 수밖에 없었다. 사망선고를 한 의사가 장남과 통화하는 사이 아버지는 응급실에서 기절했다. 스트레스성 쇼크라고 했다. 나는 잠든 아버지 곁에 앉아 무심하게 늙어버린 얼굴을 바라보았다. 아버지는 잠결에 향나무, 향나무를 베라고 말했다. 나는 이내 향탕수를 떠올렸지만 일을 시작한 이후 그것을 쓴 적은 한 번도 없었다.

어디서요?

나는 잠든 아버지에게 물었다. 아버지는 대답하지 않았다. 병원 텔레비전에서 헌병을 태운 장갑차가 도시 곳곳을 달리는 모습이 나왔다. 정수기 앞에 선 남자가 종이컵 가득 물을 받으며 말했다.

미친놈, 왜 안 들어가서 부모 속을 썩이고 지랄이여, 지랄이.

종이컵을 든 남자의 손이 흘러넘친 물로 축축했다. 잠시 후 바닥으로 떨어진 물이 자그마한 웅덩이를 만들었다. 빈소 밖에서 사이렌이 울렸다. 멀리서 나는 소리였다.

염

작업실로 돌아왔을 때 장남이 도착해 있었다.

오랜만일세. 수척한 얼굴로 아버지가 장남의 손을 잡았다. 수액을 맞은 아버지의 손등 위로 푸른 멍이 나 있었다. 장남의 얼굴도 만만치 않게 핼쑥했다. 고인과 비슷한 얼굴은 낯빛마저 닮아 창백했고 흰 곱슬머리가 성성했지만, 어깨에는 비듬과 먼지가 내려앉아 있었다.

너 왔다는 얘기 들었는데. 오랜만이다.

장남이 나를 보며 말했다. 온 지 좀 됐어요. 나는 건성으로 대답했다. 안치실은 지하 1층이었다.

병원에서 선고받자마자 이리로 왔어. 내가 확인하고 임시로 모셨네.

잘하셨어요. 고맙습니다.

둘째는 언제 오나?

곧 온대요.

안치실에서 노인을 확인한 장남이 아버지의 손을 잡고 고개를 숙였다. 둘은 한동안 말이 없었다. 나는 노인의 시체를 염습실로 옮겼다. 장남이 참관실에서 눈물을 터트렸고 아버지는 안치실 구석에 앉아 차트를 바라보았다. 정오가 지났지만 밖은 이른 아침처럼 어둑어둑했다. 하늘에는 짙은 회색 구름이 가득했지만 비는 내리지 않았다.

장남이 지켜보는 가운데 염습이 시작됐다. 참관인은 장남과 동네 사람 두어 명이 전부였다. 나는 노인의 얼굴에 난 자잘한 상처와 검버섯을 바라봤다. 눈썹 위로 새끼손가락만 한 자상이 있었다. 누가 칠한 것도 아닌데 상처는 어린아이의 볼처럼 붉고 도톰했다. 나는 고개를 숙여 상처의 냄새를 맡아보았다. 내장이 썩기 시작한 시체에서는 비린내같은 수상한 냄새가 풍겼다. 시신을 사이에 두고 바라본 아버지는 조금 화난 얼굴이었다. 눈을 감은 노인은 평온한 표정이었다. 노인의 창백하고 주름진 얼굴 위로 울긋불긋한 검버섯이 도드라졌고 푸른 입술은 마치 간절히 할 말이 있는 것처럼 조금 열려 있었다. 숱이 거의 없는 눈썹 아래 눈두덩이 크고 넓었다. 영정사진 속 노인의 눈에는 눈꺼풀 아래 미처 숨기지 못한 괴팍함이 깃들어 있었고, 나는 그것이 아버지와 퍽 닮았다는 것을 잠시 후 깨달았다.

참관실의 문이 열린 건 그때였다. 홀쭉한 볼을 가진 중년 남자가 들어왔다. 장남이 말없이 자신의 옆자리를 손으로 가리켰다. 차남은 장남과 달리 체격이 마르고 어딘가 정돈되지 않은 분위기를 풍겼다. 죽은 노인이 아닌 외가 쪽을 닮은 것 같았다. 차남은 손에 든 구형 폴더폰을 만지작거리며 홀쩍였다. 구겨진 바지 아래 드러난 털이 꼭 노인의 눈썹처럼 희미했다.

그럼 시작하겠습니다.

아버지와 나는 참관실을 향해 인사한 뒤 시신을 사이에 두고 마주 보았다. 탁자 위에는 천과 수건, 솜과 빗이 놓여 있었다. 전라의 시신을 덮은 무명천 아래 아버지가 손을 넣었다. 소독약이 묻은 헝겊으로 시신을 닦는 아버지의 손은 어느 때보다도 느리고 신중했다. 한 순서를 끝내고 다음 순서로 넘어갈 때마다 아버지는 시신을 향해 고개를 숙여 짧게 묵념했다. 이윽고 시신의 머리맡에 선 아버지가 빗으로 노인의 머리를 빗었다.

시신을 닦을 때는 헝겊을 아끼지 말아라.

처음 아버지에게 염습을 배울 때 들은 말이었다. 한 번 사용한 헝겊은 바로 버리지 않고 한데 모아두었다가 유품과 함께 태우거나 땅에 묻었다.

향나무와 쑥으로 우린 물을 써야 하는데 요즘엔 그냥 알코올 솜으로 닦는다.

그렇게 말하는 아버지의 표정에서는 이별을 겪는 사람의 안타까움이 묻어났다. 향나무와 쑥물이 든 빗. 나도 언젠가 그런 걸 쓰게 될까. 아버지는 노인의 머리맡에 떨어진 머리카락을 조심스럽게 떼어냈다. 머리카락과 손톱, 살비듬을 모은 면보를 묶고 아버지는 시신의 샅으로 손을 넣었다. 참관실에 앉은 두 아들이 고장 난 라디오처럼 흐느꼈다. 흐느낌은 이어졌다가 끊어졌다가 다시 반복되었다. 마치 끝없이 이어지는 라디오의 근현대사 드라마 같았고 나는 어느새 그 소리에 귀를 기울이고 있었다.

이제 이승에서 보는 고인의 마지막 모습입니다.

아버지는 아들들을 작업실로 불러 일렀다. 두 아들이 울음을 터트리며 노인의 몸을 쓰다듬었다. 슬며시 잡아본 노인의 발목이 금방이라도 부러질 것처럼 가냘팠다.

쌍, 쌍. 차남이 주먹 쥔 손으로 얼굴을 훔치며 뇌까렸다. 욕설은 처마 아래 빗소리처럼 고요한 공간에 떨어졌다. 흥분과 두려움으로 달아오른 차남의 얼굴은 장남에 비하면 건강해 보일 정도였다. 흐느낌을 그치고 자신의 죽은 아버지를 바라보는 장남의 표정은 숱하게 본 상주들의 얼굴과 비슷하게 고달파 보였다. 나는 문득 그의 손을 잡아주고 싶다는 생각이 들었다. 아버지는 병원에서처럼 여전히 창백한 얼굴이었지만 평소처럼 아무 감정도 읽히지 않는 표정으로 멀찍이 서서 작업대 어딘가를 바라봤다.

노인의 빈소가 꾸려지고 난 뒤 아버지와 나는 식장 앞에서 담배를 피웠다. 희미한 탄내가 났다. 화장터에서 피어오른 연기가 건물 주변을 메우고 있었다.

어린아이 둘이 나뭇가지를 들고 개를 쫓아 달렸다. 새끼를 밴 개는 아이들을 피할 만큼 재빠르지 않았고 나뭇가지의 위협을 알아챌 만큼 영민하지 않았다.

담배를 피우던 젊은 사람 서넛이 침을 뱉고 식장 안으로 들어갔다. 빈소가 꾸려진 날에는 소각로 앞에 담배꽁초가 무덤처럼 쌓였다. 노인의 빈소를 찾는 조문객들은 끊이지 않았다. 대절한 버스를 타고 온 해병전우회 사람들로 식장이 어수선했다. 모두 처음 보는 얼굴들이었다.

발인이 끝난 출상 행렬이 장례식장을 벗어나고 있었다. 영정을 든 여자의 배가 불룩했다. 장지는 동네를 둘러싼 수많은 선산 중 하나였다. 상여가 논길을 가로질렀다. 개와 아이들이 갓길에 서서 행렬을 바라보았다. 그때 장갑차 한 대가 장례식장 앞에 도착했다. 잠시 후 군인들이 차에서 내렸다. 선글라스를 낀 헌병들이었다. 그들은 재빠르게 식장 안으로 들어왔다. 방문객들의 소란 위로 군화 소리가 요란했다. 로비에 선 헌병들을 바라보며 아버지가 담뱃재를 떨어뜨렸다. 선글라스를 낀 무표정한 얼굴들이 식장 안을 둘러보았다. 아이들은 개의 뒷덜미와 등을 쓰다듬었고 개는 이제 바닥에 배를 붙이고 완전히 엎드려 있었다. 머릿속에서 누군가 복종, 복종이라고 떠들었다.

무슨 일이시오? 아버지가 담배를 끄고 헌병에게 물었다. 무리에서 대장으로 보이는 남자가 아버지에게 사진을 건네며 물었다. 그건 오전 내내 라디오에서 찾던 미복귀 병사의 얼굴이었다. 아버지는 본 적 없는 얼굴이라고 말했다. 남자의 얼굴을 자세히 확인하기도 전에 군인은 도로 사진을 집어넣었다. 아버지의 대답에 헌병은 입을 다물었고 이내 선글라스를 추켜올리며 수상한 자가 보이면 바로 신고해달라고 말했다. 바닥에 누워 있던 개가 일어나 개가 꼬리를 흔들며 장갑차 주위를 알짱거렸다.

멀어지는 장갑차를 바라보며 아버지가 흰 가운의 소매를 털었다. 잠시 후 아버지는 건물 주변을 돌며 소금을 뿌렸다. 부른 배를 끌고 다가온 개가 바닥에 떨어진 소금을 핥았다. 주둥이 주변에 묻은 흰 가루가 소금인지 담뱃재인지 알 수 없었다. 집에 돌아온 지 한 계절이 지나 있었다.

몇 달 전 집으로 돌아왔을 때 아버지는 곤약 한 봉지와 새끼줄을 건넸다. 그건 아버지 나름의 환영 인사였다. 나는 새끼줄을 창문에 매달고 커튼처럼 흔들리는 풍경을 바라보았다. 무슨 살을 막는 밧줄이라는데, 자세히 묻지는 않았다. 아버지에게는 많은 신념이 있었고 그만큼 많은 풍문을 믿으며 살고 있었다. 아버지에게 내가 신념인지 풍문인지 물어본 적은 없었다.

창문을 열면 새끼줄에 매달린 얇은 종이와 말린 나뭇가지가 서걱거렸다. 길게 늘어뜨린 부적에서는 빈소에서 쓰는 향내가 났다. 거실 천장과 현관문에서는 은은한 유약 향이 났고 그것은 아버지의 몸에서 나던 냄새와 비슷했다. 냄새가 밴 방에 누워 천장을 바라보다 잠을 자면 쉴 없는 악몽에 시달렸다. 한밤중 잠에서 깨 물끄러미 집 안을 둘러보면 벽에 붙은 부적에서 노르스름하게 빛이 났다. 창밖에서 우는 취객과 주정뱅이의 흐느낌이 밤의 고요를 부숴댔고 숙면은 이미 먼 곳에 있었다. 중국산 곤약을 다 먹을 때까지 나는 집 밖으로 나가지 않으려 했다. 눈을 떠보면 낯익은 동네 어딘가에서 길을 헤매고 있었다. 아마 꿈속이었을 것이다. 그즈음 나에게 악몽이 아닌 것은 계획 없이 시작된 야행뿐이었다. 나는 그게 다 부적 때문이라고 생각했다. 새벽 공기를 맡고 잠에서 깨면 내가 풍문이 되어 있는 느낌에 사로잡혔다. 그건 나쁘지 않은 악몽이었다.

집을 나서면 관리원이 사는 트레일러의 불빛이 보였다. 마을을 둘러싼 산등성이의 능선은 밤하늘에 섞여 보이지 않았다. 농업용수 탱크가 늘어선 외곽에는 격납고로 쓰던 창고가 남아 있었다. 창고의 돔 외벽에는 오래전 그린 벽화의 흔적이 흉물스럽게 방치되어 있었다. 꽃과 나비, 웃는 소년의 얼굴과 소녀의 볼 위로 녹아내린 페인트와 녹물이 눈물처럼 녹아 있었고 그것들 뒤로 펼쳐진 넓은 밭은 끝이 없어 보였다. 페트병과 헤진 모자를 쓴 허수아비처럼 격납고는 동네 어디서나 눈에 띄었다.

불 꺼진 구멍가게를 지나 가로등 하나 없는 비포장도로를 걷다 보면 장례식장의 검은 개가 꼬리를 흔들며 따라왔다. 동네를 떠난 사람들은 죽어야만 돌아왔다. 나는 아직 살아 있었다.

문 닫은 재래시장 안으로 들어가자 천막으로 둘러싼 가판과 여기저기 쌓인 상자들이 보였다. 골목에서 희미한 노랫소리가 들렸다. 시장 안에는 미처 다 가보지 않은 수많은 골목이 숨겨져 있었고 그것들은 마치 비밀스러운 기지 같았다. 건물과 건물 사이에 난 샛길에서는 지린내가 났다. 나는 몇 개의 불 켜진 술집 주위를 맴돌았다. 코끝에 맴돌던 소독약과 향내가 사라지고 토사물과 술, 화장품과 뜨거운 입김 냄새를 향해 걸음을 옮겼다. 보라색 시트지를 붙인 술집의 이름은 아가페, 목련, 안나……였고 불투명한 검은 유리 너머 신음인지 노래인지 모를 소리가 새어 나왔다.

나는 가로등 아래 서서 취한 남자를 지켜봤다. 담장에 등을 기댄 마른 몸이 자꾸 무너졌다. 얼마 뒤 남자는 골목 바닥에 고꾸라져 토를 했고 그의 토악질 소리가 컴컴한 골목에 울렸다. 희미한 노랫소리에 개 짖는 소리와 누군가의 흐느낌이 섞여 있었다.

골목 반대편에서 군모를 쓴 군인을 발견한 건 그때였다. 시장 입구의 철문이 끼익거리며 거칠게 닫혔다. 군인이 토하는 남자를 발견하고 자리에 멈춰 섰다. 나는 골목 안쪽에 서서 조용히 그들을 지켜봤다. 남자는 담장을 짚고 일어서려다 도로 넘어지더니 욕지거리를 하며 바닥에 침을 뱉었다. 군인은 남자 앞에 서서 자신의 바짓가랑이를 잡는 남자의 손을 바라보았다. 남자가 고개를 들고 다시 가래를 뱉었다. 희미했던 노랫소리가 점점 커지고 어디선가 남자와 여자가 깔깔대며 웃었다.

염                                                                                                    233

군인은 남자를 일으키고 골목 저편으로 함께 걸어갔다. 멀리 군부대의 깃발이 펄럭였고 초소의 불빛이 반짝거렸다. 컴컴한 능선 앞에 덩그러니 놓인 부대는 조용한 분교처럼 아늑해 보였다. 나는 고개를 돌려 낯익은 풍경을 눈으로 좇았다. 장례식장으로 돌아가기까지 10여 분, 그러나 한없이 돌아가고자 한다면 더 걸릴 수도 있는 그런 거리였다.

노인의 두 아들이 싸우기 시작한 건 빈소가 꾸려진 저녁때였다.

빈소는 북적였고 아버지는 별 다른 말 없이 사택과 빈소를 오가며 상주의 시중을 들었다. 매장과 화장을 두고 아들들의 목소리가 커졌고 죽은 노인의 집과 땅을 두고 소란이 일었다. 아들들은 도시로 떠난 뒤 1년에 두어 번 찾아오는 것이 전부였고 노인은 종종 아버지에게 자식 흉을 봤다.

키워봤자 소용없지, 저 혼자 큰 줄 알지.

빈 막걸리 병이 구르는 방 안에서 두 노인이 잔을 튕기는 풍경은 집으로 내려온 뒤 종종 보던 장면 중 하나였다. 유족들은 자주 아버지를 찾았지만 아버지가 찾는 건 장례식장엔 없었다. 베어낸 나뭇가지와 잃어버린 부적, 치성용 공물이 든 상자를 아버지는 끔찍이 아꼈다. 노인은 아버지의 상자를 아는 유일한 외부인이었지만 자신 외에는 관심이 없었기 때문에 둘은 친하게 지낼 수 있었다. 그게 내가 아는 노인에 대한 거의 모든 것이었다.

차남의 주장대로 화장으로 결정한 후 장남은 반나절 동안 보이지 않았다. 화장 직전에 가까스로 모인 유족들을 데리고 아버지는 화장터 앞으로 갔다. 관리인이 아버지와 함께 제를 올렸다. 잠시 후 전기로가 켜지자 곡소리를 내던 유족들이 하나둘 자리를 떴다. 처음부터 자리를 지키던 사람도 있었고 늦게 도착한 사람도 있었다. 화로에 불이 켜진 지 한 시간이 지났을 즈음 문이 열렸다. 마스크를 쓴 관리인이 아들들을 바라보며 다가오라고 손짓했다. 차남이 화로를 향해 소리쳤다.

빨리 나오세요. 어머니!

다급한 초혼이 이어지고 난 뒤 관리인이 도로 작업실로 들어갔다. 잠시 후 화로 안은 비어 있었다. 상조회사의 광고지가 바닥에 쌓여 있었다. 관리인은 면포를 펼치고 그 위에 노인의 유골을 부었다. 새까맣게 탄 살덩어리와 재가 한데 섞여 있었다. 젓가락으로 뼈를 수습한 지 오 분 정도 지나자 아버지가 작업실 창의 블라인드를 내렸다. 수습한 뼈를 절구에 넣어 빻은 후 납골용 분쇄기에 넣자 노인은 완전히 재가 됐다. 아버지가 남은 살점과 재를 면포에 넣었다. 소각로 앞에서 아버지는 말이 없었다. 연기 냄새를 맡은 까마귀가 건물 주위로 맴을 돌며 날았다.

노인의 집은 많은 곳이 허물어져 있었다. 일전에 인부들이 손으로 허문 담장과 서까래가 버려진 세간과 함께 마당에 뒹굴었다. 양식으로 어설프게 개조하다 만 한옥의 거실 위로 철골과 나무판자가 비스듬히 얽혀 지붕을 지탱하고 있었다. 대각선으로 세워진 낡은 서까래가 마지막 남은 기둥이었다. 밖으로 난 부엌과 방 두 칸이 전부인 그 집은 마치 무덤처럼 완벽해 보였다. 용케 부서지지 않은 댓돌 위에 발을 올리고 마루에 앉자 평지로 이루어진 동네가 한눈에 들어왔다. 장례식장에서 나온 연기가 둥그렇게 움츠린 격납고를 향해 흘러갔다. 멀리 부대의 호루라기 소리가 들렸다. 헌병들이 탄 차가 부대를 빠져나와 마을을 벗어나고 있었다. 나는 신발을 신은 채 폐가 안으로 들어갔다. 축축한 집 안에서는 곰팡이와 썩은 짐승 냄새가 났고 어쩐 일인지 나는 불현듯 잠이 쏟아졌다.

눈을 떴을 때 등이 땀으로 축축했다. 밖은 어두웠다. 젖은 옷에서 나는 퀴퀴한 냄새가 코를 찔렀다. 찌뿌둥한 몸을 일으키자 버스럭거리며 옷가지 스치는 소리가 났다. 고개를 들었을 때 방 안에 앉아 나를 바라보는 한 남자와 눈이 마주쳤다. 남자는 눈에 익은 군복을 입고 있었다. 깊은 피로와 경계심이 잔뜩 피어오른 얼굴이 어디서 본 듯 낯익었다. 낮에 헌병들이 가져온 사진 속 남자인지는 알 수 없었다. 그에게서 술과 땀, 유약이 섞인 설명할 수 없는 냄새가 났다.

나는 천천히 몸을 일으켜 그를 쳐다봤다. 젖은 흙과 풀냄새가 작은 방 안에 가득했다. 가까이서 본 군인은 생각보다 왜소했다. 바닥에 앉아 있지만 제대로 서면 나만큼이나 할까. 문득 그가 바로 선 모습이 궁금했다. 잠시간 우리는 말없이 서로를 바라보았다. 서로에게 악의나 살의가 없다는 건 말하지 않아도 알 수 있었다. 막 잠에서 깬 나와 피곤에 찌든 군인의 얼굴은 비슷한 무늬를 띄고 있었다. 곧이어 나는 우리가 있는 방 안이 꿈속의 한 장면, 오랫동안 내가 보고 싶던 그 장면이라는 것을 알았다. 나는 고개를 들고 남자의 얼굴을 유심히 바라보았다. 불이 꺼진 방 안에서 그늘진 그의 얼굴은 자세히 보이지 않았다.

군인을 향해 팔을 뻗으면 그의 어깨에 닿을까. 나는 궁금했지만 움직이지 않았다. 그건 군인 또한 마찬가지였다. 그가 어둠 속에서 빛나는 눈으로 말없이 나를 응시했다. 무슨 일이 일어나면 좋을까. 그러나 나의 상상은 거기까지였다. 우리에게 다음을 기약할 충동은 없었다. 그러기엔 둘 다 몹시 피곤했다. 잠시 후 군인이 자리에서 일어나 방문을 열고 밖으로 나갔다. 남겨진 근조화처럼 나는 버석거리는 기분에 두어 번 눈을 깜빡였다.

문밖에서 새어 들어오는 가로등 빛에 방바닥에 흐트러진 발자국이 드러났다. 발자국은 방 안을 서성였던 흔적 그대로 남아 있었다. 마른 먼지와 돌조각이 섞인 동네 어귀의 흔적이 아닌, 깊은 산속에서 나는 짙은 흙냄새가 방 안에 진동했다. 냄새는 낯설고 깊었다.

밖으로 나가자 캄캄했던 사위가 점점 밝아오고 있었다. 골목에는 개미 새끼 한 마리 보이지 않았다. 나는 자리에서 일어나 집으로 걸어갔다. 장례식장 입구에서 개를 만났으나 그것이 꿈인지 현실인지 분간하지는 못했다. 창문에 단 새끼줄이 흔들렸고 노인의 집에서 맡은 흙냄새가 나는 것 같단 기분이 들었을 즈음 나는 다시 잠에 빠졌다.


호루라기 소리는 근처 연병장에서 시작됐다. 아버지는 새벽다섯 시면 일어나 장례식장 주변을 돌며 비질을 했다. 한 무리의 남자들이 숫자를 복창했고 발걸음에 맞춰 흔들리는 군화 소리가 들렸다.

서걱서걱, 무언가 자르는 것 같은 비질 소리가 일출 직전의 장례식장 주변에 퍼져나갔다.

부대의 훈련 소리를 들으며 발인이 시작되었다. 죽음과 징집은 막무가내로 닥친다는 점에서 비슷한 구석이 있었다. 그러나 이내 입대에 대한 불신과 분노가 순간적인 의문을 가볍게 몰아버렸다.

물끄러미 부대를 쳐다보고 있으면 호루라기 소리가 사라지고 아침이 찾아왔다. 불 꺼진 화장터 너머 희미하게 연기가 피어올랐다. 밤새 화장터에서 태우던 무연고자 시신의 흔적이었다. 화장터의 관리인은 냄새만으로 시신의 타는 정도를 알아냈고 후각이 개처럼 뛰어났다. 시신 타는 냄새와 빈소의 향내가 섞인 관리인의 향은 무언가를 가리기 위해 태우는 것일지도 몰랐다. 냄새와 슬픔, 일부러 간직하기 싫은 것들을 숨기기 위해서인지도. 체취는 멀리서도 맡을 수 있을 정도였다. 사람들이 죽는 이유는 다양했지만 몸이 타는 냄새는 모두가 똑같았다.

캄캄했던 사위가 푸르게 바뀌고 있었다. 킁킁거리며 바닥을 핥던 개가 돌연 컹컹거리며 부대를 향해 으르렁거렸다. 개의 목덜미를 쓰다듬자 털이 빠진 정수리가 보였다. 마른 몸 아래 단단한 뼈가 도드라졌다. 떨리는 개의 몸에 가만히 손을 가져다 댔다. 화장을 한 날이면 개는 관리인을 찾아오지 않았다. 작업을 끝낸 관리인에게서는 지울 수 없는 탄내가 났다.

아버지는 매달 구청에서 보내는 무연고 시신을 처리하느라 분주했다. 대개 신원확인이 안 된 자들이었다. 거리에서 비명횡사한 노숙자이거나 온몸에 문신을 하고 칼에 찔려 죽은 폭력배, 간혹 외국인도 있었다. 시신은 일주일간 병원 영안실에 안치되다가 유족이 찾지 않으면 장례식장으로 보내졌다. 화장을 하거나 무연고자 묘지에 매장하도록 되어 있었는데, 거의 화장이었다.

안치된 시신의 몸을 닦으며 아버지는 고인의 이름을 나지막이 중얼거리고는 했다. 부를 이름이 없는 자의 몸을 아버지는 좀처럼 반기지 않았다. 나는 라디오의 볼륨을 높였다. 무장한, 군부대, 인근, 주의, 경비 등의 단어가 낡은 라디오의 노이즈에 섞여 들렸다.

딱 한 번, 아버지가 화로 앞에서 이름을 중얼거리는 걸 본 적이 있다. 아치형의 작은 유리창 너머 불길이 치솟았다. 커다란 가마 앞에서 아버지의 거무죽죽한 얼굴이 점점 붉어졌다. 인적 드문 교외에 자리 잡은 장례식장에는 죽음 말고 들를 것이 없었다. 장례식장은 연중무휴였다. 죽음은 언제나, 어디서나 일어났다.

나는 아무도 몰래 탈영병의 시신을 기다렸다. 작업대에 누운 평범하고 말간 젊은 얼굴을 떠올렸지만 언젠가 꿈속에서 보았던 깊게 음영 진 얼굴밖에는 떠오르지 않았다. 소망을 이루기에 나의 상상은 빈약했다. 그러나 나는 알고 있었다. 진짜 살이 타는 게 뭔지, 살아 있던 몸뚱어리를 불 속에서 소진하는 게 뭔지 알고 있었다.

노인의 작은 방을 가득 메우던 신선하고 짙은 흙냄새가 머릿속을 떠나지 않았다. 그곳에서 본 어두운 얼굴 하나도.

노인의 집은 시간이 지날수록 조금씩 허물어져갔다. 반투명한 유리가 달린 들창에는 금이 가 있었고 가로등은 새벽 한두 시간 동안 저절로 꺼졌다. 근처 술집의 노랫소리는 더 이상 들리지 않았다. 불처럼 뜨겁거나 누군가를 구원하기에 완전한 곳은 아니었다. 그냥 깜깜하고 조용했다. 벽장에는 여전히 탈영병의 총이 놓여 있었다.

발소리가 들린 것은 살짝 잠이 들었을 때였다. 인기척이 나자 나는 천천히 일어나 앉았다. 누군가 문밖에서 한참 동안 서성였다.

문을 열자 군모를 눈썹 아래까지 눌러쓴 탈영병이 보였다. 잔뜩 흙이 묻어 몰골이 엉망이었다. 씻지 않은 퀴퀴한 냄새가 방 안까지 풍겼다. 그는 물끄러미 나를 바라보더니 방 안을 두리번거렸다. 나는 아무렇지도 않은 척 바닥에 누워 등을 돌렸다. 피곤했기 때문만은 아니었다. 최대한 숨소리를 죽이고 탈영병의 움직임을 살폈다. 잠시 후 문이 닫히더니 탈영병이 방 안에 자리를 잡는 소리가 들렸다. 그는 군화도 벗지 않은 채 그대로 바닥에 누웠다. 좁은 방 안에 탈영병과 내가 쌕쌕거리는 숨소리가 울렸다.

뉴스의 그 사내가 맞는지 알 수 없었다.

구겨진 군모 아래 가무잡잡한 얼굴이 여기저기 상처와 흙으로 지저분했다. 사진으로 봤던 모습보다 조금 더 나이 들어 보였다. 나는 꿈인 줄 알고 눈을 두어 번 깜빡였다. 잠시 후 남자가 눈을 감았다. 어두운 방 안에서도 조용히 숨을 내쉬는 낯선 얼굴의 사내를 나는 퍽 그리운 듯 바라보았다. 그때, 우리 사이에 무언가 일어났을 수도 있다. 나는 그에게 팔을 뻗어 내 몸을 만지듯 그를 쓰다듬었을 수도 있다. 그러나 그게 다 무슨 소용인가, 그는 살아서 죽은 것처럼 숨어 있는데. 죽음으로부터 도망 다니는 죄수처럼, 탈출한 자신을 책임지기 위해 필사적으로 흙냄새를 묻히고 이곳에 숨어들었는데.

그날 밤 오랫동안 바라던 꿈을 꿨을 때 시간은 어린아이의 손에 든 솜사탕처럼 순식간에 사라졌다.

눈을 떴을 때 밖은 밝아 있었다. 탈영병은 보이지 않았다. 방 바닥에는 흙 발자국이 어지러이 남아 있었다. 빈소 입구에 세워진 거대한 화환에 벌 몇 마리가 앉았다. 날아갔다. 아버지는 방 안에 드러누워 나오지 않았다. 나는 아버지의 이름이 수놓아진 흰 가운을 입고 빈소를 지켰다.

아무렇게나 누워 있는 유족들 사이로 수척한 여자가 무릎을 세우고 앉아 있었다. 눈이 마주치자 여자가 나를 보며 짧게 고개를 숙였다. 붉게 부어오른 눈매가 애처로웠다. 염을 끝내고 마지막으로 고인에게 인사하기 위해 유족을 작업실에 들였을 때 여자는 울지 않았다. 나는 여자의 손을 끌어다 남자 이마에 난 실지렁이 같은 붉은 상처 위에 놓아주었다. 여자가 상처를 쓰다듬다 눈물을 흘렸다. 작업이 끝난 뒤, 테이블에 앉아 술을 따라 마셨다.

심야 방송을 보던 상조 회사 직원이 국밥을 가져다주었다. 나는 그를 향해 꾸벅 고개를 숙였다. 뜨거운 국물을 한 숟갈 들자 시장기가 배 속에 감돌았다. 조용한 빈소 안에 후룩거리며 밥 먹는 소리가 울렸다. 다 먹고 그릇을 가져다주며 나는 직원에게 음식을 좀 싸줄 수 있느냐고 물었다. 직원이 익숙하게 플라스틱 용기에 수육과 떡 몇 점을 넣었다. 앉은 채 꾸벅 조는 헌병과 여자를 보고 나는 빈소를 나왔다. 한밤이었지만 먹구름이 잔뜩 낀 하늘이 선명했다. 거세진 빗줄기와 함께 번개가 쳤다. 나는 무심코 하늘을 올려다보다 번쩍, 하고 사위가 밝아지는 한순간 잠에서 깬 듯이 정신을 차렸다. 곧 발인이었다.

염

연희의 미래

일곱 개로 나누어진 직사각형 칸을 바라보며 연희는 미지근한 커피를 한 모금 마셨다. 요일별로 나누어진 일정표 한쪽이 글씨로 빼곡했다. 금요일 칸에 연희의 시선이 오래 머물렀다. 커피는 한 잔만 마실 것. 소리치지 않을 것. 현희에게 연락할 것. 현희의 이름 아래 여러 번 밑줄이 그어져 있었다. 연희는 자신이 왜 현희의 이름 아래 밑줄을 그었는지 기억하지 못했다. 중요하거나 잊지 말아야 할 일, 잘 모르는 단어를 보면 연희는 밑줄을 긋는 버릇이 있었다. 그을 때 힘을 많이 줬는지 밑줄은 다음 장까지 희미하게 흔적을 남겼다. 연희는 자국이 생긴 부분을 쓰다듬다가 다이어리를 닫았다. 점심때 사 온 커피는 향과 온기가 달아나 텁

텁하게 변해 있었다. 곧 현희의 생일이었다.

퇴근시간이 한참 지난 교정 어딘가에서 구령 소리가 들렸다. 집으로 돌아가지 않은 아이들이 운동장 구석에서 야구나 달리기를 하고 있었다. 현희는 최근 아침 일찍 나가 밤늦게 들어오는 날이 잦았다. 반년 전부터 다니기 시작한 미용 학원이 적성에 맞는지 힘든 기색도 없었다. 연희는 돌연 불안한 마음에 서랍을 잡아당겼다. 낡은 철제 서랍의 안쪽이 단단히 맞물리며 달그락거렸다. 현희를 떠올리면 자연스레 성희 생각이 따라왔다. 연희의 마음 한구석이 맷돌을 단 것처럼 느리게 서걱거렸다. 잡화 가게를 정리한 지 얼마 지나지 않아 성희는 새 사업을 준비하고 있었다. 서랍에 들어 있는 것들에 대해 연희는 아무에게도 말한 적 없었다.

선생님 안 들어가십니까?

복도를 순찰하던 경비원이 연희에게 물었다.

금방 나갈게요.

연희는 교무실을 빠져나와 어두컴컴한 복도를 걸어갔다. 평소보다 늦은 퇴근이었다. 아이들이 놀고 있는 운동장 너머 해가 지고 있었다. 연희는 자리에 서서 건물 뒤로 붉게 물든 하늘을 바라봤다. 저걸 뭐라고 하더라, 피를 뒤집어쓴, 뒤집어……. 연희의 머릿속에 떠오르다 만 시구절이 희미한 형체를 남기고 사라졌다.

연희는 요즘 부쩍 단어나 문장을 잊어버리곤 했다. 수업 때 중요한 단어가 생각나지 않아 아이들의 얼굴만 바라보다 포기한 적도 있었다. 그날 잊어버린 단어를 찾느라 교사용 참고서를 몇 번이고 다시 들춰봤다.

1층이 전부 상가인 건물 입구에 다다르자 고소한 음식 냄새가 났다. 연희는 새로 생긴 식당을 향해 발걸음을 옮겼다. 분식집이 있던 낡은 건물을 허문 지 몇 달 만에 신축 빌라가 지어져 있었다. 연희는 상가 안쪽으로 들어가 자리를 잡고는 백반 정식과 소주 한 병을 주문했다. 반찬은 고등어구이였다. 첫 잔을 채우면서 현희에게 전화를 걸었다. 신호음이 가는 동안 먼저 나온 반찬들을 뒤적거렸다. 시큼한 미역무침과 부추지짐이를 들추다 헛구역질을 했다. 가끔 연희는 먹은 것도 없는데 토기가 밀려오는 때가 있었다. 식사나 수업 중에 구역질이 나 곤란한 적도 많았다. 성희의 잔소리가 들리는 듯했다. **다신 너 안 봐.** 연희는 숨을 크게 들이마셨다가 뱉었다. 눈가가 시큰했다. 자동응답으로 수화음이 넘어가자 전화를 끊고 현희와 성희에게 문자를 보냈다. 내일 괜찮니? 잠시 후 둘에게서 각각 괜찮다는 답장이 왔다. 연희는 휴대폰 액정을 바라보며 잔을 비웠다. 소주가 입안 가득 채워졌다 사라지며 단맛이 돌았다. 진득한 밥알을 씹으며 연희는 막내의 생일을 다이어리에 적지 않았다는 것을 깨달았다. 셋이 한자리에 모이는 게 얼마만인지 까마득했다. 연희와 스무 살 차이 나는 현희는 여름의 가장 무더운 날 태어났다. 그날을 생각하면 자신도 모르게 연희는 손에 땀이 났다.

구운 지 오랜 시간이 지난 고등어는 바싹 말라 있었다. 연희는 소주 두 병을 더 마셨다. 비린내가 나는 생선 살점을 입에 넣고 마지막 잔을 비웠다. 목구멍으로 채 넘어가지 않은 텁텁함이 입안에 가득했다. 자리에서 일어나며 연희는 막내의 생일을 잊는 일이 가능하지 않다는 것을 깨달았다. 그런 일은 일어나지 않을 것 같았다.


오랜 세월을 간직한 식당 내부는 신식과 구식이 뒤섞인 희한한 모습이었다. 현희와 연희, 성희가 차례대로 식당 안으로 들어갔다. 종업원이 몇 명이냐고 물었다.

세 명, 아니 네 명이요.

성희가 현희를 흘끗 보고는 대답했다. 셋은 종업원을 따라 신발을 벗고 마루로 들어섰다. 목재 바닥이 깔린 복도를 따라 성희가 먼저 들어갔다. 연희는 문득 성희의 뒷모습을 보며 오래전 냉면을 먹었던 날을 떠올렸다. 그 기억 속에 현희는 없었다.

종업원은 안쪽 방으로 셋을 안내했다. 미닫이문을 열자 4인용 좌식 밥상이 놓인 작은 방이 나타났다. 세 자매는 말없이 방으로 들어갔다. 한지를 바른 벽에는 손바닥만 한 창문과 큼직한 메뉴판이 걸려 있었다. 잠시 후 종업원이 물수건과 육수 주전자를 들고 왔다. 성희가 평양냉면 둘과 비빔냉면, 수육을 주문했다.

맥주는?

연희가 물었다.

차 가지고 왔어.

성희가 말했다. 종업원이 방문을 닫고 나갔다. 연희 맞은편에 성희와 현희가 나란히 앉았다. 하나로 묶은 단발머리와 엷게 바른 파운데이션, 수수한 듯 보이지만 고가의 브랜드 제품인 아이보리색 여름 니트를 입고 있는 성희의 모습은 지난번 만났을 때보다 더욱 활기차 보였다. 연희는 다이어리에 적었던 일정 하나를 떠올렸다. **성희에게 물어볼 것.** 밑줄은 없었다. 타는 듯이 목이 말라 연희는 맥주 생각이 간절해졌다.

며칠 전 연희는 학교에서 서류 한 통을 받았다. 발신처는 낯선 이름의 은행이었다. 교무실 창밖으로 새된 목소리의 아이들이 소리를 지르며 달려갔다. 연희의 심장이 빠르게 뛰었다. 서류는 한성희 앞으로 대출된 원금과 연체금을 지급하라는 독촉장이었다. 대출일은 2년 전으로, 들은 적 없는 날짜였다. 연희가 성희의 대출 보증을 섰던 건 부모님이 돌아가신 직후 한 번뿐이었다. 연대보증이라는 단어를 본 순간 연희는 아득한 기분이 들었다.

담보할 만한 것이라고는 공동 명의의 아파트가 전부였다. 연희는 독촉장을 책상 서랍에 넣고 다이어리에 일정을 적었다. 성희에게 전화할 것. 잠시 후 '전화할'에 두 줄을 긋고 '물어볼'이라고 고쳐 썼다. 당장이라도 성희에게 쏟아내고 싶은 말들이 넘쳐났다. 너 무슨 짓을 하고 있니. 나 모르게 대출을, 그것도 삼천만 원이나. 맑은 기름이 뜬 스테인리스 컵을 쥔 채 연희는 말이 없었다. 진한 고기 맛이 나는 여느 냉면집과 달리 육수는 담백하고 미지근했다. 잠시 후 문이 열리고 종업원이 들어왔다. 커다란 접시에 김이 나는 수육이 놓여 있었다. 육즙에 젖은 파와 마늘 향이 알싸했다. 연희는 침을 삼키고 마늘 조각을 입에 넣었다. 맵고 시린 맛이 입안에 가득 찼다.

막내 많이 먹어.

성희가 현희의 접시에 고기를 놓으며 말했다. 그 다정한 말투에 연희의 속이 홧홧해졌다. 남들에게만 다정하던 다혈질인 아버지를 성희는 빼닮아 있었다. 잠시 후 현희가 컵에 물을 따르더니 접시를 저만치 치웠다. 어릴 적부터 예민하던 후각은 시간이 지날수록 더욱 도드라졌다. 못 먹는 음식의 절반 이상은 모두 현희가 좋아하던 것들이었다. 사이다 시킬까? 성희가 물었다. 현희는 고개를 저었다. 막내는 임신 5개월째였다. 태아는 고작 사과 한 알만 했다. 연희가 젓가락으로 마늘을 골라 자신의 접시에 놓았다. 육즙이 밴 파에서 희미하게 누린내가 났다. 입덧을 시작한 이후 현희는 훌쩍 살이 내려 있었다. 그 모습을 보던 연희가 못마땅한 듯 말했다.

맥주 마셔야겠다.

연희가 벽에 붙은 벨을 눌렀다. 잠시 후 종업원이 들어오자 맥주를 주문했다.

잔은 몇 개 드릴까요?

하나만 주세요. 작은 걸로요.

성희가 말했다. 반도 줄지 않은 수육이 천천히 식어가며 눅눅한 냄새를 풍겼다. 성희가 반찬으로 나온 무절이를 뒤적거렸다. 대낮부터 지랄이야. 그렇게 생각했지만 입 밖으로 내뱉지 않았다.

점심시간의 가게는 손님으로 북적였다. 복도에서 옆방으로 들어가는 사람들이 웅성거렸다. 어린아이가 어눌한 발음으로 엄마를 부르고 있었다. 현희의 얼굴은 여전히 창백했다. 나 화장실. 성희가 같이 가겠다고 하자 현희는 손사래를 쳤다. 체증 비슷한 무거움이 배 속에 자리 잡는 것 같아 연희는 아랫배를 쓰다듬었다.

잠시 후 맥주가 왔다. 연희는 유리잔 가득 술을 따랐다. 거품이 입안에서 사라지며 쓴맛이 났다. 성희는 잠시 연희를 바라보다가 입을 열었다.

저번 주에 현희 만났어.

연희는 성희의 입에서 나온 막내의 이름이 낯설었다. 자신과 세 살 차이인 성희는 현희와 나름의 돈독한 관계가 있었다. 둘 사이를 메운 마음이 무엇인지 연희는 알지 못했지만 종종 자신만 따돌려진다는 생각이 드는 건 어쩔 수 없었다. 그럴 때마다 연희는 다이어리에 문장을 하나씩 적었다. 섭섭해하지 말 것. 성희에게 짜증내지 말 것. 알코올이 들어가자 목구멍에서 수문이 열리듯 감췄던 말이 튀어나왔다.

왜?

차갑게 가라앉은 연희의 목소리가 성희를 향했다. 성희는 새로 열 가게를 현희와 같이 할 생각이라고 했다. 백화점 판매직을 거쳐 핸드메이드 비누와 수공예품을 파는 잡화점을 열었다가 마침내 인테리어 편집숍을 하겠다고 선언한 지 한 달째였다. 외국에서 들여오는 중고 가구가 나름 수요가 있다고 했다. 네일아트가 적성이라는 현희에게 가게의 일부를 맡으라고 부추기는 성희의 모습이 연희의 눈앞에 선명했다. 험한 말이 튀어나오지 않도록 조심했지만 한 번 부서진 침묵은 걷잡을 수 없었다.

걔 앞으로 공부할 거야.

현희가?

성희의 물음에 연희는 대답하지 않았다. 미지근한 맥주로 입 안을 채우며 적어뒀던 말들을 되새겼다. 술은 조금만 마실 것. 성 희에게 물어볼 것. 다이어리에 빼곡히 적은 일들을 제대로 지킨 적이 한 번이라도 있었는지 연희는 궁금해졌다.

현희가 공부 머리가 어디 있어, 언니.

걔 머리가 어때서?

걔가 공부할 사람은 아니잖아.

사람은 다 공부하고 살아.

연희가 유리잔 가득 맥주를 따랐다. 성희는 연희를 말없이 지 켜봤다. **너도 공부하면서 살아? 그래서 잘 살아?** 그 말이 목구멍 까지 올라와 성희는 침을 삼켰다. 연희의 손이 떨리는 걸 성희는 모른 척했다. 계속 술을 마시는 걸까. 연희의 복잡한 문제들에 성 희는 더 이상 신경 쓰고 싶지 않았다. 자기 일은 알아서 하는 사 람이다, 그런 마음이 성희의 눈앞을 흐렸다. 몇 년 동안 조금씩 나빠진 연희의 건강은 주변 사람들에게도 영향을 끼쳤다. 약해진 몸에 가족력이 더해져 술을 마시면 온갖 주사를 부렸다. 그 모습 을 가장 오래 본 건 동생인 성희였다.

작년 겨울, 연희는 학교 앞에서 쓰러져 응급실에 실려 갔다. 자주 가던 식당에서였다. 한술도 뜨지 않은 국밥 옆에 빈 소주병 만 여럿 놓여 있어 식당주인은 어찌할까 고민했다고 했다. 선생님인 줄 몰랐지, 그렇게 술을 자시는데. 무책임한 주인의 말에 성희는 화가 났다. 사실 연희를 챙기지 못한 자신에게 화가 났다는 건 나중에 깨달았다. 연락을 받고 병원으로 갔을 때 연희는 수액을 맞으며 잠들어 있었다. 연희의 얼굴을 보면서 성희는 잠깐 울었다. 언젠가부터 둑이 무너지듯 조금씩 언니가 허물어졌지만 이유가 뭔지 성희는 알지 못했다. 어쩌면 평생 알지 못할 수도 있었다. 몇십 분 뒤 눈을 뜬 연희에게 성희가 낮게 소리쳤다.

또 이럴 거야? 미쳤어?

여기… 어디야……?

병원이다, 미친년아.

옆 침대에 누워 있던 환자의 보호자가 자리에서 일어났다. 성희는 눈을 감고 화를 가라앉혔다. 심호흡을 하고 머릿속으로 말을 골랐다. 말과 말이 뒤엉켜 꼬인 실타래 같았다.

또 이러면 다신 너 안 봐. 혼자 살아, 아주.

성희의 목소리에 연희는 도로 자리에 누워 눈을 감았다. 성희는 침대 곁에서 연희의 벌거벗은 발 부근을 노려보기만 했다. 푸른 핏줄이 튀어나온 마른 발등이 작은 새의 가슴처럼 미세하게 떨렸다. 그럼에도 여전히, 연희는 술을 마셨다. 조금씩, 매일 밤마다, 무너진 둑으로 강물이 흘러가듯이.

잠시 후 미닫이문이 열리고 쟁반을 든 종업원이 방으로 들어왔다. 냉면 그릇을 상에 내려놓으며 종업원이 말했다. 옆방에 애기가 있어서, 시끄러워도 조금만 참아주세요. 종업원은 미안한 표정이었다. 괜찮아요. 성희가 말했다.

김빠진 맥주에서 고기 비린내가 났다. 성희는 슴슴한 맛의 평양냉면을 좋아하지 않았다. 대신에 맵거나 짠, 자극적인 음식을 선호했다. 그래서 감정의 기복도 큰 거라고 연희는 생각했다. 입 안에 가득한 비린 술을 목구멍으로 천천히 넘기자 오래전 잊어버렸다 생각했던 사소한 기억들이 떠올랐다.

연희가 한창 입시 문제로 고민하던 열아홉 살 여름, 성희는 처음으로 가출을 했다. 더 이상 아무것도 배우고 싶지 않다는 이유였다. 성희 친구 집을 찾아가려는 엄마에게 연희가 말했다. 놔두세요. 배고프면 들어오겠죠. 엄마는 그날 밤 성희를 찾으러 가지 않았다. 나흘 뒤 집에 돌아온 성희는 다음 날 제시간에 등교했다. 학교는 병결처리를 했다. 나중에 연희가 그렇게 말했다는 걸 안 성희는 어린애처럼 화를 냈다.

네가 언니야? 그러고도 언니야?

언니라는 게 대체 뭔지 연희는 오래전부터 잘 모르겠다고 생각해왔다.

연희는 냉면 그릇을 들고 육수를 한 모금 마셨다. 내뱉지 못한 말들이 취기와 함께 목구멍으로 넘어갔다. 술기운은 얕고 가벼웠다. 살얼음이 뜬 차가운 그릇에서 희미하게 오이 향이 났다. 연희가 그릇을 내려놓고 고명을 바라보는 중에 방문이 열렸다.

옆방에 아기가 있어.

현희의 표정이 들떠 있었다. 살이 빠져 창백한 막내의 얼굴 위로 연희의 오래된 풍경이 겹쳐졌다. 몸속으로 들어간 맥주는 데워진 육수와 섞이지 못한 채 연희의 배 속에서 부대끼기 시작했다. 고작 20년밖에 지나지 않았는데 전생의 기억처럼 모든 일이 까마득했다.

대학 1학년 초봄, 연희는 교양 수업을 듣다가 통증이 느껴지는 아랫배를 붙잡고 조용히 강의실을 나왔다. 별관의 복도를 지나 인문대로 향했다. 건물의 일부는 공사 중이었다. 사무실과 대형 강의실이 있는 본관을 벗어나자 인적이 드문 3층짜리 낡은 건물이 나타났다. 건물은 옆 건물과 이어지는 통로를 만드느라 어수선했다. 연희는 딱 한 번 철학사 수업을 들으러 그곳에 간 적이 있었다. 커다란 영화관처럼 생긴 대형 강의실에 앉아 점처럼 작게 보이는 교수의 목소리를 들으며 자신이 이제까지 알던 곳과는 완전히 다른 장소에 도착했다는 걸 알았다. 연희는 화장실로 들어가 가방에서 테스트기를 꺼냈다. 3개월이 지나도록 생리가 없는 건 처음이었다. 어떤 결과가 나오든지 결론을 내야 하는 순간이 연희의 손에 놓여 있었다.

셋은 거의 동시에 젓가락을 들었다. 연희는 기름 없는 살점을, 성희는 숨이 죽은 파무침을, 막내는 비계가 붙은 부위를 집었다. 연희는 간장 종지에 고기가 반 이상 잠기도록 푹 담갔다. 성희가 그 모습을 보고 말했다.

언니 그러다 병 걸려.

불투명한 고운 빛깔의 비곗덩어리가 현희의 입으로 들어갔다. 작고 붉은 입술이 번들거리자 어릴 적 배냇짓을 하던 현희의 얼굴이 겹쳐져 연희는 눈을 깜빡거렸다.

요즘은 못 고치는 병이 없어.

누가 그래? 언니가 걸려봤어?

그걸 꼭 걸려봐야 아니.

근데 그걸 어떻게 아냐고.

성희가 작정한 사람처럼 연희에게 대꾸했다. 연희는 대답할 이유가 없다는 듯 접시를 바라보며 젓가락질을 했다. 성희는 금방이라도 자리에서 일어날 것처럼 방문을 보다가 크게 한숨을 내쉬고는 고기를 입에 넣었다. 멀뚱히 둘을 바라보던 현희가 김빠지는 소리로 웃더니 살점에 붙은 비계를 떼어내며 말했다.

어린애 같아, 둘 다.

그날, 양수가 터져 침대 시트를 두 번이나 바꾼 후에야 의사가 왔다. 통증은 불규칙했다. 의사는 조금 더 기다리자고 했다. 수술을 하자고 한 건 연희의 엄마였다. 아이가 태어나는 순간을 연희는 기억하지 못했다. 아마 엄마가 잘 봤으리라, 성희가 곁에 있었으리라 짐작할 뿐이었다.

그해 겨울이 가기 전에 연희는 아이를 잃고 동생을 얻었다. 먼저 그렇게 하자고 한 사람이 엄마였는지 아빠였는지, 혹은 성희였는지 연희는 기억하지 못했다. 죽었다고 생각해. 그렇게 말한 사람도 엄마였는지 성희였는지 기억나지 않았다. 연희 자신이었는지도 몰랐다.

겨울 방학이 지나고 연희는 학교에 복학했다. 1학년 1학기부터 다시 시작해야 했다. 학교에 돌아다니는 풍문도, 더 이상 만나지 않는 동기들도 연희에겐 중요하지 않았다. 대학을 무사히 졸업하고 임용에 합격하는 것, 연희는 그게 자신에게 다가온 두 번째 기회라고 생각하기로, 자신에겐 그것밖에 없는 것처럼 살기로 한 뒤 단단하게 마음의 빗장을 닫아걸었다. 이듬해 학교로 돌아갔을 때 공사를 끝낸 인문대 건물에는 새로운 이름이 붙어 있었다. 연희가 학교를 다니는 동안 그 건물에 들어가는 일은 없었다.

현희는 잘게 찢은 수육 조각을 입에 넣었다. 피곤한 얼굴이었

지만 식욕은 여전했다. 어릴 때부터 무엇이든 잘 먹는 통에 소아
비만으로 고생한 적도 있었다. 또래에 비해 몸이 크고 손이 느린
현희를 같은 반 아이들이 따돌려 엉엉 울며 집으로 돌아온 날을
연희는 똑똑히 기억했다. 내 책상만 없어졌어, 그렇게 말하며 다
신 학교에 가지 않겠다고 하는 현희를 연희는 멀뚱히 바라봤다.
대체 왜 그럴까, 아이들은. 첫 발령이 난 학교에서 공개수업을 준
비하던 때였다. 초임의 여선생을 놀려먹는 중학생 남자아이들에
게 살의에 가까운 감정을 느끼기는 연희 또한 마찬가지였다.

살점에서 간장이 흘러 연희의 앞섶으로 떨어졌다. 흰색 셔츠
한가운데 갈색 점이 동그랗게 생겨났다. 엄마는 어땠을까. 현희
의 엄마로 살던 난감함을 엄마는 어떻게 감당했을까. 현희를 사
랑하는 마음과 상관없이, 그건 누구에게나 있을 수 있는 그런 끔
찍함이 아니었을까. 물수건으로 앞섶을 닦아내며 연희는 연대보
증이란 단어를 떠올렸다. 보증을, 어떻게 다른 사람을 담보로 그
렇게 큰돈을, 그런 게 가능한 세상이라니. 계속 성희를 믿고 싶은
건지 연희 자신도 알 수 없었다.

연희는 고명으로 오른 오이를 건져내 둘째의 그릇에 올렸다.
성희가 말없이 연희의 젓가락을 쳐다봤다.

언니, 나도.

현희도 오이를 건져 성희의 그릇에 올렸다. 냉면 오이가 제일

싫어. 현희가 아이처럼 불평했다. 현희는 계란과 고기 고명도 집 더니 연희와 성희의 접시에 각각 내려놓았다.

앤 진짜 특이한가 봐. 나랑 입맛이 완전 반대야.

고등학교를 중퇴하고 검정고시를 공부하는 동안에도 현희는 숱하게 많은 사람들을 사귀다 헤어졌다. 연희는 문득 현희와 자 신이 같은 유전자를 공유한다는 사실이 새삼스러웠다. 한 번도 입 밖으로 꺼낸 적 없는 말이었지만 연희는 현희를 볼 때마다 종 종, 저게 내 속에서 나온 게 맞나 하는 생각을 지울 수 없었다. 어쩌면 내 속에서 죽었을 수도 있었을 텐데. 연희는 고개를 저었 다. 붉은 피를 뒤집어쓴 낯선 풍경이 눈앞에 나타났다 사라졌다.

길고 긴 입덧이 끝났다는 것을 깨달은 저녁, 연희는 냉면이 먹고 싶었다. 맑고 고소한 육수에 잠긴 메밀 면이 연희의 머릿속 을 떠나지 않았다. 못 먹는 입덧을 앓는 현희와 마찬가지로 막달 직전까지 연희의 몸무게는 머리카락과 함께 나날이 빠지기만 했 다. 연희는 성희가 돌아오기만을 기다렸다. 집에서 멀지 않은 곳 에 오래된 냉면 집이 있었다. 보충수업을 빠지고 중간에 돌아온 성희가 그날만큼 반가운 적이 없었다.

이럴 때만 언니지.

가방을 벗기도 전에 다시 나가자는 연희에게 성희가 말했다. 밤 열 시까지 문을 여는 식당에 도착했을 때는 아홉 시 반에 가까운 시각이었다. 교복을 입은 고등학생과 앳된 얼굴의 산모가 자리를 잡자 주인은 호기심이 가득한 얼굴로 연희와 성희를 번갈아 봤다.

난 물냉면.

평양냉면이야.

그게 그거지.

엄청 다르거든.

둘은 각각 평양냉면과 비빔냉면을 시켰다. 냉면이 나오자 연희는 그릇을 들고 들이켰다. 시큼하고 차가운 육수에서 오이 향이 났다. 생애 첫 미음을 입에 댄 아이처럼 연희의 입안이 낯선 감각으로 들썩였다. 혀 아래 고여 있던 침이 빠져나오며 연희에게 무언의 주문을 걸었다.

나 고춧가루 좀.

오이 향도 고춧가루도, 십대 시절의 연희라면 생각지도 못할 식성이었다. 성희가 의아한 표정으로 연희에게 고춧가루 통을 건넸다. 한밤의 야식도, 차가운 냉면도 모두 연희와는 어울리지 않는 것이었다. 성희는 젓가락을 든 채 물끄러미 연희를 바라봤다. 육수 위의 붉은 가루가 수영장에 뜬 색종이처럼 선명했다. 연희는 앉은 자리에서 냉면 한 그릇을 다 먹었다. 돌연 성희가 연희에게 말했다.

더 먹어.

성희가 반절도 줄지 않은 자신의 냉면 그릇을 내밀었다. 열십자로 잘린 붉은 면 위에 삶은 계란이 정갈하게 놓여 있었다. 연희의 침샘에서 재차 아우성이 일었다. 무언가 자꾸, 입안에 넣어야만 할 것 같은 조바심이 연희의 배 속을 간질였다. 몇 그릇이라도 먹을 수 있을 것 같은 허기가 연희의 몸속을 돌아다녔지만 더부룩한 속은 금방이라도 터질 것 같았다.

잠시 후 연희가 젓가락을 내려놓으며 말했다.

그만 먹을래.

어딘가 억울한 것 같기도, 슬픈 것 같기도 한 언니의 얼굴이 낯설어 성희는 엉거주춤 자리에서 일어났다. 생전 찾지 않던 냉면을, 그것도 한꺼번에 다 먹었으니 속이 말이 아닐 텐데. 성희는 가는 길에 약국이 있던가 생각했지만 그 밤, 길가에 켜진 불이라고는 가로등과 성희 손목의 전자시계밖에 없었다. 집으로 돌아오는 내내 잡고 있던 자매의 손이 섬뜩하리만치 차가워 성희는 오래도록, 그 냉면 육수 같은 냉기를 기억했다.

돌연 성희가 고춧가루 통을 집고 자신부터 시작해 연희, 현희의 그릇에 두어 번 탈탈 털었다. 냉기가 올라오는 가느다란 면 위로 새빨간 가루가 순식간에 떨어졌다. 그 순간, 성희는 자신이 왜 고춧가루 통을 집어 들었는지 알지 못했다. 오래전 식당에 남기고 온 냉면 반절의 기억 때문일지도 몰랐다. 연희와 현희가 말릴 새도 없이 고춧가루는 셋의 냉면 위로 아무렇게나 떨어져 제멋대로 나뒹굴었다. 검지만 한 통을 내려놓았을 때 성희 자신도 스스로의 행동을 이해하지 못한 표정으로 둘의 얼굴을 번갈아 쳐다봤다.

현희가 젓가락을 내려놓고 말했다.

나 냉면에 고춧가루 안 넣어.

그래? 예전엔 넣지 않았어?

성희가 당황한 얼굴로 물었다.

그건 큰언니고.

그러더니 숟가락으로 육수 위의 고춧가루를 떠 수육 접시에 옮겼다.

야, 그걸 왜 거기다 넣어?

성희가 현희의 그릇에 숟가락을 넣으며 말했다. 고춧가루가 기름이 뜬 육즙에 섞여 이질적인 무늬를 만들었다. 그릇에 부딪히는 숟가락 소리가 분주했다. 소리는 세 사람이 마주 앉은 밥상 위를, 창문 아래를, 외투가 걸린 옷걸이 주위를 떠돌다 사라졌다. 연희는 문득 현희를 가졌을 때, 그 생경한 감각을 떠올렸다. 태아가 자랄수록 있는 줄도 몰랐던 몸의 질서들이 조금씩 비틀어지는 느낌을 연희는 영영 잊지 못했다. 장기들은 마치 여백을 지우는 바둑돌처럼 조금씩 이동하더니 마침내 현희의 자리를 만들어 냈다. 아니, 현희가 스스로 연희의 몸속에 자리를 만들었다는 편이 맞았다. 자리는 아주 작은 점에서 손톱만큼, 손바닥만큼, 배속 전체 그리고 연희의 온몸만큼 커다래지더니 한순간 빠져나갔다. 모든 게 그런 식이었다. 연희는 현희가 자신의 몸속에서 자라났다는 사실을 오랜 시간이 지나도 정확하게 이해하지 못했다. 앞으로도 그럴 것 같았다.

돌연 현희가 큰 소리로 물었다.

언니 정말 왜 그래?

현희의 눈과 얼굴이 붉게 달아올라 있었다. 커다란 눈에 눈물이 가득했다. 벌건 얼굴로 성희와 연희를 번갈아 바라보는 현희의 표정에 원망과 섭섭함, 분노와 짜증이 한데 섞여 있었다.

나한테 말도 안 하고, 묻지도 않고!

연희의 귓가에 현희의 심장박동이 들리는 것 같았다. 처음 태동을 느꼈을 때처럼 낯설지만 완전히 새롭지만은 않은 감각이 연희의 몸속을 휘저어댔다.

새 거 먹을래? 다시 시킬까?

연희가 말했다. 현희가 눈가를 가리고 엉엉 울기 시작했다. 연희는 현희에게 묻고 싶었다. 지금 너에게 생긴 새로운 자리는 어떠니. 아프거나 하진 않니. 너무 커져서 너의 몸속을 차지해버린 그 자리가 버겁지 않니. 어쩌면 내 안에서 자라기도 전에 사라져버렸을 그 자리가 너는 버틸 만하니. 자신이 그 말을 현희에게 할 리가 없다는 걸 알면서도 질문은 오래도록 연희의 머릿속을 떠나지 않았다.

왜 울고 그래…….

성희가 당황하며 말했다. 연희는 말없이 현희의 손에 물수건을 쥐어줬다. 성희가 숟가락으로 현희의 그릇에 든 고춧가루를 건져내며 말했다. 언니가 미안해. 현희는 아까보다 더 큰 소리로 울기 시작했다.

몰라, 진짜.

수육에서 피어오르던 김은 거의 식어 보이지 않았다. 고춧가루가 육즙에 섞여 그릇 위에 동동 떠다녔다. 비린내를 풍기는 파무침은 완전히 숨이 죽어 끊어진 밧줄 같았다. 그것들이 마치 한데 모인 색색의 모자이크 같아, 연희는 한참이나 눈을 떼지 못했다.

막달에 다다라 연희의 일상은 완전히 바뀌었다. 냉면을 먹었던 밤을 기점으로 숨겨져 있던 식탐이 새로운 인격처럼 연희 안에서 싹을 틔웠다.몇 달간 집 안에 웅크려 있던 연희는 자리에서 일어나 부엌으로 갔다. 아기가 자라는 속도와 마찬가지로 연희의 몸에도 점점 살이 붙기 시작하더니 출산 직전까지 18킬로그램이 쪘다. 그 1년 동안 연희는 평생 먹을 면 요리를 다 먹었다. 만성 변비와 소화불량이 시작된 건 그즈음이었다. 처방받은 비타민을 챙겨 먹으며 연희는 배 속에 든 낯선 존재에 대해 생각했다. 커다래진 자궁 때문에 시시때때로 위장이 눌려 연희는 배를 잡고 웅크려 있고는 했다. 그날따라 야간자습을 다 마치고 돌아온 성희가 불 꺼진 집 안으로 들어가다 부엌 한구석에 서 있는 연희를 봤다. 연희는 거의 매일 입고 있는 분홍색 원피스 차림으로 가스레인지 앞에 서 있었다.

뭐 해?

라면 끓여.

불도 켜지 않은 부엌에서 연희는 냄비에 물을 받았다. 레인지 후드에 달린 노란 빛과 시퍼런 레인지 불이 조명의 전부였다. 성희는 식탁에 앉아 연희의 등을 바라봤다. 예정일이 다가올수록 연희는 밥을 먹거나 화장실을 갈 때를 제외하면 방에서 나오지 않았다. 바닥에 드러누워 만화책을 읽거나 라디오를 듣는 게 전부였다. 저런 게 언니라고. 대체 뭐가 되려고. 대학을 가는 것도, 애인을 사귀는 것도 모두 해낸 연희였지만 왜 눈앞에서 저러고 있는지, 성희는 연희를 도무지 이해할 수 없었다.

너도 먹을래?

아니.

잠시 후 연희는 냄비를 식탁에 내려놓았다. 연희가 라면을 먹기 시작하자 성희는 말없이 그 모습을 지켜봤다. 열대야가 시작한 여름밤의 공기에 매콤한 인스턴트 냄새가 떠다녔다. 성희는 문득 아무 말이나 지껄이고 싶은 마음이 들어 되레 입을 꾹 다물었다. 다 안다고 생각했는데, 사실 연희에 대해 아무것도 모르는 건 자신일지도 몰랐다. 성희는 잠자코 연희를 바라보며 주름진 교복 치마를 꽉 쥐었다. 손바닥이 땀으로 축축했다.

돌연 떠오른 기억의 횡포에 성희는 현기증을 느꼈다. 연희의 취기가 옮은 것일지도 몰랐다. 성희는 자리에서 일어나 외투와 가방을 챙겼다. 연희가 먼저 계산대로 갔다. 반도 먹지 못한 냉면을 뒤로 하고 셋은 식당을 나왔다. 한여름의 뜨거운 햇살이 머리 위를 비추고 있었다. 연희는 문득 다이어리에 적은 문장들을 떠올렸다. 무리하지 말 것, 최선을 다할 것, 항상 잘하고 있다는 것을 의심하지 말 것. 연희는 그것들을 볼 때마다 자신이 잊어버린 중요한 일들에 대해 생각했다. 그것들은 어디로 갔을까. 지금은 괜찮아졌을까. 궁금한 것들을 묻지 않기 위해 자신이 지나쳤던 수많은 자리들에 대해 연희는 종종 미안함을 느꼈다. 그건 어쩌면 성희와 관련된 것들일지도 모르겠다고, 붉어진 얼굴을 씻고 나오는 현희를 보며 연희는 생각했다.

식당가를 빠져나오자 거리는 한산했다. 셋은 가로수가 심어진 도로를 따라 목적 없이 걸었다. 멀리서 차가운 강바람이 불어오고 있었다. 앞서 걷는 현희 뒤를 연희와 성희가 말없이 따랐다. 완전히 울음을 그친 현희가 고개를 돌려 두 언니들을 쳐다봤다. 세 사람의 그림자가 붉은색 인도 위로 길게 드리웠다.

내일 뭐 할 거야? 친구들 만나니?

연희가 물었다. 현희는 뚱한 얼굴을 풀지 않은 채 대답했다.

파티 할 거야.

어디서?

종우네 집에서.

종우? 걘 또 누구야?

성희가 물었다.

언닌 본 적 없을걸.

종우뿐 아니라 현희가 만난 많은 남자들을 연희는 만난 적 없었다. 현희의 배 속에 든 아기 아빠까지도. 현희는 파운데이션 색을 바꾸듯 남자친구를 만났다. 신중하지만 충동적으로. 자신에게 잘 어울리는 색을 기가 막히게 찾아내면서도 한편으론 왜 저런 걸 쓰나 싶은 희한한 것들까지. 그러나 현희는 어떤 색이라도 자신에게 완벽하게 맞춰냈다. 행복한 시간을 보내다가 불현듯 더 이상 아니다 싶으면 헤어졌다. 연희는 그런 현희가 이상하면서도 한편으로는 부러웠다. 부러운 감정을 들킬까 봐 현희의 연애에 조금의 참견도 하지 않았다.

한번 집에 데려와.

왜?

그냥.

현희는 떨떠름한 표정이었다. 그러더니 한번 물어볼게, 하고 답했다. 연희의 얼굴에 희미하게 미소가 떠올랐다.

케이크 먹고 싶어.

무슨 케이크.

성희가 물었다.

초콜렛.

연희는 앞장서 걸었다.

언니, 현희 선물은 샀어?

성희가 연희의 소매를 잡아끌며 물었다.

필요 없어.

완전히 기분이 풀린 현희가 아랫입술을 내밀고 말했다. 아기처럼, 어릴 때 버릇처럼.

그러는 넌?

그때 연희가 걸음을 멈추고는 가로수 앞으로 걸어가 고개를 숙였다. 잠시 후 나무 밑둥에 속을 게워냈다. 아침에 먹었던 소주

와 맥주, 냉면 가락이 한데 섞여 마른 흙 위로 쏟아졌다. 성희가
다가와 연희의 등을 두드렸다. 시큼하고 멀건 액체가 이끼 위에
서 점액질의 모습으로 변해갔다. 마치 어린아이들이 가지고 노는
슬라임 덩어리처럼, 제대로 된 형태를 가지지 못한 채 속수무책
으로 땅 위를 흘러가다 멈췄다. 현희가 멀찍이 서서 연희가 뱉어
낸 토사물들을 바라봤다. 행여나 오물이 튈까 봐, 시큼한 냄새가
자신에게 닿지 않도록 천천히 뒷걸음질 쳤다.

저녁노을.

돌연 잊었다 생각했던 시구가 연희의 머릿속에 밀물처럼 들
어왔다. 누가 하모니카를 부는데, 피를 뒤집어쓰고 죽은 저녁노
을이. 한참 뒤 고개를 든 연희의 얼굴은 한결 개운했다. 연희는
현희가 준 물티슈로 입을 닦고 눈을 감았다. 현기증이 머리에서
부터 온몸으로 퍼져 마침내 발끝까지 닿았을 때 멀리서 벨을 울
리며 자전거가 지나갔다. 피를 뒤집어쓴 풍경이 사람도 짐승도
아닌 저녁노을이라니, 연희는 왠지 안심이 됐다. 맞은편 도로에
서 한 무리의 아이들이 횡단보도를 향해 걸어갔다. 중학생 정도
로 보이는 아이들은 들뜬 표정으로 쉴 새 없이 떠들었다. 눈을 뜨
자 연희의 눈앞이 빛으로 가득했다. 빛은 시야를 새하얗게 채웠
다가 잠시 후 천천히 사라졌다. 눈을 깜빡이다 환해진 시야가 다
시 연희 앞에 펼쳐졌다. 아이들을 태운 버스가 팔차선 한가운데

를 가로질러 강 너머로 달려갔다. 연희는 성희와 현희 사이에 들어가 팔짱을 꼈다. 가로수를 통과한 투명한 빛이 셋의 머리 위에서 잘게 부수어졌다.

엄마 보러 갈까.

지금?

성희의 차는 멀지 않은 곳에 주차돼 있었다. 셋은 발걸음을 맞춰 나란히 걸었다. 각기 다른 모양의 신발 굽이 보도블럭 위에서 저마다의 소리를 냈다. 연희는 이대로 어디로든지 떠나 다신 돌아오고 싶지 않은 기분에 사로잡혔다. 피로 물든 노을도, 까마귀 소리도 없는 멀고 먼 곳으로. 문득 아기의 이름을 지어줘야겠다는 생각이 들었다.

현희 너 무슨 현자 쓰니?

그것도 몰라?

어질 현이었나?

검을 현 아니야?

세 사람의 웃음소리가 한낮의 거리에 찬란하게 울렸다. 아직은 눈에 잘 띄지 않는 볼록한 아랫배를 문지르며 현희의 웃음소리가 서서히 잦아들었다. 그럼에도 여전히 물기 가득한 목소리로,

밝을 현이야.

하고 말했다. 연희는 익숙한 얼굴의 두 사람을 바라봤다. 그

러고는 오랫동안 준비했던 짧은 인사를 건네기 위해 다물었던 입을 움직였다. 처음 말을 내뱉는 사람처럼, 옹알이를 시작하는 아기처럼. 금방이라도 먼지가 될 것 같은 오후 해가 셋의 머리 위를 비추다 이내 강 저편으로 사라지는 모습을 시린 눈으로 바라보면서.

* 연희가 떠올린 시구는 전봉건의 시 「다시 마카로니 웨스턴」에서 인용하였다.

# 상실 너머를 오래 들여다보기

이은지(문학평론가)

상실의 경험은 인간 존재의 형성에 근원적이다. 인간은 자궁을 떠나지 않고는 세상에 태어날 수 없고, 가족의 품을 벗어나지 않고는 사회적 존재가 될 수 없으며, 자신의 육체를 떠나지 않고는 죽음에 이를 수 없다. 무언가를 얻기 위해 다른 무언가를 잃을 수밖에 없는 숙명의 반복 속에서 인간은 비로소 인간이 된다. 과거의 자신을 있게 한 근원의 상실이 현재의 자신에 대한 또 다른 근원이 되는 아이러니를 감내하며 사는 것은 삶의 오랜 이치이기도 하다. 그러나 자신이 상실한 것을 끊임없이 돌아보고 기억을 윤색하여 그것을 향한 그리움을 거듭 생성하는 것 또한 삶이 영원히 반복하는 놀이이다. 일견 어리석어 보일지라도, 그런 무용한 놀이를 통해서야 인간은 몸과 마음에 들러붙은 상실을 위무하고 어딘가로 나아갈 채비를 할 수 있다.

지혜의 소설들은 그런 놀이의 반복과 같이 읽힌다. 소설 속 인물들은 상실 이후의 삶을 살면서도 상실에 대한 기억을 손에서 놓지 않는다. 그 오랜 기억들은 자꾸만 열어봐도 닳지 않고 매번 새롭게 반짝이는 오르골 상자 속 도자기 인형처럼 현재의 삶에 향기롭고 부드러운 베일 같은 그림자를 은은하게 드리워준다. 표제작인 「북명 너머에서」는 흡사 그런 그림자를 공들여 직조하는 듯한 작품이다. 젊은 시절 성자가 일했던 북명백화점은 사장의 호를 따서 지은 것이지만 '북명에서 일한다'는 것이 자부심이 될 만큼 동네의 명소였던 그곳의 이름은 "누군가의 이름이나 낯선 동네"(39쪽)와 같이 하나의 신비로운 호칭으로 통용된다. 그리고 성자에게 북명이란 그 시절 그곳에서 누군가를, 혹은 무언가를 흠모하여 앓거나 잃곤 했던 과거의 자신을 가리키는 고유명사와 같다.

생활과 무관한 값나가는 물건들로 가득 찬 그곳에서 일하는 것은 여성의 자기실현이나 경제적 독립이 사치로 여겨졌던 시절의 성자로서는 남루한 가정에서 잠시나마 벗어날 수 있는 기회인 동시에, 삶의 고단함을 모르는 듯한 도회적인 감각을 접하며 보다 근원적인 상실감을 직면하는 일이었다. 백화점 동료로서 가깝게 지냈던, "서울 깍쟁이"(45쪽) 같은 세련된 외모와 말투를 뽐내는 조옥은 촌스러운 성자가 동경하는 대상이자 그러한 상실감의 상징과 같은 인물이다. 백화점 꼭대기 층의 음악다방을 드나들며 담배를 태우고 모닝커피를 마시는 조옥, 팝송을 즐겨 듣고 겉이 번드르르한 남자들을 자유롭게 만나며 분 냄새와 술 냄새를 풍기는 조옥. 아무리 선망해도 닮을 수 없었던 조옥에 대한 기억은 영원히 되돌아갈 수 없기에 그때는 몰랐지만 이제는 알게 된 것을 알려줄 수도 없는, 과거의 자신을 향한 기억을 환영처럼 불러낸다.

이처럼 지혜의 인물들은 될 수도 없고 가질 수도 없는 것들을 막연히 그리워하며 끊임없이 향수를 자아낸다. 실향민의 그것에 가까운 이 상실감은 표면적으로는 자신이 되고 싶어했던 대상을 향한 그리움이다. 이는 상실 자체에 대한 선망으로 자주 그려지는데 젊은 시절을 일본에서 보내고 돌아와 "반 교포"(111쪽)로 여겨지는 매향 이모(「삼각지붕 아래 여자」)나 돈을 벌기 위해 외국을 전전하며 편지와 지폐를 부쳐주곤 하던 삼촌(「볼트」)에 대한 주인공들의 동경이 그러하다. 조옥과 마찬가지로 세련되고 이국적인 풍취가 몸에 배어 있어 주변 환경과의 이질감을 자아내는 이들은 뿌리가 없기에 자유로운 것처럼, 따라서 그리움이나 상실감을 애초에 겪지 않는 것처럼 보이는 이들이다. 그들은 흡사 상실의 육화(肉化)처럼 여겨지며 바다를 건너온 진귀한 도자기처럼 깨지고 나면 되찾을 수도 다른 것으로 대체할 수도 없는 유일무이한 존재들이다.

그러나 주인공들이 사로잡혀 있는 상실감은 보다 심층적으로는 위의 인물들과 같은 선망의 대상을 한때나마 갖고 있었던 과거의 자신을 향한 그리움이라고 할 수 있다. 어쩐지 이제는 영 갖게 되지 않는 그런 것을 한때 가졌었다는 기억만을 가질 수 있는, 지난 시대의 유물처럼 반짝이는 먼지들이 가볍게 내려앉아 있는 과거의 '나'를 향한. 가령 사랑에 실패하고 이무기가 빠졌다는 전설이 스며 있는 구덩이를 향한 성자의 까닭 모를 마음 씀은 자신이 "사랑이 뭔지도 모를 때부터" 이무기의 사랑과 이별이 고인 그 "빈 연못"(43쪽)을 사랑했고 또 원했었기 때문임을 훗날 깨달으면서 그 실체가 어렴풋이 드러난다. 뇌수술 이후 미처 제거하지 못한 피가 불러내는 환영들로 인해 과거의 기억에 붙박인 남편을 보면서 성자는 "그곳에 숨어든 피들"이 남편을 "너무 사랑해서 원래의 세계로 돌아가지 못하도록, 영원히 깊은 골짜기에 갇히도록"(55쪽) 사로잡고 있으리라고 짐작한다. 성자 자신이 그러했듯이.

아무것도 보이지 않는 텅 빈 구덩이에서 자신이 갈구하지만 얻을 수 없는 것들을 비춰 보이고 이를 다시금 발견해내는 성자의 이미지는 다른 소설들에서 실체를 알 수 없는 무언가가 부재하는 현실에 대한 감각으로 이어진다. 「구목」의 주인공은 어린 시절 알 수 없는 허기에 시달리며 텅 빈 배 속을 흙으로 채우던 기억을 갖고 있으며 성인이 되어 시 외곽에 신혼집을 마련한 뒤에도 허기는 계속된다. 모델하우스처럼 모든 게 완벽한 집이지만 헛헛함은 사라지지 않는 와중에 마당에서 발견한 신원불명의 백골을 주인공은 다시 땅에 묻은 뒤 비밀처럼 간직한다. 나의 집이 연고도 없는 누군가의 무덤이라는 사실은 오히려 주인공에게 위안을 준다. 그의 죽음, 그의 부재는 감자 줄기처럼 삶에 딸려 있는 오랜 허기의 실체인 것만 같다. 아마도 백골의 유일한 가족이었을 한 여자가 찾아왔다가 집 안에서 홀연히 사라진 뒤로 주인공은 보이지 않지만 존재하고 있을 그녀의 흔적을 치우며 시간을 보내고, 백골이 잠들어 있는 마당의 흙을 맛보며 "당신의 맛은 생각보다 짜고 차가웠"(106쪽)다고 술회한다.

백골은 집이라는 공간에서 삶이 시작되고 지속되기도 하지만 삶이 끝나기도 한다는 사실, 즉 존재의 시작과 끝이 맞닿아 있다는 사실을 환기한다. 「염」에서 노인이 "숟가락을 들고 밥상 옆에 딱딱하게 굳어"(225쪽) 죽어 있는 모습은 집이, 나아가 사람이 꾸려온 장구한 역사의 소박한 요약처럼 보인다. 노인이 재가 된 뒤 "그 집은 마치 무덤처럼 완벽해 보였다."(236쪽) 삶이 주는 소란을 지우며 조금씩 허물어져 가는 그 집은 노인의 친구이자 장례

사인 아버지의 아들인 '나'가 잠시 몸을 누이는 곳이 되기도, 그 즈음 근처 부대에서 탈영한 군인이 흙냄새를 묻히며 "살아서 죽은 것처럼"(242쪽) 숨어드는 곳이 되기도 한다. "언제 닥칠지 알 수 없"기에 삶의 모골을 송연하게 하는 "죽음과 징집"(238쪽)이 이루어지는 장례식장과 군부대가 노인의 집과 연해 있다는 사실은 삶과 죽음, 존재와 부재의 친연성을 상징적으로 보여준다.

그러나 그 친연성에도 불구하고 삶의 곁을 내주기란 쉽지 않은 일이다. 과거의 잔상에 붙들려 있거나 그 잔상이 현재에 그림자처럼 드리우는 헛헛함을 모면하느라, 삶은 제 주변을 둘러볼 겨를이 없거나 때로는 그럴 용기가 없어 주저한다. 「곁」에서 오래전 미국에 자리 잡은 딸 정언이 느닷없이 알린 임신 소식에 손주를 돌보러 집을 떠나온 경자는 자신과 달리 제 삶의 곁을 쉽게 내어주지 않는 딸에 대해 오래도록 생각한다. "책상 모서리에 튀어나온 못처럼 어딘가 불완전"한 방에 객식구처럼 들어앉아 "초대한 적 없는 낯선 기운들"(148쪽)이 드나드는 것에 무심하려 애쓰면서. 남편의 폭력과 경제적 무책임을 묵묵히 감내했고 또 말년에는 병원 신세를 지게 된 남편을 군말 없이 보살펴온 경자로서는, 아무런 상의도 없이 인생행로를 결정하고 남처럼 구는 딸의 성정이 사실은 이리저리 함부로 휘둘려온 자신의 삶을 닮지 않기 위한 노력의 결과가 아닐까 어렴풋이 짐작하면서도, 딸에게

서운하고 괘씸한 마음이 들지 않을 수 없다.

"내 속에서 났지만 아직도 모르겠는"(154쪽) 딸과 "딸을 닮은 낯선 얼굴"(167쪽)을 하고 있는 아기를 보면서, 경자는 나와 비슷하지만 나와 같지는 않은 이들로부터 기대할 수 없는 것 못지않게 그들에게 내어줄 수 있는 것에 대해 생각하게 된다. 은퇴하여 홀로 살고 있는 이웃집 여성 헤나가 파이를 구워다 주어도 단 한 번 집으로 들인 적 없는 정언과 달리, 경자는 밤중에 길가에 쓰러져 있던 헤나를 부축하여 집에 데려다주기도 하고 서투른 영어로나마 짧은 대화를 나누기도 한다. 병원에 두고 온 남편과 이제는 엄마가 돌아가 주었으면 하는 딸 외에는 곁을 준 적 없는 자신을 돌이켜보면서, 그러나 그들은 그들대로 자신과 무관한 곁을 마련해왔음을 상기하면서, 경자는 "자신이 지금 누구의 곁도 아니라는" 사실로부터 역설적으로 어떤 자유를 예감한다. "아무 곳도 가본 적 없이 빈 여권 같은 자신"(177쪽)이기에 오히려 자신과 전혀 무관한 누군가, 가령 헤나와 같은 이에게 곁을 한 번 내어줄 수 있을 것 같은 희망 섞인 자유를.

한편 경자가 누군가에게 곁을 내어줄 마음을 가질 수 있는 것은 누구도 자신에게 곁을 주지 않았던 경험의 반사효과 같기도 하다. 경자는 어릴 적 오빠가 호수에 빠져 죽은 것이 자신 때문이라는 사람들의 믿음으로 인해 "재수 없는 경자"(157쪽)라는 별명으로 숱하게 불렸었다.

  의지할 곁이 없는 여성을 둘러싸고 유독 부풀려지고 회자되
곤 했었던 그런 유의 소문과 풍문은 「삼각지붕 아래 여자」에서
더욱 두드러진다. 어린 시절 주인공이 엄마와 함께 세 들어 살
던 매향 이모네 삼각지붕 집이 있는 칠영동은 "일곱의 영험한 신
이 살았다"(109쪽)는 지명의 유래가 무색하게 실체 없는 소문들
이 무성한 곳이었다. 매향 이모를 향해서는 "오래된 집에서 홀로
사는 도깨비 여자"(113쪽)라는 소문이, "홀로 아이를 낳고 키우는
여자"(122쪽)인 엄마를 향해서는 좋지 않은 평판이, 개천 너머 판
자촌에 사는 한자를 향해서는 "젊을 적 고생을 많이 해서 정신을
놓아버렸다"(123쪽)는 소문이 사람들의 입을 오르내리며 몸집을
키운다.

  주인공은 그런 소문의 실체가 대체로 불분명하다는 것을 짐
작하면서도 소문이 동반하는 불안 섞인 흥취에 어린아이가 가
질 법한 두려움을 담아 동참한다. 친하게 지내던 함지와 함께 한
자를 마주쳤던 뒤로 함지와 놀지 못하게 하는 엄마를 향해 주인
공은 소문의 악의를 담아 분노를 표현한다. "엄마랑 놀아주는 사
람은 얼굴에 멍을 달고 사는 칠영 아줌마와 혼자 늙어 죽을 매향
이모뿐"(133쪽)이라고 속으로 퍼붓는다. 안온하고 평범한 삶의 외
양을 갖지 못한 여자들을 대상으로 삼기 쉬웠던, 약간의 공포 속

에 재미를 유발하며 동네의 오락거리가 되곤 했던 소문들. 그러나 소문에 생명력을 불어넣던 사람들이 모두 떠나가고 낡은 건물과 재개발의 흥분만이 남은 칠영동에 다시 돌아온 주인공을 반기는 이는 칠영 아줌마뿐이다. 그리고 주인공은 소문의 또 다른 실체이자 어린 시절의 추억이 깃든 삼각지붕 집을 매향 이모가 그랬듯이 조금씩 가꿔 나가기로 한다.

이처럼 지혜의 소설 속 인물들은 현재를 바탕으로 과거를 돌이켜보고 이를 통해 다시금 현재를 추스르는 자기 성찰을 반복한다. 돌아본 과거는 분명 그 실재보다 훨씬 더 아름다운 향을 지독히 풍기며 회한과 그리움을 자아내지만, 소설이 마냥 과거에만 머물러 있지는 않기에, 과거에 대한 기억은 미래를 향한 기대에 가까운 것으로 슬며시 표정을 바꾼다. 아이를 밴 막내와 함께 냉면을 먹으러 온 세 자매가 등장하는 「연희의 미래」에서 막내 현희가 사실은 큰 언니 연희가 낳은 딸이라는 것이 이야기 중에 드러나는 가운데 셋의 관계가 표면적인 것 이상의 복잡한 표정을 감추고 드러내기를 반복하듯이 말이다. 연희 몰래 대출을 받아 어쩌면 경제적 원한 관계가 될지도 모르는 둘째 성희는 연희가 현희를 임신했을 당시 한밤중에 함께 냉면을 먹으러 가주었던, 어린 싱글맘의 곁을 지켜준 존재이기도 하다. 연희는 자신의 몸속 장기들을 조금씩 이동시켜 자기 자리를 만들어냈던 현희가 어느덧 제 몸속에 새로운 자리를 마련하고 있는 모습에 엄마로서 드는, 따라서 끝내 들려줄 수 없는 질문들을 냉면과 함께 삼켜낸다. 말할 수 없는 과거를 그런대로 묻어둔 채로 "세 사람의 웃음소리가 한낮의 거리에 찬란하게 울렸다."(273쪽)

상실을 돌이켜보는 일은 분명 상실 이후를 살아내는 데 힘이 되어준다. 작가는 과거가 우리에게 줄 수 있는 가장 좋은 미덕을 소설 속에 조심스레 담아내고 있다. 되찾아지기를 기다리며 어둠 속에 고요히 잠겨 있는 유실물 보관소 속 물품들처럼, 잃어버렸기에 귀중한 것들, 잃고 나서야 비로소 의미와 가치를 갖게 되는 것들이 우리의 현재를 가만히 붙들고 있다는 사실을 지혜의 소설들은 심상하게 고백한다. 그 물품들을 찾기 위해 창고를 헤매는 일은 인간이 해온 가장 오래된 놀이이자 지치지도 질리지도 않는 놀이이다. 헤매는 걸음마다 깃들어 있는, 잃어버린 그것을 찾으리라는 가벼운 흥분과 기대 속에 그것을 잃어버렸던 과거와 그것을 곧 찾게 될 미래가 형체를 알 수 없이 뒤섞인다. 그곳을 헤매는 기쁨과 그곳을 벗어난 이후에 대한 예감을, 설령 좌절과 실패와 심지어 죽음이 기다리고 있을지라도 오직 계속됨으로써만 따뜻하게 반짝일 수 있는 삶에 대한 긍정을, 작가는 기쁜 마음으로 들려주고 있다.

## 작가의 말

막상 첫 책이 나온다고 하니 평생 이 순간을 기다렸던 것 같기도 하고 한 번도 생각해본 적 없는 일이 일어나는 것 같기도 하다. 어쩌면 꿈을 꾸는 것일지도 모르지. 생은 길고 거대한 한 편의 꿈이라고, 그렇게 말했던 사람의 얼굴을 나는 이제 거의 잊어버렸고 그건 썩 괜찮은 기분이다.

분명하게 기억나는 일도 있다. 언젠가의 여름 한낮, 친구로부터 등기 한 통을 받았는데 거기에는 짤막한 문장이 적힌 두툼한 인쇄물이 들어 있었다. '읽는 법과 쓰는 법을 잊었을 때 필요한 처방'. 그때로부터 적지 않은 시간이 지났지만 어째선지 그날, 봉투를 열던 순간은 좀처럼 잊히지 않는다. 유리가 달린 오래된 철문, 싸구려 식탁이 놓인 부엌 겸 거실, 짙은 나무색 비닐 장판과 때가 타지 않은 흰 벽지, 커다랗고 조용한 냉장고와 크리스마스 장식처럼 빛나던 가스레인지가 놓인 창가. 그곳에서의 하루하루와 있었던 모든 일들, 그곳을 오간 사람들. 그들과 주고받은 많은 말과 밤, 맛있는 음식과 눈물들.

어쩌면 기억하는 일만이 전부인 것만 같다. 기억하며 쓰는 짧은 순간만이.

이게 나다,라고 할 수 있는 걸 쓰라던 말을 오래 기억한다. 한번도 그렇게 쓸 수 있을거라 생각해본 적은 없지만. 그래도 종종 그 말을 떠올린다.

이제는 그냥 계속 열심히 쓰고 싶다. 스트레칭하는 김연아처럼. 새벽을 거두는 아침 태양처럼, 광장에서 노래하는 사람들처럼, 세상을 뒤덮은 눈보라처럼, 도로를 달리는 오래된 자동차처럼.

나의 모든 초고를 읽어준 산, 네가 아니었으면 나는 벌써 포기했을지도 몰라. 고맙다는 말의 맨 처음에는 네가 있어. 이 책은 산과 더불어 나를 믿어준 사람들. 나를 기꺼이 그들 자신의 곁에 놓아준 사람들 덕분에 세상에 나올 수 있었다. 특히 원고를 살뜰하게 살펴봐준 김지연 편집자님과 사려깊은 해설을 보내준 이은지 평론가님, 추천을 써주신 최은미 작가님께 깊은 감사와 신뢰를 보낸다. 이 책에 수록된 소설들은 SUITE SWEET FISH & ROOM 레지던시, 사이공간 아트스튜디오, 연희문학창작촌, 구보스테이, 네 곳의 집, 수많은 카페와 호텔, 공항과 거리에서 작업했다. 자리를 내어준 공간과 담당 선생님들께 또한 감사의 말을 전하고 싶다.

누군가의 평안과 무탈을 소망하는 마음이 어째서 소설 쓰는 일과 맞닿아 있을까, 요즘에는 그런 생각을 자주 한다.

JJ와 아빠의 평안과 무탈을 소망한다.

## 수록작품 발표지면

· 「볼트」 … 2018년 경향신문 신춘문예 당선작

· 「연희의 미래」 … 《악스트》(2018년 3,4월)

· 「염」 … 《웹진비유》(2018년 5월)

· 「삼각지붕 아래 여자」 … 《악스트》(2019년 11,12월)

· 「멸망자를 위한 생크추어리」(발표 제목 「미미가 내게 말하려던 것」)

　　 … 《AnA vol.1》(2021년 3월)

· 「북명 너머에서」 … 《현대문학》(2023년 1월)

· 「구목(丘木)」 … 《문장웹진》(2023년 4월)

# 북명 너머에서

ⓒ 지혜

2024년 3월 29일 초판 1쇄 발행

**지은이** 지혜
**펴낸이** 김재범
**펴낸곳** (주)아시아
**출판등록** 2006년 1월 27일 제406-2006-000004호
**이메일** bookasia@hanmail.net

**ISBN** 979-11-5662-694-7 03810

*이 책은 서울특별시, 서울문화재단 '2024 첫 책 발간 지원사업'의 지원을 받아 발간되었습니다.